ALPHAPOLIS
WEB CITY
SINCE 2000

元構造解析研究者の異世界冒険譚 7

ALPHA LIGHT

犬社護
Inuya Mamoru

アルファライト文庫

CHARACTER
シャーロット
（持水薫《もちみずかおる》）
本編の主人公。家族だけでなく、精霊からも愛されている少女。前世では構造解析研究者「持水薫《もちみずかおる》」だった。今回はそちらの姿にも変異する。
アッシュ
シャーロットの旅に同行する冒険者の少年。突《つ》っ込《こ》み属性の持ち主。
リリヤ
アッシュの奴隷《どれい》となった少女。『鬼神変化』によって、白狐童子に変わる。

»»カムイ«««
シャーロットが見つけた
卵から生まれた
ドラゴン。
»»トキワ«««
五年前ネーベリック
と戦ったAランク
冒険者。
»»ベアトリス«««
サーベント王国の
元悪役令嬢《れいじょう》。
現在は指名手配中。
»»ルクス«««
ベアトリスの付き人。
一緒に逃亡している。

プロローグ　クロイスからの緊急《きんきゅう》メッセージ

『古代遺跡《いせき》ナルカトナ』の攻略は、私たち――シャーロット、アッシュさん、リリヤさんにとって非常に有意義な冒険となった。

スキル販売者ユアラによる妨害《ぼうがい》工作、性悪《しょうわる》貴族のゼガルディーへのお仕置き執行《しっこう》などを乗り越《こ》え、私たち三人はまた一つ成長することができた。

私は、自分の基礎《きそ》体力のなさを痛感した。というか、七歳で何の訓練もしていないのだから、体力が身につくはずがない。これまでは、莫大《ばくだい》なステータスの補正《ほせい》が、私を支えてくれていたのだ。今回、アッシュさんやリリヤさんと同じ数値に統一されたことで、そのありがたみが痛いほどわかった。

ユアラがステータスを無効化させる技を持っているかもしれない以上、私は新《あら》たに取得したユニークスキル『身体制御』を使って、身体《からだ》に備《そな》わる基礎体力を少しずつ向上させていこう。この大陸に転移させられてから約四ヶ月の月日が経過し、私もあと少しで八歳になる。とはいえ、七歳も八歳も子供なのだから、無理は禁物、みんなを心配させてはいけない。

そして、アッシュさんとリリヤさんは、ユニークスキル『ウィスパーガーディアン』や称号『不屈《ふくつ》の心』を取得したことで、また一歩強くなった。近い将来、リリヤさんも自分の内に潜《ひそ》む白狐童子《びゃっこどうじ》とわかり合える日が訪れるかもしれない。

現在、改心したゼガルディーが先導となって、一同カッシーナへと歩を進めているのだけど、アッシュさんは少し離《はな》れたところで、リリヤさんに叱《しか》られている。一応、彼女は彼の奴隷《どれい》という立場ではあるものの、傍目《はため》には恋人同士にしか見えない。周囲にいるゼガルディー付きの護衛《ごえい》やメイドさんたちも微笑《ほほえ》ましい顔で二人を見守っている。

「ここ以降、何かを名づけるときは、きちんと先のことを考えようね。私も違和感《いわかん》があったら、すぐに話すから」

アッシュさんが適当に名づけたパーティー名『シャーロットと愉快《ゆかい》な仲間たち』。リリヤさんはこれを気に入っていない。今思えば、遺跡入口でこの名称を初めて聞いたとき、私は別にいいかと軽く考えていたけど、彼女は不安そうにしていた。彼女だけが、制覇《せいは》した後のことを考えていたのかもしれない。

「ごめん。君の言う通りだ、気をつけるよ」

二人がいつか結婚したら、アッシュさんは絶対尻に敷《し》かれるだろう。

まあ、まずは二人が恋人同士になれることを祈っておこうかな。

私がそんなことを考えていたら、いつの間にかカッシーナへと到着していた。

住民は私を見て挨拶《あいさつ》してくれるのだけど、近くにいるゼガルディーに対しては『この青年は誰だ？』という感じで首を傾《かし》げている。

私が彼の正体《しょうたい》を打ち明けると、みんなが一様《いちよう》に驚《おどろ》き、彼を再度凝視《ぎょうし》する。周囲がそんな失礼な行動を起こしているにもかかわらず、当の本人は怒るそぶりなど一切見せることなく、一人一人に自己紹介と謝罪《しゃざい》をしていった。

そういった行動を続けていると、いつの間にか冒険者ギルドの入口へ到着したので、ゼガルディーは謝罪を一時中断し、真剣な面持《おもも》ちで私を見る。

「シャーロット様、名残惜《なごりお》しいですが、ここでお別れです。以前お話しした通り、今後私はボストフ領内にある街や村を渡り歩き、謝罪行脚《あんぎゃ》を実行しようと思っております。あなたの旅の成功をここから祈っております」

私考案のお仕置きにより、彼の性格が激変《げきへん》してしまったわけだけど、今後いい意味合いで成長してほしい。

「ゼガルディー様、あなた自身がみんなに対して謝罪という誠意《せいい》を示していけば、いつか許される日が必ず来ます。時間はかかると思いますが、頑張《がんば》ってくださいね。それでは、私たちはギルドへ入ります」

彼は何も言わずに私たちを見て、深々と頭を下げる。主人の行動にあわせ、使用人たちも一斉に同じ行動をとる。私たちはその行動を見届け、ギルドへと入っていった。

〇〇〇

「「クロイス様からの緊急メッセージ⁉」」

私たちがギルドに入ると、アイリーンさんが受付業務《ぎょうむ》を放り出して、こちらへ駆《か》けつけてきた。そして、あれよあれよと二階の客室へと連《つ》れていかれ、直後に彼女から放たれた知らせは、私たちを驚かせるのに十分な内容だった。

「そう、昨日連絡があったばかりなの。内容を簡潔《かんけつ》に言うと、『急病となった私の恩人をシャーロットの力で治療《ちりょう》してください』よ」

簡潔に言いすぎでは？　クロイス女王の性格から考えて、まず謝罪から始まる気がする。アイリーンさんは、そういった内容を全部省略《しょうりゃく》したのね。

「回復魔法による治療なら、別に私の力は要《い》りませんよね？」

魔鬼族の魔法封印《ふういん》が解《と》かれた以上、マックスヒールは無理でも、リジェネレーションを扱《あつか》える術者は少数ながらいるはずだよ。

「急病の詳細《しょうさい》については私も質問したのだけど、特別な事情があるらしくて何も教えてくれなかったの。あなたの聖女としての力が、必要らしいわ」

聖女としての力、そうなると『呪い』の類《たぐい》かな？

多分、『構造編集』でないと解けないと踏《ふ》んで、救援《きゅうえん》を求めているのかもしれない。

「シャーロット!! シャーロット!! 呪い関係なら、私やアッシュでもあのスキルを使えば解呪《かいじゅ》できるんじゃないかな？ 今の私たちには、あの称号があるもの!!」

リリヤさんの言うスキルと称号は、新しく取得した『洗髪《せんぱつ》』と『禿《は》げの功労賞《こうろうしょう》』のことだね。あれらを併用《へいよう》すれば、『呪い』は確実に解呪できるはず。

「そうですね。私たち三人がかりでやれば、どんな呪いでも打ち勝てますよ」

「うん!!」

リリヤさん自身がエルギスに一度洗髪されているから、スキルの優秀《ゆうしゅう》さは知っている。そこに解呪能力が追加されているのなら、早く試《ため》してみたいのもわかる。ただ、気がかりなことが一つある。アッシュさんを見ると、私と同じ考えのようだ。

「アイリーンさん、クロイス様のメッセージは緊急性を含んでいるんですよね？」

アッシュさんが、代弁してくれた。

「ええ……ナルカトナ遺跡から帰還《きかん》次第、王都へ早急に戻るよう伝えてほしいと言われたわ。急病となった女性の命は……保《も》ってあと三日だそうよ」

「「「三日⁉」」」

昨日言われているのなら、あと二日ってことだ。一刻の猶予《ゆうよ》もないよ!! 王都を旅立ってからまだ一ヶ月ほどしか経過していないのに、まさかクロイス様の指示で逆戻りする羽《は》目《め》になるとは思わなかった。

「それなら、少しでも早く到着するためにも、今日中に出発した方がよさそうだ。シャーロット、リリヤ、いいかな？」

「もちろんです」

「私もいいよ。早く王都に戻って、クロイス様の恩人を治療してあげようよ」

次の目的地が決まったね。

それにしても、クロイス様の恩人って何者なのかな？

アイリーンさんに何の情報も与えていないことが、少し気にかかる。

「アイリーンさん、教えていただきありがとうございます。私たちは宿屋『ゆりかご』に戻って、クレアさんに事情を話してから、急ぎ王都へ戻りますね」

数日ほどゆっくり過ごしたかったというのが本音《ほんね》だけど、人の命が懸《か》かっている以上、そんな悠長《ゆうちょう》なことは言っていられない。馬車だとどれだけ急いでも二日かかるから、緊急移動用の『ウィンドシールド』を使おう。あれなら、一時間とかからないからね。『善は急げ』って言うし、早速行動に移そう。

「あ、ちょっと待って!!」

私たちが席を立ち、ドアの方へ行こうとすると、アイリーンさんが呼び止めた。

「シャーロット、ナルカトナ遺跡の攻略法に関しては上手《うま》くいったの？」

あ、忘れてた。そっちはそっちで重要だった。

「え〜と、遺跡入口中央の石碑《せきひ》を見ていただければわかるんじゃないかな〜と」

多くの冒険者が苦汁《くじゅう》を嘗《な》めさせられた難攻不落《なんこうふらく》のダンジョンを、私のような新米冒険者の口から『制覇しました』とは少し言いづらい。それは、アッシュさんやリリヤさんだって同じ気持ちだろう。

「ちょ……それって……まさか……」

アイリーンさんも、私たちが何を成《な》し遂《と》げたのかを察して絶句《ぜっく》する。

「土精霊様からの伝言です。『地下四階以降を改良するので、しばらくの間、地下三階までしか探索《たんさく》できないよ』『〝ウチワ掘り作戦〟は全面禁止だよ』とのことです。多分、構造上できないように改良するかもしれませんね。最後に、最下層の石碑に刻《きざ》まれた内容に関しては、クロイス女王に内容をお教えしてから、公言するかどうか決定します。それでは、失礼します」

私たちは、口をパクパク動かしているアイリーンさんを残したまま、部屋を出た。

1話　王都への帰還

冒険者ギルドを出た後、私たちは寄り道することなく、宿屋『ゆりかご』へと向かう。

中へ入ると、クレアさんとユーミアさんが私たちを出迎《でむか》えてくれた。まだ昼食の時間帯であったため、小さな食堂は冒険者で満席となっている。どうやら一番忙しい時間帯に戻ってきたようだ。

「シャーロット、リリヤ、お昼もまだだし、まずは栄養を補給《ほきゅう》しよう」

アッシュさんの意見に賛成!!

「はい、お腹《なか》ペコペコです」

「あはは、私も」

それにしても、周囲にいる冒険者たちが食べているのは、女性陣がコロッケ定食、男性陣が唐揚《からあ》げ定食だね。女性陣は通常の量だけど、男性陣は唐揚げの量が多い。

「あ、アッシュ、シャーロット、メニューの看板を見て」

リリヤさんに言われ、お昼の定食メニューが載《の》っている看板を見ると、どうやらコロッケと唐揚げの量を『小』『中（通常）』『大』『特大』の四つから選択できる設定にしているようだ。男性陣は、みんな『大』か『特大』を選んでいるのね。しかも、どれを選んでも追加料金が発生しない。おそらく、一日の宿泊費を若干《じゃっかん》値上げすることで、それを補《おぎな》っているのだろう。

ナルカトナ遺跡に行く前、宿を立て直す相談を受けていたけど、ここまでのことは話していなかった。私たちがいない間、クレアさんたち兄弟姉妹の三人が冒険者たちの意見を参考にして考え出した案なのかな。

「僕は唐揚げ定食の『大』!!」

「私は唐揚げ定食の『中』!! シャーロットは?」

「唐揚げ定食の『小』にします」

あのボリュームは、七歳児のお腹に入りません。

前世でなら、間違いなく『大』と宣言しただろうね。

お昼を食べたら、私たちはすぐ王都へ戻らないといけない。そうなると、私自身が唐揚げやコロッケのレシピの商標《しょうひょう》登録を実施している暇《ひま》がない。それに、私一人ではここまでの味を引き出せなかったことを考慮《こうりょ》すると、制作者は『私』『リリヤさん』、そしてクレアさんの弟で料理担当の『ヨシュアさん』の三名にするのが最適だ。いわゆる『共同制作』という部類に入る。

……昼食を食べ終え、私たち三人はクレアさんの後片づけを手伝った。クレアさんは、『お客様にそんなことはさせられないわ』と言っていた。けど、アッシュさんが『急用ができて、今日中にカッシーナを去らないといけません。だから、ナルカトナ遺跡で起きたことをすぐにでも話したいから手伝います』と言ったら、クレアさんたちは急ピッチで後片づけを終わらせてくれた。

「嘘《うそ》、ナルカトナ遺跡を制覇したの⁉　ということは、以前聞いたウチワ掘りが上手くいったのね‼　三人とも、おめでとう」

クレアさんは、私たち三人を平等に褒《ほ》めてくれた。

「マジかよ。上手くいくとは思ったけど、制覇するとは。まありリ……三人が無事でなによりだ」

ヨシュアさんは、リリヤさんだけを褒《ほ》めようとしたけど、途中で気づいて言い直した。

「凄《すご》い‼　凄《すご》い‼　アッシュさん、凄《すご》いよ‼　あ、リリヤさんもシャーロットも凄《すご》いよ‼」

ユーミアさんは完全に言い切ったところで、私とリリヤさんを後づけで褒《ほ》めてくれている。二人がアッシュさんとリリヤさんにどれだけの好意を抱《いだ》いているのかわからないけど、いきなりの別れとなる以上、きちんと踏ん切りをつけさせた方がいい。

「みなさん、ありがとうございます。ただ、先ほども言ったように、絶対にこの作戦のことを口外《こうがい》しないでください」

念のため『ダーククレイドル』を使用して、ここでの話は、宿泊者にも絶対に聞き取れないようにしているけど、どこかで漏《も》れる危険性はある。まあ、土精霊様のことだから、そういったことも踏まえて、誰もいない深夜の時間帯にでも、地下一階から地下三階の構造も変化させているよね。

「シャーロット、もちろんわかっているわ。あんなやり方、反則ギリギリだと思うもの。土精霊様も全面禁止にするのもわかるわ」

「クレア姉さんの言う通りだ。あんな方法が知れ渡ったら、金にがめつい連中が大勢カッシーナに押し寄せてくる」

「ヨシュア兄さんの意見に賛成!!　冒険者の中には、金にものを言わせてなんでもする輩《やから》がいるって聞くもん!!　ウチワ掘り禁止、禁止、禁止!!」

なぜかな？　三人の言葉の一つ一つが、私の胸に突き刺さるのですが？

私、金に汚《きたな》くないよ？　ゴーレムがムカついたから思いついただけだよ。

私はそう叫《さけ》びたい気持ちでいっぱいなんだけど、そんなことを言える雰囲気《ふんいき》ではないよね。

「そうだ、ヨシュアさんにお願いがあります」

「どうしたんだよ、シャーロット、急に改まって？」

ここからは宿屋『ゆりかご』の今後にも関わるから、真剣に言っておこう。

「『コロッケ』と『唐揚げ』の商標登録についてなんですが、元々は私が調理したものです。しかし、リリヤさんとヨシュアさんの二人がいなければ、完成に至《いた》ることはできませんでした。だから……登録する際は三人による共同制作にしたいです」

「「え⁉」」

おお、一気に場が静まったよ。

「シャーロット、そんなことをしたら、入ってくる利益がかなり少なくなるぞ？」

「ヨシュアさん、私は構いません。軍資金はクロイス女王からたくさんいただいています」

というか、登録自体で生じる利益は、はじめは大きいかもしれないけど、数ヶ月もすれば失速するだろう。

「それだったら、私はいらないよ。今後も、アッシュと一緒に冒険者として活動を続けていくもの。だから、ヨシュアさんとシャーロットの二人で登録すればいいかな」

リリヤさんの言った何気《なにげ》ない一言で、彼の心は『失恋』という槍《やり》で串刺《くしざ》し状態となってしまう。ほら、彼の表情が固くなってますよ。リリヤさん、気づいてあげて。あ、ユーミアさんも似たような状況に陥《おちい》っているね。二人とも、告白する前から振られるとは可哀想《かわいそう》に。これが、『初恋』というものなんですよ……多分。

「ああ……そういうことなら、ヨシュアが代表として、この街の商人ギルドで『コロッケ』と『唐揚げ』を登録すればいいわ。ヨシュア、あなたの料理人としての人生が、ここから始まるのよ‼」

クレアさんが気まずい雰囲気《ふんいき》をいち早く察知し、場を和《なご》ませてくれたよ。ありがとうございます。

「そ……そうだね姉さん、料理人として俺も頑張《がんば》るよ。いつか自作した料理を、カッシーナ……いやジストニス王国中に広めてやる‼　立派な料理人として成長した俺の姿を、いつか三人に見せてやるよ‼　……また、カッシーナに来いよ‼」

ヨシュアさんも失恋に気づかれないよう、私たちに別れの言葉を贈《おく》ってくれた。

「私も、周囲に気を配《くば》れる立派な人になる‼　アッシュさん、リリヤさん、シャーロット、またカッシーナに遊びにきてね」

ユーミアさんは、失恋の感情をまったく顔に出していない。切り替えの早い女の子だね。

「三人とも、宿屋『ゆりかご』の再建に協力してくれてありがとう。急なお別れだけど、また遊びに来てね」

別れの挨拶《あいさつ》という流れになってしまったことだし、ここは長居《ながい》しない方がいいよね。いればいるほど、ヨシュアさんとユーミアさんが傷つくかもしれないもの。アッシュさんもリリヤさんも何も気づいていないようだから、ここはこのまま別れることにしよう。

○○○

現在、私たちは風魔法『ウィンドシールド』で四方を囲み、上空二千メートル付近を王都に向けて移動中である。アッシュさんとリリヤさんにとって、この移動手段は初見《しょけん》であるため、イミアさんやアトカさん同様、当初かなり驚いていた。

けれど、木魔法で床を作り下が見えないよう配慮《はいりょ》することで、なんとか落ち着いてくれた。

二人は以前から風魔法『フライ』と『ウィンドシールド』による飛翔《ひしょう》に興味を持っていたので、時間があるときにこれらを教えようと思っている。

クロイス様の恩人、命の危機に瀕《ひん》しているけど、種族も名前も不明だ。何やら訳ありな感じだから、余裕があるなら先に事情を聞いておきたい。

「そういえばリリヤ、クレアさんたちと別れる少し前、やることがあると言って十分ほど出かけていたけど、用事は終わったのかい？」

ああ、そういえば何か唐突《とうとつ》に用事を思い出した感じだったけど、何かあったのだろうか？

「大丈夫だよ。あの子たちに、王都へ移動することを伝えただけだから」

そういえば、リリヤさんは私の『構造解析』に頼《たよ》らないよう、鳥を使って新たな技を開発していると言っていた。ただ、『構造解析』と『鳥』の関連性が、どうしてもわからない。

「ああ、あの鳥たちか。君の思惑《おもわく》通りにいきそうかい？」

アッシュさんは、リリヤさんの狙《ねら》いを知っている。彼女は、鳥を使って何をする気なのだろう？　彼女を構造解析すればわかることだけど、そんな無粋《ぶすい》なことをしてはいけないよね。

「あともう少し……かな？　多分、王都にいる子たちと合流すれば、アレが完成すると思うわ」

気になる。アレって何なの？　今の時点で聞いても教えてくれないんだろうな～。

……少し飛ばしたこともあって、王都の王城へは三十分ほどで到着した。前もって、アイリーンさんが連絡を入れてくれたのかな？　アトカさんが王城バルコニーにいて、私たちを視認《しにん》できたのか、手を振ってくれている。

「お～い、ここに着陸してくれて大丈夫だぞ!!」

言われた通り、私たちはバルコニーへゆっくり着陸した。

「急な呼び出しをしてすまん。こっちも、かなり切羽詰《せっぱつ》まった状況なんだ」

あのアトカさんがここまで慌《あわ》てているとなると、事態はかなり悪い方向へ進んでいるようだ。

「アトカさん、命の危機に瀕《ひん》している方の名前を伺《うかが》ってもよろしいですか？」

「そうか、あいつの事情もあって伝えていなかったな。種族は俺と同じダークエルフ、名前は『ベアトリス・ミリンシュ』だ。呪いのせいで危険な状態にある」

クロイス女王の恩人と言っていたから、てっきり魔鬼族だとばかり思っていたよ。ダークエルフなら、イミアさんとも繋《つな》がりがあるのかな？

「『ベアトリス・ミリンシュ』⁉」

アッシュさんの様子がおかしい。彼女のことを知っているの？

「ああ、そうだ。そうか、アッシュは学園に在籍《ざいせき》しているから、彼女のことを知っているのか」

どういうこと？　ベアトリスさんって、そこまで有名な人なの？

「ええ、彼女がサーベント王国で何をしたのか授業で学びましたし、発見したら必ず冒険者ギルドへ報告するよう、先生方からもきつく言われています。僕は、自分が指名手配されていたとき、変装《へんそう》して冒険者ギルドにある掲示板に自分の手配書があるのか確認しに行ったことがあります。そこには、デカデカと彼女の手配書が貼《は》られていましたよ。『金貨五百枚』という懸賞金《けんしょうきん》付きで」

は、指名手配されているの!?　ベアトリスさんって、何をしでかした人なの!?

2話　指名手配犯ベアトリス・ミリンシュ

国賓《こくひん》用客室へと移動しているとき、私はアッシュさんからベアトリスさんの情報を聞き出した。

六年前まで、彼女はサーベント王国王太子の婚約者《こんやくしゃ》だった。しかし、学園卒業時に王太子から婚約破棄《はき》を宣言されてしまう。理由は、王太子の命の恩人でもある一人の女性シンシア・ボルヘイム子爵令嬢《ししゃくれいじょう》を虐《いじ》めたから。

はじめは『礼節《れいせつ》を重んじた行動をとるように』という口頭注意だけだった。だが、苦手《にがて》分野の魔法学の実技でシンシアさんが四苦八苦《しくはっく》していると、周囲にもわかるよう嫌《いや》みを言ったり、貴族の集まるお茶会での失態《しったい》を後日学園中に拡散《かくさん》したりと、嫌がらせが徐々にエスカレートしていく。

王太子が強く警告《けいこく》して以降、シンシアさんへの直接的な嫌がらせは減少《げんしょう》したものの、ベアトリスさんは友人たちを利用して、彼女の精神を少しずつ少しずつ擦《す》り減《へ》らしていく方法をとる。その手段は至ってシンプル、シンシアさんが常に人の視線を感じるようにしただけ。

私たちには、『気配察知』などのスキルがある。ベアトリスさんはそれを悪用したのだ。シンシアさんがどこにいようとも、常に自分を探《さぐ》る気配や視線を感じさせるようにしたことで、精神が病《や》んでいくよう仕向けた。その思惑は見事成功し、最終的には自殺未遂《みすい》にまで至る。

ここまで来て王太子もおかしいと感じて調査した結果、ベアトリスさんとその友人たちの仕業《しわざ》であることに気づいた。ただし、直接的には何もしていないため、彼女たちは一ヶ月の停学処分だけで済んだ。

しかし、その間に王太子はシンシアさんを看病するようになり、それがきっかけで、彼女への愛を強く自覚し、互いの仲を深めていくこととなる。

そして、今後こういった最悪の事態が起こらないよう、彼は王家の影の者を使って、秘《ひ》密裏《みつり》にベアトリスさんを見張り、婚約破棄の手続きを水面下で進めていった。

停学が明けてからのベアトリスさんは、当初は大人《おとな》しくしていたものの、王太子とシンシアさんの仲がさらに深まっていることを知り、ついに強硬《きょうこう》手段に出たりもした。

魔法の演習授業の際、一人の学生が氷魔法の制御を誤《あやま》り、周囲に氷の槍を撒《ま》き散《ち》らした。そのとき、ベアトリスさんは氷の槍の一部を周囲に悟《さと》られないように操作《そうさ》して、シンシアさんに行くよう仕掛けたのだ。鋭《するど》く尖《とが》った氷は、彼女の胸を貫こうとしたものの、王太子によって阻止《そし》される。

こういった様々な悪行を学園卒業パーティー時に全て暴露《ばくろ》されたことで、ベアトリスさんは婚約破棄され、牢獄《ろうごく》へと幽閉《ゆうへい》された。その後の裁判《さいばん》で公開処刑が決まったのだけど、彼女は処刑三日前に脱獄《だつごく》、手引きをしたメイドのルクス・ソルベージュとともに姿を消すこととなる。

ここからは私の推測だけど、二人は隣国《りんごく》のジストニス王国へ亡命《ぼうめい》、指名手配が大陸中の国々に伝えられた後、ネーベリック事件により魔剛障壁《まごうしょうへき》が発生したってところかな？

「あの……アッシュさん、知れば知るほど、なぜクロイス様が彼女を匿《かくま》っているのかわからないのですが？」

「僕も、そこがわからないんだ。もしかしたら、サーベント王国から伝え聞いた内容と、実際に起きた事件に齟齬《そご》があるのかもしれない」

それは、ありえる。何らかの陰謀《いんぼう》が蠢《うごめ》いているのかな？

「いや、概《おおむ》ね合っているぞ。ベアトリス自身が、自分のやった悪行を認めたからな」

「「「え!?」」」

私たちは、アトカさんの一言に驚く。それなら、なぜ国賓《こくひん》の客室に迎《むか》えているの？

「今から七年前、クロイスが七歳のとき、俺たちはサーベント王国の王都フィレントへ表《ひょう》敬《けい》訪問している。その際、俺たちを王都入口で出迎えてくれたのが、ミリンシュ侯爵《こうしゃく》だった。そこには、当時十七歳だったベアトリスもいた。当時の俺たちは込みいった事情を一切知らなかったこともあり、クロイス様は彼女とすぐに打ち解け、『お姉様』と慕《した》うほどにまでなっている」

七年前ということは、婚約破棄事件の起きる一年前の出来事だね。

多分、シンシアさんへの虐《いじ》めも既《すで》に起きているけど、クロイス様に伝わらないよう、情報を操作していたのかな。

「俺も久しぶりに彼女と話したが、呪いでかなり弱々しくなっているものの、七年前と同じく、気品のある芯《しん》の強い性格は健在《けんざい》だった。だからこそ、どうしてあんな陰険《いんけん》な事件を引き起こしたのかがわからない」

アトカさんもクロイス様も、『ベアトリス』という個人を認めているんだね。

なら、何か事情を聞いているのかな？

「今、この大陸で何かが起きている。シャーロットから聞いたスキル販売者が、いい例だ。もしかしたら、そいつがエルギスにしたようなことを、彼女にもしたんじゃないかと思ってな。だから、内密に匿《かくま》うことにした。それに、現在の彼女は魔鬼族へ変異《へんい》して偽名《ぎめい》を名乗っているから、誰も指名手配犯のベアトリスと同一人物であることに気づいていない」

なるほど、だから私が緊急で呼ばれたわけか。

私の『構造解析』で調査すれば、事態が多少進展するかもしれない。

でも、ユアラがこの件に関わっているのかな？

七年前となると、彼女は八歳だ。いくらなんでも、そんな子供のときに、人を操《あやつ》ろうとするかな？　彼女自身が前世持ちなら可能性としてはあるかもしれないけど、う～んユアラの件をアトカさんたちに話さないと前に進まないよ。

どうする？　話すべきかな？

でも話したことをユアラが知ったら、何か悪さをしてくるかも……というか、神が背後に絡《から》んでいる以上、『話す』『話さない』に関係なく、絶対に悪さしてくるかもしれない。

ここは覚悟を決めて、ユアラとドレイクのことを話そう!!

ただし、人間の隠《かく》れ里や霊樹《れいじゅ》様の件だけは伏《ふ》せておこう。理由は不明だけど、精霊様は『霊樹様』の存在を公《おおやけ》にしたくないようだしね。アッシュさんとリリヤさんにテレパスで伝えると、二人とも了承《りょうしょう》してくれた。

「アトカさん、私たちはそのスキル販売者との接触《せっしょく》に成功しています」

「なんだと!!　それで捕縛《ほばく》できたのか？」

私は、首を横に振る。

「敵は、思った以上に手強《てごわ》いです。その件に関しては、後で報告します。今は、ベアトリスさんのもとへ向かいましょう」

「そうだな。シャーロット、先に言っておく。あいつの目的は、『復讐《ふくしゅう》』だ。復讐すべき相手は、『王家』」

ちょっと!! それを聞いているにもかかわらず匿《かくま》うの？　下手《へた》したら、サーベント王国と戦争になるよ!!

「お前の言いたいこともわかる。そうならないよう、俺やイミア、クロイスが全力でベアトリスを説得する!! だから、頼《たの》む!! シャーロット、ベアトリス・ミリンシュを助けてやってくれ」

さすがに、『はい』と断言《だんげん》できない。

まずは、『構造解析』で彼女の人柄や呪いについて確認させてもらおう。

〇〇〇

国賓《こくひん》用の客室に到着し、みんなで中へ入ると、そこには三人の人物がいた。そのうちの一人は私たちの知り合いだけれど、ここにいるはずのない意外な人物だった。

「よ、久しぶりだな。シャーロット、アッシュ、リリヤ」

「「「トキワさん!?」」」

どうして、トキワさんがいるの？

指名依頼が入って、国外へ行くと言っていたよね？　時期的に魔剛障壁が解除された頃だから、当分の間会えないと思っていたよ。

「トキワさんの依頼者って、ベアトリスさんなんですか？」

「ああ、詳《くわ》しいことは後で話す。まずは、彼女を解析してくれないか？　呪いのせいで、かなり危険な状態なんだ」

この部屋には、クイーンサイズのベッドが二台用意されている。国賓《こくひん》用の部屋だけあって、土台の材質も高級品で、上品なデザインが刻まれている。

私がベッドに近づくと、一人の魔鬼族の女性が横たわっており、呪いのせいか、かなり苦しがっている。金髪で、やや虚《うつ》ろな目をしているが、目の奥からは『死んでたまるか!!』という執念《しゅうねん》を強く感じる。

彼女の左腕には、点滴用の針が刺さっており、連結《れんけつ》されているチューブを辿《たど》ると、ベッドのすぐ横上方に点滴液がセットされている。多分、ポーションだろう。通常、ポーションは経口投与《けいこうとうよ》だけど、自力で飲めないくらい弱っている人には、静脈《じょうみゃく》用に調整されたものを与える。

「シャーロット様、私はベアトリス様の専属メイド、ルクス・ソルベージュと申します」

ベアトリスさんのそばに控《ひか》えているメイド服を着た見知らぬ魔鬼族。この人が脱獄の手引きをしたルクスさんか。紫色の短い髪、物腰柔《ものごしやわ》らかそうな雰囲気《ふんいき》を醸《かも》し出しているけど、

その目からは私への警戒《けいかい》を解いていないのを強く感じる。

「シャーロット・エルバランです」

「トキワ様から、あなたのことをお伺《うかが》いしております。……正直《しょうじき》に申し上げますが、彼から聞いた話は到底信じられない内容でした。しかし、今に至ってはあなたを頼るしかありません。どうか我《わ》が主人を、ベアトリス様をお救いください」

ルクスさんは知り合って間もない私に対して、深々と頭を下げた。ここまでの経験から、『構造解析』や『構造編集』の通用しない敵もいることがわかった。ベアトリスさんの呪いがどれほどのものかはわからないけど、自分のできる限りのことをしよう。

「最善を尽《つ》くします。それでは始めますね。『構造解析』!!」

名前　ベアトリス・ミリンシュ（呪いで弱体化中）
種族　ダークエルフ／性別　女／年齢　24歳／出身地　サーベント王国
レベル46／HP7（最大値50）／MP0／攻撃10／防御10／敏捷《びんしょう》10／器用10／知力10
魔法適性　火・水・風・土・雷・光／魔法攻撃0／魔法防御0／魔力量0
称号　『努力家』『不屈の心』
備考

卒業パーティー三日前に発症《はっしょう》した『積重呪力症』の効果で、『スキル封印、魔法封印、ステータス固定、重力三倍』の呪いを受けている。

……酷《ひど》い。本来はAランクの力量を持っているけど、『積重呪力症』という呪いのせいでかなり弱体化している。リーラやオーキスと同じくらい危《あや》うい状態だ。ステータスが封印されている以上、現在の彼女の体力は地球の成人した一般女性と同じくらいだろう。その状況で常時重力三倍を浴《あ》びているのだから、心身ともに相当きついはずだ。一日でも遅《おく》れていたら、治療も間に合わなかったかもしれない。まずは、この呪いを詳細に分析してみよう。

『積重呪力症』
発動者：アルバス・エブリストロ、ランドルフ・エブリストロ、エマ・エブリストロ
維持者：クォーケス・エブリストロ
呪い対象者：ベアトリス・ミリンシュ、ミリアリア・ミリンシュ
サーベント王国の王都フィレントにあるエブリストロ侯爵邸の地下から、闇魔法禁術『カーズサクリファイス』を行使し、呪いを永続稼働《えいぞくかどう》させている。代償《だいしょう》は、発動者の『命』

と『負《ふ》の感情』。怒り、妬《ねた》み、悲しみといった負の感情が強ければ強いほど、凶悪《きょうあく》な力を発揮《はっき》する。呪いを受けた本人には、必ずこれに加えて四つの呪いが付与《ふよ》される。ただ、維持者によって呪いの種類は異なる。今回使用された呪いは、『スキル封印』『魔法封印』『ステータス固定』『重力三倍』の四つである。

『積重呪力』とは、呪いの積《つ》み重《かさ》ねを指す。たとえ呪いの一つを解呪しても、新たな呪いが瞬時に付与されるため、生きている限り、永遠に何らかの呪いを受け続ける。また、『積重呪力症』や『積重呪力』の名称を『構造編集』で解呪したとしても、呪いが発動している本拠地《ほんきょち》を叩《たた》かない限り、再度発症する。

これは、かなり厄介《やっかい》な呪いだ。自分の命を犠牲《ぎせい》にしてまで、ベアトリスさんに呪いを与えるなんてね。ただ、その理由までは記載《きさい》されていない。呪いのエネルギー源は命と負の感情である以上、彼女自身、もしくはミリンシュ侯爵家自体のどちらかが強く恨《うら》まれているということだ。

あと、彼女のここまでの経緯《けいい》だけど、魔剛障壁が国土全域に敷かれたとき、呪いが一時的に解除されたようだね。その間、彼女はダンジョンに潜《もぐ》って身体を鍛《きた》えまくり、Aランクと同等の強さになったわけか。

そして強くなったベアトリスさんは、決着をつけようと、トキワさんを雇《やと》ってサーベント王国に戻ることにした。でもその途中、魔剛障壁が解かれ、同時に呪いも復活したわけね。トキワさんとルクスさんの力で解呪を試《こころ》みたけど、状況がより悪化してしまい、トキワさんが緊急帰還手段として用意しておいた『転移トラップ』を使って、ここへ逆戻りしたわけか。

指名手配に至った理由に関しては、アッシュさんから聞いた内容とほぼ同じだけど、少し齟齬《そご》がある。ベアトリスさんはエルギス様のように洗脳《せんのう》されているわけじゃないし、そういったスキルも所持していない。シンシアさんに嫉妬《しっと》して、度重《たびかさ》なる虐《いじ》めを実行していたのは事実だ。

でも、クロイス様のことを実の妹のように可愛《かわい》がっている彼女と、苛烈《かれつ》にシンシアさんを虐《いじ》め抜く彼女が同一人物のように思えない。現状、ユアラが絡んでいるのかは不明だけど、『構造解析』の内容と照《て》らし合わせると、当時のベアトリスさんの身に何かが起きた可能性がある。

まずは呪いの対処方法から考えていこう。

3話　呪いの対処方法

ベアトリスさんがかけられた呪いは、『積重呪力症』と、それによる『スキル封印』『魔法封印』『ステータス固定』『重力三倍』の合計五つ。一番の問題は、呪いの源泉《げんせん》となる『積重呪力症』だよね。これを『構造編集』で別なものに変化させても、本拠地がある以上、また同じ呪いにかかってしまう。となると……

「ルクスさん、ベアトリスさんの呪いを全て確認しました。まず、この呪いの根源《こんげん》ですが、サーベント王国の王都フィレントにいるエブリストロ侯爵家が大きく関わっています」

「エブリストロ侯爵家ですか⁉」

この名前を出したことで、彼女の顔色が大きく変化する。

「ルクス、その家って……確かミリンシュ侯爵家と敵対しているんじゃなかったか？」

トキワさんも、ベアトリスさんの抱《かか》える事情の一部を聞いているのね。

「はい、その通りです。正確に言いますと、今から三十年ほど前、激《はげ》しい派閥争《はばつあらそ》いが貴族間で起こりました。当時の侯爵様はベアトリス様の祖父《そふ》ジュデック・ミリンシュ様でございます。この争いは、エブリストロ侯爵側《がわ》がミリンシュ側の策略《さくりゃく》に嵌《は》まり、力を大きく衰《すい》退《たい》させたと聞いています。それ以降、貴族間の大きな争いは起きていません」

三十年前の話でしょう？　エブリストロ家は、ず〜っと根深くミリンシュ家を恨《うら》んでいたってこと？　もしかしたら、ずっと積年《せきねん》の恨《うら》みを晴らす機会を窺《うかが》っていたのかもしれない。

「呪いの発生時期が、卒業パーティー三日前となっていますので、タイミング的に王太子側と結託《けったく》した可能性がありますね」

「三日前⁉　まったく……気づきませんでした。いつも通りの口調《くちょう》でお話ししていましたし、体調も万全……のように見受けられたのですが……」

多分、体調不良を自分の管理不足と思い、誰にも悟られないよう、王太子の婚約者としての責務《せきむ》を果たそうとしたんだ。

「ところでルクスさん、ミリアリア・ミリンシュという人物を知っていますか？」

「そのお方は、ベアトリス様の妹君ですが？」

これを聞いたら、激怒《げきど》するかもしれない。多分、ベアトリスさんもルクスさんも亡命することに必死で、家族側で何が起きたのかも知らないはずだ。

「誠に言いにくいのですが、ミリアリアさんもベアトリスさんと同じ呪いがかけられています」

「え……そんな……まさか……ミリアリア様はなんの関係もないのに……どうして……」

卒業間近《まぢか》ということもあって、家族側もベアトリスさんに心配をかけないよう、この事実を伏せていたんだ。

エブリストロ家は三人の命を犠牲《ぎせい》にするほど、ミリンシュ家を強く恨《うら》んでいる。

おそらく、目的はミリンシュの血筋を途絶《とだ》えさせることだろうね。

二人を呪い殺せば、次代の子供が生まれなくなるもの。

子供たちが呪いで苦しめられることで、現侯爵や先代を奈落《ならく》の底に突き落とすつもりだ。

やり方が、非道《ひどう》だよ。

・王太子側は、ベアトリスさんとの婚約破棄を望んでいる。
・エブリストロ家は、ミリンシュ家を滅亡《めつぼう》させたい。

二者の思惑が一致しているからこそ、結託しているのだろう。とは言っても、それは六年前の話、今がどうなっているのかが肝心《かんじん》だよね。さすがに、そこまでの情報は掲載《けいさい》されていない。魔剛障壁のせいで、外界の情報が完全遮断《しゃだん》されていたのだから、クロイス様だってミリンシュ家の状況を知らないだろう。

「今の……話……本当なの？」

この掠《かす》れた声の持ち主が、ベアトリスさんのようだ。

『重力三倍』で体力も残り少ない中、無茶をする。

「初めまして、ベアトリスさん。シャーロット・エルバランと申します。今の話は全て真実です。その話をする前に、まずはあなたの呪いを解呪させるのが先決ですね」

ベアトリスさんが私を見て、ほんの少しだけ目を大きく開ける。

「できる……の？」

「可能です……が、いくつか方法があります。どれを選ぶのか、トキワさん、ルクスさん、ベアトリスさんの三人で決めてください」

私が、彼女に付与されている呪いについて詳細に説明していくと、ここにいるメンバー全員が渋《しぶ》い顔をした。解呪する方法は、二つある。

一）私のスキルで、『スキル封印』『魔法封印』『ステータス固定』『重力三倍』を無害なものに編集する。『積重呪力症』は『構造編集』スキルでの消失が現状不可能なので、ステータス上では残り続ける。そのため、何かの拍子《ひょうし》で無害化した呪いが消えたりすると、新たな呪いにかかる危険性はある。

二）『洗髪』スキルで、全ての呪いを完全消失させる。私、アッシュさん、リリヤさんのいずれかでベアトリスさんの頭を洗髪すれば、それが可能となる。

おすすめは、断然《だんぜん》後者だ。

前者を説明した際、全員複雑《ふくざつ》な胸中で『それが妥当《だとう》だろう』と思っていたはず。でも、後者を説明したらポカ〜ンとして何も喋《しゃべ》ろうとしなかった。

「シャーロット様、ふざけていますか？」

ルクスさん、言うと思いました。

誰だって、頭を洗髪しただけで呪いが消失するとは思わないよ。

「ふざけてなどいません。ナルカトナ遺跡を完全制覇したことで、土精霊様からご褒美《ほうび》として、とある称号と『洗髪』スキルを貰《もら》いました。この二つを併用すれば、どんな呪いでも解呪できるのです」

称号『禿《は》げの功労賞』を口にすると、余計拗《こじ》れるから言わない方がいい。

私の言葉に真っ先に反応したのは、トキワさんだった。

「お前ら、ナルカトナに挑戦したのか!!　しかも、完全制覇しただと⁉」

そこから話してしまうと、話がかなり長くなってしまう。

「トキワさん、その件に関しては後ほど詳しくお話しします。ある意味、あなたやコウヤさんにとってショッキングなお話でもありますので」

「俺や師匠《ししょう》にとって……だと？　わかった……ベアトリス、辛《つら》いのは承知《しょうち》している。どちらを選ぶ？」

今の彼女に選択できるほどの思考力が残されているのだろうか？　これは彼女の未来を大きく左右する選択肢。酷《こく》なようだけど、彼女自身に選んでもらわないといけない。

「前者……よ。後者は……論外《ろんがい》。完全解呪……された……途端《とたん》……黒幕に……気づかれる……ミリアリアが危険……シャーロット……お願い」

確かに『洗髪』で呪いを洗い流すと、黒幕となるエブリストロ家の連中が確実に勘《かん》づくだろう。そうなると、ミリンシュ家の人たちに危害が及《およ》ぶ可能性もある。危険度で言えば、まだ前者の方が低いか。

「わかりました。後は、私にお任《まか》せを!!」

さて、久しぶりの『構造編集』だ。

今回治《なお》すべきものは、『スキル封印』『魔法封印』『ステータス固定』『重力三倍』『積重呪力症』の五つ。

治療すべき順番も重要だ。

まずは……『**ステータス固定**』↓『**ステータス解放**』かな。

「この呪いをこの名称で構造編集して、マックスヒール!!」

ベアトリスさんの身体が淡《あわ》い緑色の光に覆《おお》われると、顔色も少しずつよくなっていく。

おお、HPの最大値が50から387へ、魔力量も0から411へと上がっていく。他のステータスも完全復活したようだ。この強さなら、『重力三倍』にも耐えられる。

彼女も自分の身体の異変に気づいたのか、目を見開いた後、ゆっくりと起き上がる。彼女は、平民女性用ルームウェアを着ているけど、違和感があまりない。侯爵令嬢ではあったものの、長年の逃亡生活でそういった服装に慣れ親しむようになったのだろう。

「ベアトリス様、まだ呪いが解けたわけでは……」

「ルクス、大丈夫よ。身体が嘘のように軽いのよ。『重力三倍』は継続《けいぞく》中だけど、私のステータスが一部回復したおかげもあって、これなら耐えられるわ」

よし、ここからは『積重呪力症』に注力しよう。

「ベアトリスさん、完全復活したら王家へ復讐するのですか？」

「当然よ。私は自分の中で起きている奇妙《きみょう》な変化を、殿下《でんか》や国王陛下にお伝えしていたのよ。有り体《てい》に言えば『嫉妬《しっと》』なんでしょうけど、どういうわけかシンシアに限り、心を抑《おさ》えきれないの。彼女への虐《いじ》めもやめられないから、彼女への見張りを強化させることも訴《うった》えたわ。事前に伝えていたからこそ、彼女に降りかかる災難《さいなん》をギリギリのところで防げたのよ」

そう、それについては『構造解析』で得られたデータに記載されていた。シンシアさんが殿下と知り合ってから、ベアトリスさんは強い嫉妬《しっと》を覚えた。これは、事実だろう。でも、シンシアさんが殿下以外の男性や女性と談笑《だんしょう》しているときでも、同じく『嫉妬心《しっとしん》』を覚えてしまい、それが日に日に増加していき、だんだん抑えきれなくなってきた。

シンシアさんがいない場所ではいつも通りの自分でいられるのに、彼女が視界に入っているときだけ、まるで自分が自分でないような奇妙な感覚に囚《とら》われる。当初、この感覚を『劣等感《れっとうかん》』と思っていたようだけど、知り合って間もない時点で感じているため、この言葉は当てはまらない。

ベアトリスさんも自分一人では解決できないと考え、両親や殿下、国王陛下に相談したけど、解決策は見つけられず、シンシアさんを自殺未遂にまで追い込んでしまう。その後も、陰険な策略で彼女の暗殺《あんさつ》を何度も何度も実行してしまう。そして、卒業パーティーで言い逃れできない証拠《しょうこ》を提示され、婚約破棄へと至る。

「心の中では、シンシアに申し訳ないことをしたという罪悪感でいっぱいだったわ。でも、なぜか自分を抑えられなかった。これが普通の嫉妬《しっと》なら、殿下や国王陛下には言わないわよ。自分自身を調査してもらったけど、何の異常も検出《けんしゅつ》されなかった。殿下や陛下も私の異変を知っていたにもかかわらず、卒業パーティーという重大イベントで婚約破棄され、最終的には公開処刑よ。私は裏切られたのよ!!　絶対に許せないわ!!」

う〜ん、私たちの知らない事情が潜んでいる。それがわからない限り、ベアトリスさんの復讐心を抑えきれないだろう。

「ベアトリス、お前の気持ちもわかるが、クロイスにそんな黒い一面を見せるなよ。あいつは、お前のことを『ベアト姉様』と慕《した》っているほどだ」

アトカさんの一言に、ベアトリスさんは悲しい表情を見せる。

「わ……わかっています。でも……」

「お前の中に、それだけ強い復讐心があることも理解している。だが、どうにもきな臭《くさ》い話だ。俺たちの知らない何かが裏に潜んでいるな。まあ、それを知るために、魔剛障壁が解除された後、お前たちはトキワとともにサーベント王国へ行こうとしたわけだが。とにかくシャーロット、まずはベアトリスの解呪作業を続けてくれ」

私は頷《うなず》き、作業を続行する。

「ベアトリスさん、もしあなたの正体がサーベント王国内で露見《ろけん》した場合、あなたとルクスさんはどうなるのでしょう？」

「状況にもよるけど、王族を護《まも》る守護騎士たちが私のもとへ押し寄せてくるでしょうね。全員がAランク以上の力を持っているから、今の私でもかなり厳《きび》しいわ。まあ、簡単に捕《ほ》縛《ばく》されるつもりもないから、とことん抵抗するつもりよ」

そうなると、彼女自身が真実に辿《たど》り着くためにも、力が必要となる。絶対的な切り札《ふだ》があれば、彼女の心にも余裕ができて、王族への復讐もすぐには実行しないだろう。

ならば、あえて『積重呪力症』も変えて、新しい力をあげよう。

「わかりました。まずは、あなたに切り札を与えましょう。あなたの持つ『積重呪力症』を、雷と光属性をあわせ持つ『積層雷光砲』へと構造編集します」

なぜか、全員が私を一斉に凝視《ぎょうし》する。

「シャーロット、一応聞いておくが、どんなスキル……いや魔法なんだ？」

全員が、アトカさんと同じ疑問を抱いているようだ。ふっふっふ、私としては一度でいいから、アニメとかである手から放つ『気』とやらで相手を消滅《しょうめつ》させる技を編《あ》み出したいと思っていたのよ。

「手元に集束《しゅうそく》させた強大な雷を光属性と融合《ゆうごう》させ、それを音速を超《こ》える速度で対象物に放てるようにした大技です。威力《いりょく》は、所持者の魔力量に比例しますので、今のベアトリスさんの力なら、この王城を半壊《はんかい》にできると思います」

そんなイメージで、構造編集したい。

う〜ん、当のベアトリスさんもポカ〜ンとして、私を見ている。

それと、『重力三倍』を『魔力二倍』に編集するのもアリかなと思っている。

王族の守護騎士と同等という中途半端《ちゅうとはんぱ》な強さのせいで、復讐心にも無駄な焦《あせ》りが見える。こういうときって、いい結果が出ないものなんだよね。ここは、ドーンと強くさせるべきでしょう!!

私が渾身《こんしん》の思いで強くみんなに訴えると……

「ふふ、あははは、面白《おもしろ》いじゃない。シャーロット、それで構造編集してみて」

「ベアトリス様、本気ですか!? 過ぎた力は毒になりますよ!!」

ルクスさんは否定的なようだけど、アトカさんとトキワさんを見ると……

「いや、ここはシャーロットの案に賛成だ。中途半端な力を持つより、過ぎた力を持たせた方が、心にも余裕ができ、視野が広くなる。トキワはどう思う？」

「俺も、アトカさんと同じ意見だ。今のベアトリスだと、危《あぶ》なっかしくて見ていられない節《ふし》がある。このままサーベント王国の王都に行けたとしても、真実には辿《たど》り着けないだろう。力を増大させ、その力を制御する訓練を行えば、一人のダークエルフとして成長できる。俺とルクスが責任をもって、彼女を見る」

アッシュさんとリリヤさんは部外者ということもあって、この場を見守っている感じだね。

「ふふふ、決まりね。私が暴走《ぼうそう》しそうになったら、ルクス、あなたが止めてね」

ここに入ってから初めて、ベアトリスさんが優《やさ》しく微笑《ほほえ》んでくれた。

その笑《え》みからは、負の感情をまったく感じ取れない。

「あ……わかりました」

ルクスさんも気づいたのか、私の案を賛成してくれた。もし、彼女がその身を『悪』に染《そ》めようとするのなら、私が責任を持って対処しよう。私には、彼女のステータスを構造編集した責任があるのだから。

4話　ベアトリスの復活

『積重呪力症』↓『積○○○○』↓『積層雷光砲』
『重力三倍』↓『○力○倍』↓『魔力二倍』

——にした結果、彼女の魔力量が822へと大きく上昇したけど、『魔力二倍』という項目が消失した。これは呪いではないと、システムに判断されたのだろう。
完全にSランクの力を有しているものの、それはあくまで魔力だけであって、他の基本数値は全てBかAランクのものとなっている。急激《きゅうげき》に増加した魔力に慣れるためにも、無理な運動は禁物だろう。また、『積層雷光砲』へ編集しても、すぐに新たな『積重呪力症』という言葉が現れた。さらに『魔力二倍』がなくなったため、新規に『大幅《おおはば》好感度低下』という呪いが表示されてしまった。

呪い『大幅好感度低下』
これまで出会ってきた全ての人々との絆《きずな》の証《あかし》とも言える好感度を、九十九パーセント低

下させる凶悪な呪い。

……やってくれる。

これが表示された途端、ベアトリスさんを見るアトカさん、トキワさん、ルクスさんの目の色が明らかに悪い方へと変化した。彼女もいち早くその変化に気づいて、かなり焦《あせ》った顔で私の方を見た。私自身が彼女を嫌《きら》ってしまったら、百パーセント死ぬことになるからね。

「私は、『状態異常無効化』スキルを持っていますから、外部から私の内部にあるあなたの好感度を低下させるようなスキルや呪いが放たれたとしても、まったく効きませんのでご安心を」

「それを聞いて安心したわ。まったく、この呪いってエブリストロ家の誰が考えているのよ。私にはシャーロットがいるから安心できるけど、妹のミリアリアには頼れる人物はいないはず。早く、会いに行きたいわ」

「焦《あせ》りは禁物ですよ。まずは、自分の身体の治療に専念《せんねん》しましょう」

ちなみに、私の後方に控えているアッシュさんとリリヤさんは、呪い発動前と発動後で、ベアトリスさんを見る目に変化はない。会って間もないから好感度自体が、ゼロに近いのだ。また、自分たちには手に負《お》えない事態となっているため、ず〜っと何も言わずに状況を見守っている。

さて、このまま呪いを放置しておくのはよろしくない。

相手がベアトリスさんを陥《おとし》れたいのなら、その気持ちをそのまま利用してやる。呪いの効果を違った意味で維持したまま、『構造編集』を実行だ。

『大幅好感度低下』↓『大幅好感度〇〇』↓『大幅好感度上昇』

効果：

これまで出会ってきた全ての人々との絆《きずな》の証《あかし》とも言える好感度を、九十九パーセント低下させる凶悪な呪い。

↓

これまで出会ってきた全ての人々との絆《きずな》の証《あかし》とも言える好感度を、二百十パーセント上昇させる凶悪な呪い。

くくく、低下を上昇へと編集することで、好感度を呪い発動前より二倍も向上させた。

システム上、呪いとなっているけど、もはや一種の称号のようになっている。

最後に、『スキル封印』と『魔法封印』も、ステータスと同じように『解放』へと編集したところで、作業終了。この解放系のスキル……じゃなくて呪いの内容は、『常時、解放状態となる呪い』だ。つまり、呪いや魔法により再度封印されそうになっても、このスキル……いや呪いがそういったものを相殺《そうさい》してくれるのだ。

名前　ベアトリス・ミリンシュ
レベル46／HP387／MP822／攻撃321／防御339／敏捷484／器用237／知力329
魔法適性　火・水・風・土・雷・光／魔法攻撃441／魔法防御409／魔力量822

う～ん、基本ステータスだけを見ても、魔力量が際立《きわだ》っている。『魔力循環《じゅんかん》』や『魔力操作』といった基本スキルも平均レベルが7だから、ここで訓練を続けていけば次第に慣れてきて、魔法関係の数値も上がってくるはず、後は彼女次第かな。

「ベアトリスさん、終了です。ご気分は如何《いかが》ですか？」

彼女はベッドから離れ、自分の力だけで立ち上がる。自分のステータスを確認し終えたらしく、ゆっくりと両手を握《にぎ》ったり緩《ゆる》めたりを繰《く》り返し、自分の湧《わ》き上がる力に困惑しているのか、両手を見続けている。

「凄《すご》い……まるで自分じゃないみたいよ。身体の奥底から湧《わ》き上がる魔力が、以前のものより大幅にアップしているわ」

ベアトリスさんを見る目が元に戻ったアトカさんたちも、彼女の身に起きた変化に戸惑《とまど》いを隠しきれていない。

「おいおい、マジかよ。魔力量を構造編集しただけで、明らかに凄《すご》みを増しているぞ。ベアトリス、逸《はや》る気持ちもわかるが、絶対魔力を外に漏らすな。今のお前は、まだ制御も不完全だろう。感知されたら、クロイスやイミアたちが、ここへ駆けつけてくるからな」

アトカさんによると、現在クロイス女王はビルクさんを筆頭《ひっとう》とした臣下《しんか》たちと、会議中らしい。城内でネーベリック並みの魔力を突然感知したら、大騒《おおさわ》ぎになってしまうよね。

「もちろん、わかっています。でも、この湧《わ》き上がる力を一刻も早く制御したいので、明日になったら近くのCランクダンジョンに行ってみます。ふふ、楽しみだわ。シャーロット、ありがとね。貰《もら》った力、絶対に無駄にしないわ」

Cランクダンジョンなら、今のベアトリスさんでも問題ないね。ルクスさんやトキワさんだっているのだから、暴走も起きないでしょう。彼女の呪いの件もこれで片づいたから、クロイス様が戻り次第、私の話をしていこう。

○○○

「ベアト姉様～呪いが治ったんですね!!　よかった～」

「ちょっとクロイス、みんなが見ているでしょう!!　離れなさい」

治療完了後、二十分ほどしてからクロイス様とイミアさんがやって来た。クロイス様はベアトリスさんを見た瞬間、大粒《おおつぶ》の涙を流して彼女の胸へと抱《だ》きつき、今の状態となっている。

「嫌です!!　七年ぶりに会えたのに、姉様は死にかけていたのですよ？　私にとって、姉様は家族なんです。もう……誰も死なせたくありません!!」

クロイス様の親類はエルギス様ただ一人。そんな彼も今は幽閉されているから、甘える相手がいない。だからこそ、ベアトリスさんとの再会が衝撃的《しょうげきてき》だったのだろう。体調が復活したこともあって、甘えに甘えまくっている。

「まったくもう、こんな姿、国民には見せられないわね。シャーロット、ベアトリスの呪いはどうなったの？」

イミアさんも、少し呆《あき》れているようだ。

「呪い自体は、今も継続中です。ただし、内容を大きく変更していますが」

そう、彼女のステータスには、『スキル解放』『魔法解放』『ステータス解放』『積重呪力症』『大幅好感度上昇』の五つが今でも記載されている。それらを説明すると……

「それ、呪いじゃなくて、もはやとびきり凄《すご》いスキルでしょ？」

「その通りです。しかし、元は呪いによってもたらされていますので、一応呪いの一種です」

「しかも、あなたの『構造編集』スキルで編集されたものは固定されてしまい、基本的に誰も弄《いじ》れなくなるから、ほとんど呪いとして意味をなしていないじゃないの」

まったくもってその通り。仮にエブリストロ家の連中が呪いの名称に気づいたとしても、絶対に変更できない。最悪、誰かの命を差し出して同じ呪いをかけようとしても、既に存在しているので当事者にはね返ってしまうだろう。『呪いの反射』……か、今の私ならイメージさえ構築できていれば、そういったスキルを作れるかもしれない。

「おいおいクロイス、いい加減ベアトリスから離れろ。ここじゃあ狭《せま》いから、会議室に移動して、シャーロットの話を聞こう。ナルカトナ遺跡付近で、スキル販売者と遭遇《そうぐう》したらしい」

アトカさん、場を動かしていただき、ありがとうございます。

「え⁉　シャーロット、それは本当ですか？」

クロイス様は、やっとベアトリスさんから離れてくれた。

「はい、真実です。この話に関しては長くなるので、場所を移しましょう」

ここにいるメンバーたちは、今後ユアラと接触する危険性が高い。あいつのことだから、今もどこかで私たちを観察しているかもしれない。『話さない』という選択肢を選んでしまうと、後々危険かもしれないから、こうなったら隠れ里を省《はぶ》いた状態できちんと話していこう。

……ここは会議室、私たちは大きな円形のテーブルを囲み、全員が椅子《いす》に座っている。ベアトリスさんもルームウェアのままだと礼儀《れいぎ》に反すると感じたのか、上質な冒険服へと着替えている。

私が、ロッキード山で起きた魔物大発生がスキル販売者ユアラの仕業であること、彼女が古代遺跡ナルカトナを一時期乗っ取り、私たちがいいように弄《もてあそ》ばれたことを話すと、全員が怒りに身を染めた。

「ユアラと言ったか？　要は、そいつが諸悪《しょあく》の根源ってことかよ」

アトカさんは人相の悪さのせいもあって、顔がかなり怖《こわ》い。

「その女がエルギス兄様を誑《たぶら》かし、『洗脳』スキルを与えたのですね。大勢の人々が死んだにもかかわらず、一切の反省が見られないとは……ユアラのせいで……父も母も……」

先ほどまで喜びに満ち溢《あふ》れていたクロイス様も、まだ見ぬユアラを酷く恨《うら》んだ。当然だ、あいつのせいで国内の人々が、どれだけ死んだことか。

「シャーロット、俺がユアラと遭遇《そうぐう》した場合、単独で勝てると思うか？」

トキワさんからの質問、答えにくいけど、はっきりと言った方がいいよね。

「彼女の力は表向きはBランクですが、底が見えません。私の全力の一撃を、何らかのスキルで完全防御したほどです。多分、トキワさんが『鬼神変化』したとしても、手も足も出ないと思います」

彼は眉《まゆ》をひそめる。

「そこまで……かよ。ガーランド様からの連絡は？」

「現状、ありません。彼女は、自分の存在を他者へ誤認《ごにん》させるようにシステムを弄《いじ》っているせいで、ガーランド様も精霊様もかなり苦労しているそうです」

部屋の雰囲気《ふんいき》が、重い。相手が、こちらの想定した以上に手強いのだから仕方ない。

「彼女に関しては、私に任せてください。彼女との一戦でさらに強くなりましたし、新たなユニークスキルも開発しました。次出会ったとき、必ず仕留《しと》めてみせます!!」

このまま、ユアラを野放しにしてはいけない。必ず、世界に大混乱をもたらす災厄《さいやく》になりかねない。彼女がスキルを一つ販売したことで、ジストニス王国は崩壊《ほうかい》しかけたのだから。多分……私の手で、彼女を殺すことになるかもしれない。

「シャーロット、本当にその女を……殺せるのか？」

トキワさんの私を見る目、何か試されているようだ。

「正直言って……私はこの力で同族を殺したことがありません。ですから、『躊躇《ためら》い』というものが心にあります。ですが、世界の存亡《そんぼう》が懸かっているんです。そんな甘いことを言っていられません」

はっきり言って怖いよ。前世でも、人を殺したことがないのだから。ここは異世界、そんな優柔不断《ゆうじゅうふだん》な思いを抱いていたら、足をすくわれる。

「シャーロット、アッシュ、リリヤ、お前たちも俺たちの旅に同行しろ」

「「「え!?」」」

私の迷《まよ》いを察知したのか、トキワさんが予想外の提案をしてきた。

5話　今後の方針

トキワさんから、まさかの提案が出される。ベアトリスさんのステータスを大きく弄《いじ》ってしまったから、その責任もあって同行を申し出ようかと思っていたけど、まさか向こうから言ってきてくれるとは思わなかった。

「シャーロット、同族と戦った経験はあるか？」

「実戦での経験は、一度もありません」

そう、人を殺したこともなければ、人と死ぬ気で戦ったこともない。クーデターの際、トキワさんと本気で戦っているけど、あれは実戦とは言いにくい。どちらも相手を殺さないよう、細心の注意を払っていたのだから。

「アッシュは？」

「クーデターのときに、一度だけ経験しています。ただ、軍の人たちを馬鹿深い落とし穴に落として、頂上から石を投げつけただけなので、あれを対人戦と言えるのか微妙《びみょう》ですね」

アッシュさんも隠れ里のカゲロウさんと実戦形式で戦ってはいるけど、殺し合いはしていない。

「リリヤは？」

「アッシュと出会う前の奴隷時代、私は……何度か経験しています。ただ、当時は今以上に弱かったので、遠くから弓で盗賊《とうぞく》の頭を射《い》ったり、極限《きょくげん》状態の中で短剣を握りしめ、必死になって盗賊たちのお腹を刺した程度ですけど」

そうだった。私たちと出会うまでは、白狐童子のこともあって、色々と苦労していたんだよ。

暴走して白狐童子と入れ替わった際は、密度《みつど》の濃《こ》い対人戦だって経験している。リリヤさん自身は覚えていなくとも、身体にそういった経験が刻み込まれているから、実際に盗賊などの悪人と相対することになっても、苦もなく戦っていける気がする。

「そうなると、問題はやはりシャーロットか。俺たちにとっての切り札とも言えるお前が未経験のままだと、いずれそこを突かれることになる」

う、それは私も思っていました。

「ちょっと、トキワ!!　シャーロットは、まだ七歳よ。さすがに、その歳《とし》で同族殺しはまずいでしょう。アトカからも、何か言ってよ」

イミアさん、擁護《ようご》してくれるのは嬉《うれ》しいけど、さすがにこればかりは甘えていられません。

「イミア、落ち着け。普通なら俺も反対するところだが、『ユアラ』という存在は危険すぎる。その女と対等に戦える存在は、ここまでの情報だと、シャーロットしかいない。一番気がかりなのは、『ユアラとの戦い方』にある。トキワは、そこを危惧《きぐ》しているんだろ？」

どういうこと？　トキワさんも頷《うなず》いているけど、私の戦い方に何か問題があるの？

「互いの力が拮抗《きっこう》している場合、生半可《なまはんか》な技はどちらも通用しない。そういったとき、大抵自分の持つ最高の技で勝負が決まる。シャーロット、ネーベリックを殺したときと同じ方法で、ユアラを殺せるか？」

私が逡巡《しゅんじゅん》していると、アトカさんは私の思考を鈍《にぶ》らせるほどの質問を放ってきた。

ネーベリックを討伐《とうばつ》したときの最後の技は……げ、『内部破壊』だ!!

あの技をユアラに当てるの!?　ど……どこに当てても、グロい映像しか思い浮かばない。

「今の表情だけで、覚悟が足《た》りていないことが、よ〜くわかった。トキワ、シャーロットに対人戦のイロハを教えてやってくれ」

う、私の顔色だけで悟られてしまった。ユアラだけじゃなくて、同族の悪人に『内部破壊』や『共振破壊』を使いたくない。最後には、木っ端微塵《こっぱみじん》になったグロい光景を強くイメージしてしまうからだ。でも、ここが異世界である以上、人を殺《あや》める覚悟を持たないと、最悪みんなが死んでしまう。それだけは、絶対に嫌!!

「わかりました。俺が、みっちりと彼女の心に刻み込ませてやりますよ」

怖いよ、トキワさん!? 七歳の子供に、何を教える気だ!!

ユアラの件に関しては話し終えたけど、私はいつか彼女と戦うことになる。捕縛《ほばく》だけしてガーランド様に突き出すことも可能かもしれないけど、今後の関わり方次第では大規模な戦争になることもありえる。対人戦の経験は、絶対に必要だ。ただ、できる限りグロい方法だけはとりたくないから、『内部破壊』や『共振破壊』以外の技も考えておこう。

○○○

『対人戦』についてはひとまず落ち着いたため、次に遺跡関係の話をしていく。

トキワさんも早く知りたいだろうしね。

「次に、『ナルカトナ遺跡の最下層の石碑に何が刻まれていたか？』なんですが、リリヤさん、トキワさん、コウヤさんにとって衝撃的な内容ですので、覚悟を決めて聞いてください」

ベアトリスさんとルクスさんも、ジストニス王国の事情を詳しく知らないだろうから、そういったことも踏まえた上で全てを話していこう。


……全てを話し終えた結果、私とアッシュさん以外の人たちが顔をテーブルに突《つ》っ伏《ぷ》した。リリヤさんは石碑の内容を知っているけど、改めて聞かされてもショックなんだね。

「マジかよ。全ては、俺、師匠、リリヤの先祖《せんぞ》がしでかしたことが発端《ほったん》なのか。師匠が、俺に教えてくれないはずだ。そもそも、神に戦いを挑《いど》むって、どれだけ戦闘狂なんだよ。俺でも、そんな馬鹿げた行為はしないぞ？」

さすがのトキワさんも、かなりショックのようだ。

「クロイス様、申し訳ありません。全ては、私たちの先祖が悪いんです」

リリヤさんが謝罪する必要はないんだけど、まあ内容が内容だけに言っちゃうよね。

「あ……はは……まさか、『ジストニス王国の異変』に『禿《は》げ』が関わっていたなんてね。毛生え薬の開発で、こんな事態に陥《おちい》るなんて……」

ベアトリスさんも、胸中複雑だろう。国宝のオーパーツ『魔剛障壁』を使い外界と隔絶《かくぜつ》した理由に『毛生え薬』が関わっていたなんて、絶句しても仕方ないと思う。

「も……もう終わったことですから。ベアト姉様、『毛生え薬』に関しては各国の首脳陣《しゅのうじん》に言わないでくださいね。国の威厳《いげん》が保てません」

ここまでの話し合いで、魔剛障壁に関しては既に解かれていることを、クロイス様の口から聞いた。ハーモニック大陸の全国家には、理由も含めて大型通信機で通達されている。

研究の失敗で、ザウルス族ネーベリックがSランクの力を身につけ凶暴化《きょうぼうか》したこと、その力が余りに強大すぎたため、各国に被害が及ばないよう、物理、スキル、魔法などの攻撃全てを隔絶させる魔剛障壁を前触《まえぶ》れもなく突然敷いてしまったこと。それらを説明し謝罪したことで、みな納得してくれた。

真実を言ったら、ジストニス王国の威厳が失墜《しっつい》し、どの国からも馬鹿にされるだろう。

「い……言わないわよ。そもそも指名手配されているから、そんな連中と会えもしないわ」

ある意味、助かります。

「つうか、土精霊様もそんな石碑を三千年以上も守っていたのかよ。まあ、そのおかげで、全ての謎《なぞ》が解けた。『禿《は》げの功労賞』と言ったか？　シャーロット、アッシュ、リリヤの三人は、『洗髪』スキルを他者に付与でき、洗髪すればどんな呪いも解呪できるわけか？」

ようやく復活したアトカさんも顔を上げ、心境を語る。

「はい、エルギス様の件もありますから、対処方法を伺《うかが》おうと元々こちらへ戻る予定でした」

現在、国内の『洗髪』スキル所持者は、非常に少ない。王族貴族ともなると、エルギス様ただ一人。今もあの方は貴族たちを洗髪していると聞く。私たちの新スキルをどう扱うべきか、それをクロイス様に問いたい。私が彼女を見ると、すぐに今後の対応について口を開いた。

「『シャーロットの対人戦教育』『洗髪スキルへの対処』『ベアト姉様の魔力制御』。この三点が当面の問題ですね。それならば、ベアト姉様が王都内のダンジョンで増大した魔力の制御訓練を実施する。その間、トキワもしくはアトカが、シャーロットとアッシュに対人戦教育を施《ほどこ》す。リリヤは孤児院《こじいん》の子供たちに『洗髪』スキルを付与して、その方法を教えていく。当面の間、これで進めてみましょう」

クロイス様の意見に、みんなが賛同する。私としても、この提案はありがたい。いきなり盗賊と戦闘とかになったら、多分頭がショートして、何かしでかしそうな気がする。あ、でも私には『状態異常無効化』スキルがあるから、グロい方法で人を殺《あや》めたとしても何も感じないか……あはは、それはそれで大問題だよ!! そういったことも踏まえて、アトカさんとトキワさんに何らかのアドバイスを貰《もら》おう。

みんなにとって衝撃的な内容の会議ではあったけど、今後の方針が決まったことで、私の心も落ち着いた。特に、アトカさんとトキワさんから対人戦の手解《てほど》きをしてもらえるのは非常に嬉しい。私の攻撃力がゼロである以上、攻撃手段がかなり限られてしまうものの、三人で相談していけば、何か別の方法を思いつくはずだ。

話し合いが終了し、クロイス様は女王の業務を再開するため会議室を出ていき、イミアさんも護衛のため一緒に出て行った。アッシュさんとリリヤさんが私のもとへ来たので、今後の相談をしようと思ったら、ベアトリスさんとルクスさんも私の方へやって来た。

「シャーロット、私の事情に巻き込んでしまって、ごめんなさいね」

ベアトリスさんも複雑な事情を抱えているから、無理もない。でもさ……

「いえ、それはこちらも同じです。ユアラのことを話してしまった以上、彼女の方からベアトリスさんやルクスさんに接触してくる可能性がありますから」

その名を口にすると、二人は眉をひそめる。

「ユアラ……か、もしかしたら既にサーベント王国に侵入《しんにゅう》して、何か仕掛けているかもしれないわね」

「ベアトリス様の抱える謎の嫉妬心《しっとしん》も、ユアラの仕業でしょうか？」

ルクスさんの言いたいこともわかるけど、そこまではわからない。

「現時点では、何とも言えません。サーベント王国王都に出向いて、シンシアさんや王太子様を構造解析すれば、何か進展が見られると思います」

　私自身、ユアラに関しては……

『スキルを他者に販売可能なこと』

『本人も、私の接近を許さないほどの強力なスキルや魔法の使い手であること』

『ドレイクというフロストドラゴンを従魔《じゅうま》にしていること』

『自分の存在を他者に置き換《か》え、ガーランド様の目を欺《あざむ》けること』

『ガーランド様の制作したシステムの一部を一時的に乗っ取るほどの力を有していること』

　この五点以外、何もわからない状態だ。

　彼女が接触してこない今のうちに、多くの経験を積んでおかないといけない。

「そうね。あなたの力に頼ってしまうことになるけど、今後ともよろしくね。何かわからないことがあったら、私かルクスに聞いてちょうだい。サーベント王国内のことなら、大抵のことはわかるわ」

　そういえば、アイリーンさんから聞いた情報に、サーベント王国の遺跡名があったような？

　たしか、名前は……

「クックイス遺跡!!」

「え、突然どうしたの？」

おっといけない。大声を出したから、二人を驚かせてしまった。私の事情は、アトカさんやトキワさんから聞いていると思うし、普通に質問すればいいか。

「サーベント王国の中でも、『クックイス遺跡』だけは制覇されておらず、最下層にあるとされる石碑の内容も不明と聞いています。この遺跡について、どんな些細《ささい》な情報でもいいので教えてくれませんか？」

本来、カッシーナでアイリーンさんから聞こうと思っていたのだけど、そんな暇がなかった。サーベント王国出身の彼女たちなら何か知っているかもしれない。

6話　クックイス遺跡の正体

私の目と声色《こわいろ》から真剣さが伝わったのか、ベアトリスさんが話し出す。

「シャーロット、あなたの事情はトキワから聞いているわ。期待しているところ申し訳ないんだけど、『クックイス遺跡』自体はナルカトナと違ってダンジョン化していないの」

は？　ダンジョンじゃない？　でも、アイリーンさんは……

「五十年くらい前から、雷精霊様がクックイス遺跡を使って、毎年一回大規模なイベントを開催《かいさい》しているのよ。死者も出る危険な催《もよお》し物だけど、優勝賞品が豪華《ごうか》なことから、このイベントは口コミでハーモニック大陸中に広まったわ。まあ、口コミのせいもあって、歪《ゆが》んだ情報が一部で伝わってしまい、世間一般にはナルカトナ遺跡に次《つ》ぐ高ランクダンジョンと言われているのよ」

イベント？

「ということは、石碑はないんですか？」

「ええ、ないわ」

はっきりと断言されたよ。

これは、想定外の情報だ〜。まあ、物事は前向きに捉《とら》えよう。

「毎年一回限りのイベントって、何をやっているんですか？」

年一回しか実施されないイベントで、どうしてジストニス王国にまで名が広まっているのだろう？

「クイズ大会よ」

「は、クイズ？」

……驚きの連続だよ。雷精霊様が主体となって、クイズ大会を開催しているとは。

「遥《はる》か昔、クックイス遺跡は闘技場として使用されていたわ。『戦闘奴隷対魔物』『戦闘奴隷対戦闘奴隷』『魔物対魔物』という具合でね。そこでは、どちらが勝つのかという賭《か》けごとも実施され、かなり収益を上げていたらしいわ」

古代ローマのコロッセオと似ているような気もする。

「遺跡の形が、ドーム状でかなり広い。中央が闘技場、周辺部が観客席になっていて、多分二万人くらい入るんじゃないかしら？」

「「二万人⁉」」

日本の『とあるドーム』みたいだ。

雷精霊様にとって、そこがクイズ大会を実施できる理想的な会場なんだね。

「ルクス、参加者って何人くらいだった？」

「ここ最近はわかりませんが、私の知る限りでは二千人を超えていたと思います」

「「二千人⁉」」

私と同じく、ずっと話を聞いていたアッシュさんやリリヤさんも、これらの人数には驚いたようだ。いくらなんでも、収容人数二万人と参加者二千人は多すぎだよ。

「はい、参加者があまりに多いので、予選に関しては『○×クイズ』や『バトルロイヤル』といった感じの全員参加のクイズが主体となっています」

ちょっと～『○×』はわかるとして、『バトルロイヤル』はクイズじゃないでしょうに‼　どうやって、クイズとして成り立たせているのよ～。

「優勝商品は、『本人の望む願い事を一つ叶《かな》える』ですね」

ツッコミどころが多すぎる。願い事の内容って、人それぞれ違うし、いくら精霊様でも叶《かな》えられないものもあるはずだよ。というか、私の願い事って……

『ユアラを捕縛《ほばく》する』

『アストレカ大陸エルディア王国に住む両親のもとへ帰還する』

『転移魔法の取得』

この三つだ。

私自身、ガーランド様と会っているから、ユアラ以外の願い事に関してはあの方に直接要求すれば、本来は叶《かな》うんだよ。でも、神様自身に自力で帰るよう言われているし、転移魔法に関してはヒントしか貰《もら》えていない。つまり、雷精霊様にお願いしても、私の望みは絶対に叶《かな》えられない。

「シャーロット様、そんなに悲観《ひかん》することはありませんよ」

落ち込む私に、ルクスさんが優しく声をかけてくれた。

「一つお伺《うかが》いしたいのですが、転移魔法の取得は帰還する上で、絶対に必要なのですか？」

帰還だけを考えるのなら、そこまで重要じゃない。

「いえ、その魔法を取得しても、故郷には転移できません。ここからアストレカ大陸への旅を続けるにあたり役立つ魔法だと思い、探《さが》しているだけなんです」

どうしたのかな？

ベアトリスさんもルクスさんも、微笑《ほほえ》んでいる。

「それなら問題ありませんね、ベアトリス様？」

「ええ、問題ないわ。予選突破《とっぱ》者は約百名、予選が終わると同時に、本選が始まるわ。本選はね、十ヶ所のチェックポイントがあるのよ。色んなジャンルのクイズが各ポイントで出題されるのだけど、そこで一定の正解数を答えられれば、次のチェックポイントに行けるわ」

うーん、聞けば聞くほど、日本のとある番組にそっくりなんですけど？

「いい？　ここからが重要よ。そのチェックポイントというのは……世界中に点在している……街を指しているの。雷精霊様が、転移魔法で勝利者たちを導いてくれるわ」

私もアッシュさんもリリヤさんも、一瞬それが何を指しているのかわからなかった。三人の中で、いち早くベアトリスさんの話すことの意味を理解したのはリリヤさんだった。

「ね……ねえシャーロット、それってあなたの故郷じゃなくても、アストレカ大陸のどこかの街がチェックポイントとして設定されていれば、正当な手段で帰還できるよね？　アッシュも、そう思うでしょ？」

「そうか……リリヤの言う通りだ。ここからアストレカ大陸まで、ランダルキア大陸を経由すると、絶対二年……いや、何らかの騒動《そうどう》に巻き込まれることを考慮すると、四年近くかかると思う。いつ開催されるのかは不明だけど、このクイズ大会に参加して本選まで行ければ、一年もかからないよ!!」

あ……そうだ……その通りだよ!!

私が予選を勝ち抜き、本選まで進む。そこからさらに勝ち進んでいけば、いずれアストレカ大陸のどこかがチェックポイントとして選ばれるはずだ!!　この方法は、私の強さを一切利用せず、アストレカへ行ける最速の手段だよ!!

「ベアトリスさん、ルクスさん、ありがとうございます!!　希望が見えてきました。クックイス遺跡で開催されるクイズ大会、私も挑戦します!!」

いつ開催されるのかわからないけど、サーベント王国に行ったら真っ先に調査しよう。

「喜んでもらえて嬉しいわ」

「シャーロット様には、私もベアトリス様も大変感謝しています。この程度では、まだまだ恩義を返せていませんので、サーベント王国に到着したら、有益な情報をもっともっと集めますね」

お二人と出会ったことで、予想外の情報を得た。この情報は、本当にありがたい。でも、ここで焦《あせ》ったらダメだ。現在、ベアトリスさんとルクスさんは指名手配されている。理想的なことを言えば、彼女たちの抱える問題とユアラの件を解決してからクイズ大会に挑みたい。

でも、ユアラの件が先に解決したら、さすがのガーランド様だって何かご褒美《ほうび》をくれるよね？　もしかしたら、転移魔法の取得はできなくとも、エルディア王国への帰還に関しては特別に力を貸してくれるかもしれない。

そう考えると、俄然《がぜん》やる気が漲《みなぎ》ってきたよ!!

『ユアラの捕縛《ほばく》』と『クックイス遺跡でのクイズ大会参加』、この二つを目標に私も頑《がん》張《ば》っていこう。

〇〇〇

ベアトリスさんと知り合ってから、十日が経過した。現在、私たちはサーベント王国へ出発するため、王城バルコニーに集結している。見送るメンバーはクロイス女王、アトカさん、イミアさんの三名。新たな旅路《たびじ》へと出かけるメンバーは私、アッシュさん、リリヤさん、トキワさん、ベアトリスさん、ルクスさんの六名だ。私を含めた全員が、自分たちの抱える欠点を克服《こくふく》したため、精悍《せいかん》な顔立ちをしている。

この十日間、みんながそれぞれ大変だったよ。

ベアトリスさんはルクスさんとともにC～Aランクダンジョンに籠《こも》り、自分の増大した魔力と積層雷光砲の制御に尽力《じんりょく》した。

私たちは、アトカさんやトキワさんに対人戦のイロハを教えてもらった。人には、『急所』というものが存在する。そこを攻撃すれば、力の劣《おと》る者でも強者を倒すことができる。また、たとえこちらが強者でも、敵の数が多い場合、気配を消し急所を狙い澄《す》まして攻撃していくことで、集団に悟られず、必要最小限の力で相手を倒すこともできる。

私自身、急所のことは知っていたものの、正確な位置までは把握《はあく》していない。かなりの数があったけど、私たちは全てを覚え、急所の活《い》かし方と殺し方、対人戦で生じる恐怖心や忌避感《きひかん》の克服方法を学んでいく。

私の場合、『状態異常無効化』スキルもあるため、そういったものに囚《とら》われることはないが、必ず違和感を覚えてしまうだろう。人を殺《あや》めたのに、何の感情も生まれないのはおかしいからね。私の精神が異常をきたさないよう、制御方法を伝授《でんじゅ》してくれたトキワさんには大感謝だよ。

——そうした対人戦用の教育を受けている間に、私の年齢はいつの間にか『八歳』になっていた。

その場にいたアッシュさん、リリヤさん、アトカさんに教えると、三人とも驚き、その日の夜に私の誕生会《たんじょうかい》が開催され、クロイス様やイミアさんも加わり、私はみんなから祝福《しゅくふく》された。去年、家族に祝われたことを思い出して、私も感激《かんげき》の涙を流してしまったのが記憶に新しい。ちなみに、トキワさん、ベアトリスさん、ルクスさんの三人はその日の朝から、Aランクダンジョンへと移動を開始したため欠席となっている。

カッシーナから王城に戻ってから八日目の昼、三人が帰還したのだけど、ベアトリスさんとルクスさんの目は自信に満ち溢《あふ》れていた。私が構造解析すると、ベアトリスさんは魔法面がSランクへと成長しており、私の知らない称号『大魔導』が追加されていたので驚いたよ。

称号『大魔導』
取得条件：自分の最大攻撃魔法による一撃で、自分より強者の敵を同時に五体以上葬《ほうむ》る。
副次《ふくじ》効果：
㈠　限界突破　500↓999
㈡　魔力量、魔法攻撃、魔法防御、知力（各々100アップ）

詳しく聞いてみると、私の『構造編集』で魔力量が800を超えたのだけど、最初はその力を十分に発揮できなかった。私の力で無理矢理限界突破させたから、システムに不具合が生じていたのかもしれない。称号『大魔導』を取得したら、きちんと制御できるようになったとか。

ルクスさんもレベルが上がったことで基本ステータスの全てが、Aランクの力量にまで成長していたので、二重に驚いたね。

「ベアト姉様、シャーロットの魔法で移動することになりますが、それでもここから国境を越えたサーベント王国北西部までは、休憩《きゅうけい》を挟《はさ》んでも二日以上かかると思います。国境付近にある『バザータウン』で英気を養ってから、サーベント王国へ向かってくださいね」

昨日、その移動方法を教えようと思い、クロイス様を含めた全員をウィンドシールドで囲い、高度三千メートルまで上昇した後、その辺を軽く移動した。そのとき、経験のない人たち（クロイス様、トキワさん、ベアトリスさん、ルクスさん）はかなり驚き、しばらくの間立てなかった。カッシーナから王都へ向かったときのように、木魔法で床を敷き、周囲を窓枠《まどわく》付きの壁《かべ》で囲ったら、かなり落ち着いたよね。

「クロイス、ありがとう。ていうかシャーロット、ここからサーベント王国の国境って、地上からの移動だと、どんなに速くても三週間はかかるんだけど？　障害物のない空からの移動だけで、そこまで縮《ちぢ》まるものなの？」

クロイス様、なかなかいいことを言う。ベアトリスさんも、そこまで短縮《たんしゅく》できるものなのか、かなり疑問に思っているようだ。

「多分、全力でやれば今日中に到着することも可能ですが、魔力の消耗《しょうもう》も大きく、私自身がかなり疲れるので、のんびり行く予定です。それでも、三日くらいで到着すると思いますよ？」

そもそも、最終目的地はそこからさらに南下した王都フィレントだ。

さすがに、魔法技術に卓越《たくえつ》した国で、そんな大胆《だいたん》な移動をずっと続けていたら、絶対察知されると思う。この七年でどれだけ技術が発展したのか、ベアトリスさんですら知らない。だから、サーベント王国の国境検問所から一番近いバザータウンを第一の中継《ちゅうけい》地点と決めた。

サーベント王国との国境付近にある『バザータウン』は、遥《はる》か昔に大規模な地殻《ちかく》変動があり、山の内部が崩壊した場所にあるという。現在、その部分が開発され、一つの街として成り立っている。私たちは、そこでサーベント王国の情報を収集しないといけない。

ちょうど三ヶ月に一度の祭り開催時期が近いらしい上に、魔剛障壁も解かれたことで、大勢のダークエルフが訪れているから危険度も高い。当初、さすがに危険だと感じたので、バザータウンの手前にあるテルミウスという街で休息をとり、その後上空から密入国し、近くの街で情報収集に徹《てっ》すればいいじゃないかと思った。だから、昨日の段階でベアトリスさんにそっと疑問をぶつけてみると……

『シャーロット、サーベント王国の魔法技術を甘く見すぎよ。魔剛障壁ほどではないにしろ、この七年で似たような魔導具が開発されているかもしれないわ。たとえ入れたとしても、王都や街に入る際の検査で密入国とバレでもしたら、即戦闘に発展する。だから、そういった危険な行為は絶対にしないわ。バザータウンも、祭りの開催中であろうとなかろうと、ダークエルフは大勢いる。私はそれを利用して、同胞から数多くの情報を聞き出してやるわよ』

と豪語《ごうご》し、やる気に満ちていた。

ベアトリスさんにとって、かなり危険な行為だけど、ここで怖気《おじけ》づくわけにはいかない。

さあ、危険な旅路の始まりだ!!

「みなさん、さあ、行きましょう!」

私たちは、クロイス様、アトカさん、イミアさんにこれまでのお礼を言ってから魔法を発動させて、上空へと移動を開始した。

7話　シャーロット一行、救難要請《きゅうなんようせい》テレパスを受信する

王都を出発してから、丸三日が経過しようとしている。

空を移動する際、私がウィンドシールドの操縦《そうじゅう》を、感知能力の高いトキワさんとベアトリスさんが周囲の索敵《さくてき》を、ルクスさんとアッシュさん、リリヤさんの三人が現在位置の確認や感知能力を高めるための訓練をしている。

ここに至るまでワイバーンやデスコンドルといった飛翔系魔物との遭遇《そうぐう》が三度ほどあったけど、全員ベアトリスさんの魔法により一撃で粉砕《ふんさい》され、解体後は私たちのお食事となった。

「シャーロット、前方に見えるのがモレレント山で、麓《ふもと》にあるのがクシェット湖だよ」

現在、上空三千メートルくらいにいる。アッシュさんは前方の山と湖を指差す。山の方は標高《ひょうこう》三千メートルくらいで、湖もなかなか大きい。ここからだとわかりにくいけど、湖周辺にはいくつか村があり、湖上には船らしきものが見える。

「騒ぎを避《さ》けたいので、村のない平地に降りて休憩しましょうか？」

そろそろお昼時ということもあって、私の意見にみんなも賛成してくれた。この山を越

えれば、次はいよいよ中継地点『バザータウン』のある岩山が見えてくるだろう。

情報によると、元々は木々の生《お》い茂《しげ》る立派な山だったけど、頂上部分が地殻変動により大きく陥没《かんぼつ》し、その影響からか木々は枯《か》れ果て、現在は岩山と化したと聞く。標高は陥没《かんぼっ》した影響で、三百メートルほど低くなったそうだ。

『誰か……助けて』

え？

「アッシュさん、今何か聞こえませんでしたか？」

「いや、特に何も聞こえなかったけど？」

アッシュさんの表情から察して、本当に何も感じていないようだけど、トキワさんを見ると……

「これは、『テレパス』だな。俺も、子供の声で助けてと聞こえたが？」

私は次にベアトリスさんの方を向く。

「トキワも聞こえたの？　私も、子供の声が聞こえたわ。でも、テレパスって、有効距離《きょり》がかなり短いでしょう？」

ベアトリスさんの問いに対し、トキワさんは明確な解答を言ってくれた。

「普通はな。だが、全ての力を伝達魔法『テレパス』に注げば、有効距離も増すのさ。欠点として、遠距離になるほど感知しにくくなる。上空三千メートルにいる俺たちに届くとなると、おそらく相手はSランクに匹敵《ひってき》する力を有しているはずだ」

声の高さから判断して、主は明らかに女性か子供だ。

「何か緊急性を感じましたので、とりあえず私が応答してみます」

ここからのテレパスだと、力の維持も高難度《こうなんど》が要求される。

「そうしてくれ。俺やベアトリスの声だと、警戒されるかもしれない」

私は頷《うなず》くと、早速声の主の波長《はちょう》を探索して感知したのだけど、妙に弱々しい。

『私はシャーロット・エルバラン。あなたが「助けて」と言った声の主で間違いない？』

応答がない。まさか、あの救難信号で力を使い果たした？

『や……やっと……誰かが応答……してくれた。僕……まだ生まれてないから……名前はないの……ここの場所もわからない……僕以外……大勢の……女性が……いるの……それも……みんな……すすり泣いているの……助けて……もう力が……保たない……死にたくない』

まだ、生まれていない？　だから、名前もない？　どういうこと？

この声からは、悪意を感じない。何者かわからないけど、他に大勢の女性がいるのなら助けてあげたい。

「シャーロット、助けてあげましょう。この子の言っている意味が一部わからないけど、この地形から考えて、多分盗賊のアジトがどこかにあるのよ」

ベアトリスさんの推理《すいり》、当たっているかもしれない。声の主の言う内容が全て事実なら、かなり切迫《せっぱく》した事態に陥《おちい》っている。

『わかったよ。今から位置を特定して、あなたたちを救出するから少し待っていてね』

『本当？　君を……信じる……待ってる……から』

完全に、テレパスが途絶えた。

「シャーロット、私から言っておいてなんだけど、盗賊のアジトの場合、多分その場所は巧妙《こうみょう》に隠されているはずよ。どうするつもり？」

ああ、そうか。トキワさん、アッシュさん、リリヤさんとは対照的に、ベアトリスさんもルクスさんも不安そうに私を見ている。二人は、私の『構造解析』の使い方を完全には理解していないんだね。

「問題ありません。ここから見える一帯の中でも、盗賊のアジトに相応《ふさわ》しい場所はかなり限定されます。解析の範囲を山間に絞《しぼ》り、検索条件を『盗賊』に設定すれば、比較的短時間で見つかると思います」

魔導兵器を検索したときはレベルの低さもあって、解析速度は遅かった。しかもかなりの数が製造されていたこともあり、終了までかなりの時間を要したけど、今回は人で『盗賊』と限定されているし、魔導兵器より数も少ないはず。普通に考えて、村周辺よりもモレレント山の森林内にあると思う。

ここから見た限り、それらしいものは見当たらないことを考慮すると、おそらく洞窟《どうくつ》を拠点《きょてん》にしているかもしれない。検索条件に『洞窟』を追加すれば、かなり限定されるから、案外一時間もかからないかもね。声の主だけでなく、大勢の女性がいる以上、ここで全てを絶《た》つ。

さあ、『構造解析』を始めようか!!

スキルを実行している間、私たちは村から少し離れた湖近くの草地へ降り立ち、昼食を食べることにした。

そこでの話し合いの結果、盗賊の情報を村の人たちから収集すべく、『リリヤさん、ルクスさん』と『トキワさん、アッシュさん』の二手《ふたて》に分かれて近辺の村へ行ってもらい、『私、ベアトリスさん』は上空から怪《あや》しい気配を感知できないか探るのに勤《いそ》しむこととなった。

私とベアトリスさんだけになったとき、彼女に風魔法『フライ』を教えてほしいと懇願《こんがん》された。どうやら王城の訓練場内で、騎士団とアッシュさんたちが飛翔の練習をしているところを偶然《ぐうぜん》見たらしく、自分も習得したいらしい。

現在の彼女の制御能力は、トキワさんに匹敵《ひってき》する。私は了承し、ウィンドシールド内で操作方法を教えていくと、なんと三十分ほどで習得してしまった。彼女の魔法面における貪欲さには、目を見張るものがあるね。

そして現在、私はウィンドシールドを解き、ベアトリスさんとともに空を飛翔しながら、森林に怪しい気配がないかを探索しているところだ。マップマッピングを常時発動させているため、私のステータス欄《らん》には、この周辺の地図が2D形式で描《えが》かれつつある。

「いくつか人の気配を感知できるけど、さすがに盗賊かどうかまでは判断できないわね。盗賊なら盗賊で、もっと野暮《やぼ》ったい格好《かっこう》をしていてほしいわ」

「今時、そんなわかりやすい盗賊はいませんよ。ここから見える範囲ですと、それらの人物は盗賊ではなく、冒険者や村人のようです。あと、クロイス様から貰《もら》った地図通り、この近辺は村だけで、大きな街はありませんね。山を越えるとテルミウスやバザータウンという大きな街がありますから、やはり向こう側を主軸《しゅじく》に動いていると思われます」

広い湖周辺には、四つの村しかない。盗賊たちが村々を襲《おそ》っても、大きな収穫《しゅうかく》を得られない。まあ、強《し》いていうならば……

「ということは、こちら側は女子供の誘拐《ゆうかい》が目的かしら？」

「おそらく」

女子供を誘拐して闇ルートで売り捌《さば》き大金を得る、盗賊の常套《じょうとう》手段だね。そういう輩《やから》には、天誅《てんちゅう》が必要なのだけど、戦闘して勝利を収めるだけじゃあ、なんの面白味《おもしろみ》もない。戦って捕縛《ほばく》し法律に則《のっと》って裁《さば》くという行為だけでは、被害者側も納得しないと思うんだよね。

『「構造解析」が終了しました。マップマッピングと連動させ、該当《がいとう》場所を表示します』

あ、ステータスが私の正面《しょうめん》に現れた!!

ふむふむ、やはり山側の森林にある洞窟を拠点にしているんだね。広範囲の検索だから、さすがに洞窟の構造までは表示されていないか。盗賊の構成人数にも誤差《ごさ》が生じることも考慮して、その場所の上空から再度『構造解析』と『マップマッピング』を仕掛けよう。

「ベアトリスさん、『構造解析』が終了し、盗賊たちのアジトもわかりましたよ」

「早いわね!!　もう、終わったの!?」

アッシュさんやリリヤさんも、出会った当初はそんな驚いた顔をしていたけど、今ではそういったリアクションをなかなか見せてくれない。完全に、私の行動に慣れたよね。

「盗賊たちは、山に存在する天然の広い洞窟を拠点にしているようです。今からその場所の上空に行きましょう。そこで洞窟内部の構造、『盗賊』と『誘拐された人たち』とを区別するため、再度解析を実行します。範囲も狭いので、一時間くらいで全てわかるかと」

ベアトリスさんにやや呆《あき》れられながらも、私たちは目的の場所へと向かい、再度『構造解析』を実行した。すると、検索終了まで四十一分と表示されたため、トキワさんたちと合流すべく、一度村へ帰還することにした。

〇〇〇

トキワさんたちと合流後、湖近くの草場にレジャーシートを敷き、私たちはおやつタイムをとりつつ、互いの情報を交換することとなった。

予想通り、湖周辺の村々では誘拐事件が多発しているらしく、現在四人のBランク冒険者が周辺を調査しているとのこと。これまでに二人の盗賊の捕縛《ほばく》に成功したものの、彼らは逃走不可能と観念《かんねん》したのか、舌を噛《か》み切り自決したらしい。結局、盗賊たちのアジトも依然《いぜん》不明のままとなっている。

湖自体が広大である以上、たった四人での調査では相当運がよくないと、あのアジトは見つけられないだろう。現に、私とベアトリスさんが上空から観察したとき、彼らはアジトのある洞窟とまったく違う方面を調査していた。

私の方で得た情報を全て明かすと、トキワさんたちもこのままでは埒《らち》があかないと考え、みんなが盗賊討伐を決意することとなる。

今回仕留める盗賊たちの名称は『幻狼団』と言い、冒険者ギルドからも懸賞金が出されるほどの凶悪な連中らしい。現在調査中の冒険者には悪いけど、人の命が懸かっている以上、相談せず迅速《じんそく》に事を進めさせてもらおう。

盗賊団の構成人数が二十以上と非常に多いため、どうやって一網打尽《いちもうだじん》にするのかが問題となる。

「ちょっと、いいですか？」

アッシュさんが遠慮《えんりょ》がちに右手を上げる。

「アッシュ、何か名案があるのか？」

トキワさんの問いに、彼は少し不安げな表情を浮かべている。

「これは僕なりの考えなのですが、対人戦の教育を受けたからといっても、僕とリリヤは、八歳のシャーロットに盗賊を殺《あや》めさせたくないと思っています。この考えは自分でも甘いとわかっていますが、今後もそういった行為を極力回避《きょくりょくかいひ》する方向で旅を進めようと思います」

アッシュさんもリリヤさんも、私のことを第一に考えてくれている。そして、それが如何《い か》に甘いのかも理解している。ここまでの発言だけでは、二人の評価が下がってしまう。ここから、どう挽回《ばんかい》するつもりなのだろう？

「ただ、彼女には称号『戦慄《せんりつ》の捕食者《ほしょくしゃ》』があります。下手に襲ってくる人々全員を威圧《いあつ》し、心を恐怖で侵食《しんしょく》してしまうと、シャーロットの信者になってしまう。これでは根本的な解決にはなりません。そういったことを回避するため、僕なりに少人数で大人数を懲《こ》らしめる策を考案しました。今回のような場所だと、僕一人の力だけでは達成できませんが、みんなの力があれば、多分楽に捕縛《ほばく》できると思います」

アッシュさんがその方法を具体的に言ってくれたのだけど、通常の捕縛《ほばく》と違い、かなり常軌《じょうき》を逸《いっ》したものであったため、私たちは笑うしかなかった。だって、成功したら絶対面白いんだもの。

「くくく、最初何を言うかと思ったが、アッシュなりに色々と考えていたんだな。お前、よくそんな大胆な策を思いついたな？」

トキワさん、それは私からも言いたいです!!

「あはは、シャーロットのおかげですよ。ここまでの冒険でかなりやらかしてくれたので、僕やリリヤも柔軟《じゅうなん》な発想で策を練《ね》ることができたんです」

私のおかげって……一応これまで迷惑《めいわく》をかけてきた自覚はあるけど、さすがにアッシュさんのような方法を思い浮かべたことはないよ。

「僕の考えた策のあとに、盗賊たちから情報を引き出すために、リリヤが考えついたものはもっとえげつないですよ？　そうだろ、リリヤ？」

「え……アレって、そこまで酷いかな？」

突然振られたことで、リリヤさんも焦《あせ》る。以前、何かを開発しているとチラッと聞いたけど、王都へ帰還したことで完成したのだろうか？

「今回利用する、私の開発したものは……」

リリヤさんの開発した『ソレ』を聞いた瞬間、私たちは驚きを隠せなかった。確かにその案が実行されれば、盗賊たちは絶対に全ての罪を白状《はくじょう》するだろう。私自身、前世の映画や漫画、バラエティー番組とかで『ソレ』を見たこともあるけど、もっと大規模にやられたら私でも自白《じはく》すると思う。

トキワさん、ベアトリスさん、ルクスさんの顔色を窺《うかが》うと、明らかに悪くなっている。多分自分がやられた場合をイメージしてしまったのだろう。

最終的には……『リリヤさんを怒らせてはいけない』……という考えに辿《たど》り着いているはずだ。

そもそも、アッシュさんは理解しているのだろうか？

このメンバーの中で、今後彼女と親密《しんみつ》になっていくのはあなたなんだよ？

あなたが浮気《うわき》でもしたら、『ソレ』を食らうことになるんだよ？

多分、私たち四人全員が同じことを思っただろう。

8話　初めての盗賊退治

僕──アッシュは、トキワさんとアトカさんから対人戦教育を受けたことで、人を斬《き》る覚悟ができた。学園に在籍していたときから、そういった教育を多少受けていたこともあって、心に強い衝撃は受けていない。元々、冒険者になることが夢であった以上、『人との戦闘』はいつか必ず起こると思っていたのもあるだろう。

また、学園での模擬戦《もぎせん》、Cランクのランクアップダンジョンで遭遇《そうぐう》した侍ゾンビたちとの戦闘、王都で発生したクーデター、カゲロウさんとの実戦訓練、そういった体験を重ねたことで、心も少しずつ強くなっていたのかもしれない。

リリヤは僕と出会う前、奴隷として酷い扱いを受けていた。その過程で、人を矢で射ったり、短剣で斬る経験を積んでいる。だから、盗賊との直接戦闘になっても精神的に動揺《どうよう》しないだろう。

だけど、シャーロットは違う。

彼女は八歳で、貴族の公爵《こうしゃく》令嬢だ。当然、対人戦教育など受けていない。今回、トキワさんとアトカさんが彼女の精神に負荷《ふか》をかけないよう、ゆる〜く教えてくれたとはいえ、それでも彼女の心に響《ひび》いているはずだ。

『状態異常無効化』スキルを持っていたとしても、彼女の年齢では盗賊退治を実施し凄惨《せいさん》な光景を見てしまうと、魂《たましい》そのものに負担《ふたん》がかかるだろう。それが蓄積《ちくせき》されれば、いずれ彼女の精神が崩壊してしまうかもしれない。

彼女は、僕の命の恩人だ。だからこそ、彼女の全てを護《まも》りたい!!

あと、シャーロットに二十人以上との本格的な戦闘はまだ早いと思う。彼女の魂を、少しずつ……そう少しずつ、こういった事態に慣れさせないといけないんだ。

普通なら見つからないようアジトに潜入《せんにゅう》して、内部の情報を収集する。捕《つか》まっている人たちを無事に救出する方法を探し、それを達成したら盗賊どもを撃退《げきたい》する。盗賊のリーダー格となる連中だけは捕縛《ほばく》して、それ以外は斬り捨てる。

そのやり方が一般的かもしれないけど、極力人死にを避けたいことを考慮すると、別の方法を考案しないといけない。だから、僕はリリヤと相談して、こういった大人数と戦闘することになった場合の対処方法を考えた。

僕は『大人数の盗賊に対する一斉撃退捕縛《ほばく》方法』、リリヤは『捕縛《ほばく》した盗賊たちから嘘《うそ》偽《いつわ》りのない情報を得る方法』を、かなり苦労したけど考え出した。それらをトキワさんたちに話すと、全員が笑うも、僕たちの案は採用《さいよう》された。

ただ、盗賊たちの利用する洞窟がかなり広いらしく、撃退と捕縛《ほばく》方法に関しては分担して行うことに決まった。それは、捕縛《ほばく》後にも言えることだ。人数が多すぎるため、リリヤ一人ではかなり厳しい。

全ての手順が決まると、トキワさん、ベアトリスさん、ルクスさん、シャーロットからはなぜか慰《なぐさ》められた。

『お前も女で苦労すると思うが頑張《がんば》れよ』

『リリヤを大切にしなさい』

『リリヤ様を怒らせてはいけませんよ』

『リリヤさんのことを第一に考えてから行動してくださいね』

なぜ、全員が僕に同情の目を向けていたのかがわからないけど、僕たちの考案した方法が褒《ほ》められたのだからよしとしよう。

〇〇〇

僕たちは、モレレント山の奥深くにあるダンジョン化していない天然の洞窟を、茂みの中から観察しているところだ。シャーロットの『構造解析』通り、ここが盗賊たちのアジトで間違いない。

解析結果が正しいのなら、盗賊は三十六人、誘拐された人たちは十三人となる。ただ、人数に関してはわかるけど、さすがに視認していないこともあって、全員の詳細な状況まではわからない。だからこそ、迂闊《うかつ》な行動をとれないため、現在機を窺《うかが》っている。

幅《はば》二メートル、高さ三メートルほどの比較的狭い入口、そこに見張りが二人いる。洞窟周辺は深い木々に覆われており、獣道とかもあるけど、初見の冒険者ではまずここまで辿《たど》り着けない。時折、人相の悪い男たちが出入りしているけど、誘拐された子供や女性は見かけない。解析によると、洞窟の奥深くにあるフロアに閉じ込めているらしい。取引直前まで、その人たちはずっと監禁《かんきん》状態なのだろう。

「あ……みなさん……男一人が右側の獣道から二人の人を引き連れてきます。大声を出さないように」

僕も気配こそ微《かす》かに感じていたけど、正確な人数と構成まではわからない。みんなを見ると、僕とリリヤ以外は把握《はあく》しているようだ。

数分経過すると、シャーロットの言葉通り、一人の男が二人の女性を連れてきた。

「お、今回はダークエルフの女二人か。黒い髪と褐色《かっしょく》の肌、そそるね～。ヒュ～、眼鏡をかけた方は上玉じゃねえか」

二人は上質な服を着ており、見るからに平民とは一線を画《かく》し、何より気品を感じる。見張りの男が言うように、眼鏡をかけた女性は、ここから見ても綺麗《きれい》だとわかる。もう一人の女性は、長い前髪で顔が左半分近く覆われているため、少し不気味に感じる。

「魔剛障壁が解除されただろ？　バザータウン付近には、ダークエルフだけでなく、人間や獣人、鳥人族もいるぜ。バザー祭り開催直前ということもあって、あの近辺を見張っていれば、まだまだ誘拐できそうだ。でもなあ、あそこの闇オークションで捌《さば》くのが手っ取り早いのによ～」

「馬鹿か、バザータウンでの誘拐ならそれも可能だが、他で捕まえても、正規《せいき》の奴隷以外は街に入ることもできないんだぞ。だから、こうしてここに連れてきてるんだろうが」

「わ〜ってるよ。うんじゃあ、中に入るぞ〜」

男が女性二人を引き連れて、中へと入っていく。僕の作戦を実行するには、タイミングが重要になってくる。現在の時刻は昼の二時、作戦実行の時間はシャーロットの『構造解析』次第だ。周辺にやつらの仲間や捕まった人たちがいないことを前提に、行動を開始する。作戦が始まったら、迅速《じんそく》に事を運《はこ》ばないといけない。

「あれって、セリカじゃないの？　なんで、あの子たちがここにいるのよ？」

ベアトリスさんがボソッと呟《つぶや》いた。ダークエルフの女性のうち一人は知り合いなのか？

「ベアトリス、知り合いか？」

僕と同じ疑問を抱いたのか、トキワさんが彼女へ質問する。

「ええ、あの二人のうち、イミアと同じ髪の長さで眼鏡をかけた女性が、セリカ・マーベット子爵令嬢で、学園在籍時、私のことを慕《した》ってくれていた一つ下の後輩《こうはい》よ。私がシンシアへの嫉妬《しっと》に狂っていてもなお、慕《した》い続けてくれていたわ。この七年の間に、セリカもどこかの貴族の夫人になっているかもしれないけどね。……絶対に助け出すわ」

最後に呟《つぶや》いた『助け出す』という言葉だけは、力が籠《こ》もっている。

ベアトリスさんにとって、数少ない大切な友人なのか。

「シャーロット、この近辺からは人の気配を感じ取れないけど、あなたの方はどう？　何か感知できる？」

ベアトリスさん、あの状態の友人たちを見ても冷静だ。僕も、見習わないといけない。

「いいえ、何も感知できませんね。先ほどのお二人が最奥《さいおう》のフロアへ入れられたら、作戦を実行しましょう」

いよいよか。僕の考案した作戦は、必ず上手く発動する。そう、信じるんだ。

一）見張り二人を捕縛《ほばく》後、シャーロットが『構造解析』と『マップマッピング』を併用して、捕《と》らえられた人々のいるフロアと、宝物庫とされるフロアの入口だけを完全密封《みっぷう》する。どうやら、テレパスで助けを求めた者だけは、宝物庫に閉じ込められているらしい。シャーロット自身が要救助者を視認していないから、その正体もいまだに不明だ。

二）洞窟の入口は土魔法で腕が入るだけの穴を残して塞《ふさ》ぎ、そこから僕が開発した無属性魔法『スティンク』を洞窟内部に放つ。MPが枯渇《こかつ》しそうになったら、マジックポーションでその都度《つど》補給する。当初、魔力量の高いシャーロットやベアトリスさん、トキワさんにお願いしようかと思ったけど、そんなことをしたら、僕はただの作戦発案者だけで終わってしまう。自分の言ったことである以上、自分で責任を持ちたい。

三）盗賊全員が気絶《きぜつ》していることを確認後、リリヤが洞窟入口で周囲を見張りながら『アレ』を準備していく。僕とトキワさんが盗賊たちの手足に土魔法による枷《かせ》を付け外へと運び出し、ベアトリスさんとルクスさんが人質《ひとじち》を救出、シャーロットが宝物庫にいると

される要救助者を救出する。

四）これらのミッションを達成後、盗賊たちの持つ情報を全て聞き出す。シャーロットの『構造解析』が一番手っ取り早いが、いつまでも彼女が僕たちのそばにいるわけではない。それに、盗賊たちはこれまで誘拐した人々に対して、虐待《ぎゃくたい》まがいの行為をやってきたはずだ。彼らの心は、やつらへの恐怖で震《ふる》えていると同時に、恨《うら》みだってもちろんあるだろう。だからこそ、全ての盗賊に対し、リリア考案の拷問《ごうもん》をかける。それを見学させれば、みんなの心も少しは晴れるんじゃないかな。

この作戦は、みんなの協力があってこそのものだ。

全員の力を信じ、盗賊たちを退治してやる。

「先ほどの人たちが最奥のフロアに行き、閉じ込められました。作戦を開始しましょう」

シャーロットの言葉が合図となって、みんなが頷《うなず》く。真っ先に動いたのはトキワさんとルクスさんだ。真正面《ましょうめん》から突《つ》っ込《こ》むと、見張りの盗賊たちも驚き、言葉を発する余裕もなく、手刀による後頭部への一撃で昏倒《こんとう》させられる。

「凄《すご》い。作戦開始と同時に動き、なんの躊躇《ちゅうちょ》もなく相手を昏倒《こんとう》させるか。僕もリリヤも、まだそのレベルに達していない。なんか……悔《くや》しいな」

僕の呟《つぶや》きに応《こた》えてくれたのは、ベアトリスさんだ。

「こんなものは、積み重ねよ。私も脱獄したての頃、ルクスにかなり迷惑をかけてきたわ。でも、『復讐』を達成するため、彼女からあらゆることを学び、様々な経験をしてきた。気づけば、こういった行為にも慣れていたわね。シャーロット、アッシュ、リリヤからは、私のように強い意志を感じるわ。あなたたちなら経験を重ねることで、すぐに対応できるようになる。自信を持ちなさい」

「はい、ありがとうございます‼」

僕がベアトリスさんと話している間、シャーロットはステータスプレートを見ながら、次の行動に移っている。僕も、負けてはいられない。

「これでよし‼　アッシュさん、準備が整《ととの》いました。アレをやっちゃってください‼」

「ああ、わかった」

次は、僕の出番だ。盗賊たちに、一泡《ひとあわ》吹かせてやる‼

僕が駆けつける頃には、洞窟の入口は土でほぼ塞《ふさ》がっており、高さ一メートルほどのところに直径十センチくらいの穴だけが、ポッカリと大きく開いている。トキワさんが、土魔法で準備を整えてくれたようだ。

「アッシュ、お前の開発した無属性魔法『スティンク』の力を実戦で見せてもらうぞ」

「はい、盗賊たちにくらわせます‼　いけ〜〜〜『スティンク』発動‼」

僕は右手を穴の中に入れ、魔法を発動させる。

さあ、盗賊退治の始まりだ!!

9話　無属性魔法『スティンク』の威力

無属性魔法『スティンク』
開発者：アッシュ・パートン
消費MP10～、放出時間十秒～
習得者は、これまで嗅《か》いできた全ての臭いを、自在に掌《てのひら》から放出することができる。その威力は習得者のイメージ次第ではあるものの、その気になれば強者を一撃で気絶させる効能を持つ。放出時間が長いほど、消費MPも増大していくので注意すること。

アッシュさんが自分だけの力で開発した無属性魔法。この魔法名の由来は、野生動物スティンクからきている。小柄な彼らは、魔物や凶暴な野生動物に追いかけられたとき、お尻近くの射出腺から強力な臭いと酸《さん》を敵の顔に向けて放つらしい。アッシュさんは、その動物名をそのまま採用したようだ。

酸はともかく、臭いのつらさに関しては、彼自身がナルカトナ遺跡で何度も何度もその身に浴びたもので、夢で悶《もだ》え苦しむくらい脳内に刻み込まれている。彼はそんな忌《い》まわしい体験を何かに役立てられないかと考えに考え抜いた結果、この魔法を開発したんだけど、その臭いの根源って、元を辿《たど》れば私とリリヤさんの体臭だから複雑だよ。

あのとき、ユアラの策略で、『状態異常無効化』スキルを持つ私と、『状態異常耐性』スキルを持つリリヤさんだけが、スキルレベルに依存した強烈《きょうれつ》な激臭《げきしゅう》を放つように仕組まれてしまった。

今回、その激臭と臭豆腐《しゅうどうふ》ゴーレムの臭いをブレンドしているから、強烈極《きわ》まりない。その証拠に、耐性スキルを持つトキワさん、リリヤさん、ベアトリスさん、ルクスさんの四人全員が悶《もだ》え苦しみ気絶したのだから、威力は本物だ。

この魔法を開発したもう一つの動機──『対人戦で生じる私の心的負担を少しでも抑えること』──これを聞いたときは、正直心の底から嬉しかったけどね。

現在、アッシュさんはこの『スティンク』で、洞窟内の盗賊たちを一網打尽にしようとしている。私の『聴覚拡大《ちょうかくかくだい》』スキルのおかげで、洞窟内の惨状《さんじょう》が手に取るようにわかる。

『くっさ!!　なんだ、この臭いは⁉』

『誰か、おならでもしたんじゃねえの？』

『いやいや、そんなレベルの臭さじゃねえって!!』

これを皮切《かわき》りに、盗賊たちが大混乱に陥《おちい》る。

『ぐえ……これは……』

『どこからか、天然ガスが漏れ出してきたんだ。もう我慢《がまん》できねえ‼』

『俺も、外に出る‼　このまま、ここに居続けたら死んじまう』

『おいおい、捕まえたやつらはどうするんだよ⁉』

『自分の命の方が、大事に決まってんだろ‼』

　臭さの濃度《のうど》が少しずつ高まっていくことで、おかしな誤解《ごかい》を生んでしまい、みんなが一斉に洞窟の外へと駆け出す。この洞窟って、奥に進むほど、少しずつ広くなっていく地形だから、盗賊側から見れば入口に近づけば近づくだけ、通路が段々と狭くなっていく。

三十六人もの人たちが鼻を摘《つま》み、臭いを我慢しながら、一斉に外へと向かってくる。

『臭いがどんどん……きつく……なんで？』

『俺の服の中に……入るな‼　自分の服で……顔を隠せよ‼』

『やべえ……もう……限界かも……』

『あ……入口が崩落《ほうらく》……している……マジ？』

『入口付近から臭いが漏れてる……だと？　どうりで……もう……ダメだ』

　ある程度近づいたところで察したのか、全員が足を止める。もはや、臭いを我慢するだけで限界なのか、魔法を放つ気力もないようだ。やつらを気絶させるまで追い込むには、相当量の臭いを充満《じゅうまん》させないといけない。だから、アッシュさんは魔法を持続させるため、マジックポーションを定期的に飲み続けている。

洞窟内部に関しては、私が『マップマッピング』などで逐一《ちくいち》状況を把握《はあく》している。盗賊たちが臭いに負け一人また一人と気を失っていき、ついに全員が気絶した。

「アッシュさん、盗賊たちが全員気絶したようです」

「ふう〜ようやくか〜。マジックポーションを四本も飲んでしまった」

この魔法の習得自体は、比較的容易《ようい》だ。でも、Sランクのトキワさんを『臭い』だけで気絶させる威力を出せるのは、世界中を探してもアッシュさんしかいないだろう。

「アッシュ、お疲れ様。この後、盗賊たちの手足を魔法で拘束《こうそく》する作業に入るのだけど、できそう？　私は見張り当番だから、きついのならいつでも言ってね」

リリヤさんが、アッシュさんを気遣《きづか》ってくれている。

「大丈夫、やれるよ。リリヤの出番は最後だけど、見張り中に準備をしておく必要があるだろ？」

「あ……そうだったね。鳥たちを召喚《しょうかん》して、お話ししておかないとね。アッシュ、頑張《がんば》ってね」

ベアトリスさんが、イチャイチャしている二人をじ〜っと見ている。

「あなたたち、まだ始まったばかりなんだから、イチャつくのは最後にしなさいよ」

「「ファ!?」」

うーん、あまりのストレートな物言いに、二人が固まったよ。
「ベアトリスの言う通りだ。お前ら、奥にいる女性たちの前で、今のような光景を見せるなよ」

トキワさんに言われて気づいたのか、二人は神妙《しんみょう》な顔になる。盗賊たちの大雑把《おおざっぱ》な情報から、誘拐された女性数人が乱暴を受けていることが発覚した。彼女たちの心は深く傷ついてるはずだ。

たとえ助けたとしても、心の傷である以上、すぐには癒《いや》されない。私の『構造編集』とかを使わずに治療する手段はあるにはあるけど、それは最終手段かな。まずは、習得したばかりのマックスヒールで治療してみよう。

「トキワさん、土魔法でもう一つ穴を開けてください。私が風魔法で洞窟内に充満した臭いを外へ押し出します。臭いに関しては上空へと流しますので、作業終了までは、入口から離れていてください」

「おっと、そうだったな。あの臭いを嗅《か》ぐのは、もうごめんだ」

彼も、相当応《こた》えたようだ。

よし、この作業を終えたら、作戦を第二段階へ移行させよう。

臭いを完全に除去《じょきょ》してから、塞《ふさ》がれていた洞窟入口をトキワさんに全て解放してもらい中へ入る。すると、ほとんどの盗賊たちが入口から十メートルほどのところで気絶しており、人数が多すぎるせいもあって、あちこち積み重なっている状況となっているのだけど……まるでヘビやムカデに似た魔物が何体も死んでいるような光景が目に飛び込んできた。

「こいつら、変態《へんたい》か？」

「気持ち悪いわ。なんなの、この有《あ》り様《さま》は？」

トキワさんとベアトリスさんが顔を引きつらせながら、そう呟《つぶや》くのもわかるよ。だって、倒れている人たちの九割は臭いから逃れるべく、顔を他人の上着《うわぎ》の中に突っ込み、それらが偶然なのか、奇妙に積み重なっていることもあり、五体の気味悪い魔物のように見える。そして、残り一割は苦悶《くもん》の表情を浮かべ、口から泡を吹き出し、白目となった状態で気絶しているのだから。

「酷いな……僕がこの惨状を引き起こしたんだよな？　自分でも、信じられない」

なんか、おかしなサスペンスドラマの死体現場のシーンを連想してしまう。

「ベアトリス様、おかしな光景ですが、『凄惨《せいさん》さ』においては、普通に戦闘するよりかはかなりマシかもしれません。しかし、ここから一歩進めば『残酷《ざんこく》さ』が一気に増しますよ」

顔が青ざめたメイド姿のルクスさんが、ベアトリスさんを見る。

「ええ、その通りね。アッシュ、ある意味これって恐ろしい大量殺人に繋がるわよ？」

ベアトリスさんの言いたいこと、わかる気がする。

「え、どうしてですか⁉　全員、生きていますよ？」

「今回は……ね。あなたのイメージに気温を低下させる効果なんかを追加すれば、ここは屍《しかばね》の山となっていたでしょうね。リリヤから、ナルカトナでそういったガスの攻撃を受けたと聞いているわよ」

「あ……そうか……でも……そんなつもりは……」

アッシュさんも気づいたのか、顔色が悪くなっていく。そんな動機でこの魔法を開発したとは、無論《むろん》私たちも思っていない。でも、可能なんだよね。

「もし、ここでそれを実行していたら、こいつらは全員凍死《とうし》していたでしょうね。ある意味、あなたの開発した魔法『スティンク』は暗殺に向いているわよ」

暗殺、確かにこの方法でなら、密室状態の中にガスを充満させて相手を殺すことも可能だ。しかも、その後窓を解放すれば、ガスなんてすぐに消えてしまう。やり方次第では、自然死に偽装《ぎそう》することも可能だろう。

「あ……暗殺⁉　そんなことのために……開発したんじゃあ……」

アッシュさんも、口数がどんどん少なくなっていく。

「おいおい、その話はそこまでだ。暗殺はともかく、俺とリリヤの『鬼神変化』やベアトリスの『積層雷光砲』だって、大量殺戮《さつりく》に繋がるんだぞ？　というか上級魔法以上になると、そういった行為は誰にでも可能になるんだ。ベアトリス、忠告もいいが、脅《おど》しすぎだ」

彼女は悪役令嬢のような少し怖い顔をしているから、脅《おど》されると身が竦《すく》むんだよね。

「ふふ、そうね。アッシュ、ごめんなさい。ちょっと脅《おど》しが過ぎたようね。でも、覚えておいて。あなた自身もその領域に入ったということをね」

さっきまでの怖い顔とは打って変わって、今度は和《なご》やかな笑みを浮かべており、女の私から見ても美しいと見惚《みと》れてしまう。

「は……はい、忠告ありがとうございます」

転移直後、私も急激に力を上げてしまったせいで、アトカさんやイミアさんたちに色々と迷惑かけてしまったよね。『魔石融合』とかは、愚《ぐ》の骨頂《こっちょう》だよ。さっきの脅《おど》しは、アッシュさんだけでなく、私にも言われていると思った方がいい。

「こいつらは邪魔《じゃま》だから、俺の風魔法で入口に移動させる。アッシュ、やつらの周辺だけにガスを漂《ただよ》わせ続けることは可能か？」

気絶から復帰《ふっき》する可能性を摘《つ》むわけか。

「あ、大丈夫です。さっき使用したことで、要領《ようりょう》を掴《つか》めました」

トキワさんとアッシュさんが与えられた任務《にんむ》を完遂《かんすい》するため、動き出す。これを見た私、ベアトリスさん、ルクスさんの三人も自分たちの任務を達成するべく、洞窟内部へと入っていく。

〇〇〇

盗賊たちが根城《ねじろ》にしていたせいか、照明用の魔導具が天井付近に等間隔《とうかんかく》で配置されている。設置数が多いこともあって、洞窟内は十分明るい。これなら私たちだけでなく、誘拐された女性たちも逃げやすい。私は『マップマッピング』で表示されたステータスの地図を頼りに、二人の道案内をしていこう。

「ここの分かれ道ですが、左手に進むと、盗賊たちの寝床へ繋がるフロアに行きます。私たちは、このまま直進ですね」

私の目的地となる宝物庫と、ベアトリスさんたちの目的地となる部屋は最奥にある。

「それにしても、ここは本当に広いわね」

ベアトリスさんと同意見だ。これだけ広ければ、盗賊たちにも利用されるわけだよ。

「シャーロット様、ベアトリス様、私は王城へ帰還してから空《あ》いた時間、資料室で、バザータウン付近の地殻変動に関する文献《ぶんけん》を色々と調《しら》べました。それによると、あの街を中心として半径三十キロ以内にある山々には、こういったダンジョン化していない天然の洞窟が至るところに存在しているそうです」

「ルクス、ダンジョン化していない原因は何なの？」

それは、私も気になる。『構造解析』と『マップマッピング』でわかったことだけど、私たちのいる広い洞窟の周辺には、人が入れないほど狭い空間があちこちにある。この狭い一帯だけでこれだけ奇妙なのだから、山全体も相当おかしいはずだ。

「それは、いまだに不明です。これまでの研究成果から、大規模な地殻変動の時期は約三千年前となっていますね」

三千年前？　それって、鬼人族が妖魔族と戦っていた時期と一致する。

約三千年前だから、きっかけがあった時期は『妖魔族との戦争中』『戦後〜神ガーランドが降り立つまで』『神罰後』の三つに絞《しぼ》られるわけだけど、まさかガーランド様が何かしたのだろうか？

「この洞窟、そんな昔からあったのね」

『ゴゴゴゴゴゴゴ』

「ベアトリスさん……今の音って、地鳴りですよね？」

「ええ、多分ね。ルクスも聞こえた？」

「はい、聞こえました。まさか……さっきの魔法で崩《くず》れる……なんてことは……」

嫌な予感がする。

「あ……あれは、ただのガスよ？　この洞窟が、そんなもので崩れるわけないでしょう？」

ベアトリスさん、言葉とは裏腹《うらはら》に若干の動揺がある。

私も、なぜか嫌な予感が消えないんだよね。

こういうときって、大抵何か起こるんだよ。

「そろそろ最奥ですね。ここを左に進めば、誘拐された人たちのいるフロアへ、右に進めば宝物庫となります。あの地鳴りも気になりますので、早々に終わらせましょう」

私はベアトリスさんやルクスさんと別れ、右側の通路を進んでいく。ここまで比較的楽な道だったため、何かあったとしてもすぐに避難《ひなん》できる。盗賊たちを全員気絶させたので、静けさが周囲に漂う。別段、おかしな気配とか感じないのに、緊張してしまうよ。少しずつ道幅《みちはば》が狭くなってきている、ゴールが近い証拠だ。

「ここが、宝物庫のフロアへと続く扉か」

あの盗賊たち、魔法の応用をどこで聞いたのか知らないけど、フロアへと続く通路そのものを土魔法で壁を形成して塞《ふさ》ぎ、木魔法で人一人分が入れるほどの扉を作っている。

「こんな器用なことができるのなら、普通に働けばいいのに」

扉をそっと開けると、中には貴族や商人を襲って手に入れたのか、社交界で着そうなドレスをはじめとする豪華絢爛《けんらん》な服やアクセサリーなど宝飾類《ほうしょくるい》が至るところに置かれ、金貨といったお金も無造作《むぞうさ》にテーブルの上にある。

「どれだけの人々を襲ったら、ここまで収集できるのよ？　お宝が多すぎて、フロア全体が見えないよ。とりあえず邪魔だから、全部マジックバッグに入れちゃえ」

決して盗《ぬす》んでいるわけではない!!　後々、持ち主に返す予定なのだから!!　なのに、後ろめたい気分になるのはなぜだろうか？

どんどんどんどん嵩張《かさば》る武器防具類、スペースをとるアンティーク関係の品を根こそぎ入れていき、フロア全体が見えてきたら、ふと目を引くものを見つけた。古そうな円形のテーブルに、大きなクッションが敷かれており、その上に埃《ほこり》をかぶった長さ六十センチくらいの大きな卵が、無造作に置かれているのだ。

「これ……何？」

10話　ベアトリスの復讐

私――ベアトリスの願い、それはサーベント王国の王族たちに復讐すること!!

全ての始まりは卒業パーティー三日前、私は目覚《めざ》めると同時に、身体に違和感を覚えた。その正体を突き止めるべくステータスを開くと、そこには『呪い』の文字が刻まれていたわ。私の命を蝕《むしば》む呪いの名は『積重呪力症』。

呪いの内容を知って以降、私は常に死と隣《とな》り合わせだった。特に脱獄以降、外からは『他者の視線』『いつ捕縛《ほばく》されるかわからない恐怖』に苛《さいな》まれ、内からは誰が放ったのかわからない『積重呪力症』に恐怖する。この呪いの仕組みを完全に把握《はあく》するまで、私は外と内からの恐怖で狂いそうになった。

それをギリギリのところで踏ん張れたのは、ルクスのおかげよ。小さい頃、私と父の乗った馬車がルクスを轢《ひ》いてしまった。幸い軽傷《けいしょう》でよかったけど、私と父は彼女の住む家に出向き、両親にも謝罪したわ。家のインテリアを見たことで、私は彼女たちの経済状況が芳《かんば》しくないことを察知して、父に頼み込み、仕事を斡旋《あっせん》した。

それ以降、ルクスは私づきのメイドとなって、生涯《しょうがい》の忠誠《ちゅうせい》を誓《ちか》ってくれたわ。かなり大《おお》袈裟《げさ》な気もするけど、彼女にとってはそれほどの恩義を感じたようね。

でも、今はまったく逆の状態ね。彼女がいなければ、私は錯乱《さくらん》して、自《みずか》ら命を絶《た》っていたわ。

サーベント王国にいる間は苦しい生活を強《し》いられたけど、ジストニス王国に入国して以降、状況が一変したわ。国土全体に魔剛障壁が展開され、国境が断絶《だんぜつ》しただけでなく、私の呪いも断絶したのだから。噂《うわさ》には聞いていたけど、オーパーツ『魔剛障壁』は、呪いすらも消し飛ばすほどの力があったのね。

でも、これがいつ消えるのかは、当時はわからなかった。だから状況を把握《はあく》するため情報収集を行い、国内情勢を把握《はあく》した。すぐには解除されないと踏んで、私とルクスは変異したまま、この六年、復讐に備《そな》えて身体を鍛《きた》えに鍛《きた》え、王族を守る守護騎士と同じAランクの力量を身につけた。

だから、情報屋から約二週間後に魔剛障壁が解除されると聞いたとき、私は歓喜《かんき》に震えたわ。この力で、念願《ねんがん》の復讐に取りかかれるのだから。私たちは護衛として、あのネーベリックを倒したトキワ・ミカイツを指名し、サーベント王国との国境付近まで到達したけど……障壁が解除された途端、呪いも完全復活するなんて思いもしなかったわ。てっきり、消失したものとばかり思っていたもの。

一時期かなり危険だったけど、ある意味呪いのおかげでシャーロットと知り合えたから幸運と思うべきかもね。彼女の力は、本物よ。『構造解析』スキルがあれば、あのときの真実を知ることができる!!

・なぜ、国王陛下たちが私の事情を公表することなく、私に公開処刑という裁定《さいてい》を下《くだ》したのか?

・シンシアを見ることで発生する謎の『嫉妬心《しっとしん》』、この原因は何なのか?

私は、事の真相を必ず突き止めてみせるわ!!

シャーロットとともに王都フィレントへ行き、シンシアを解析すれば、必ず進展があるはずよ。シャーロットのおかげで力も倍増し、私の心にも余裕が生まれた。今考えると、トキワと知り合った当初は、私も『復讐』という思いに強く捕らわれ、先のことを深く考えていなかったわね。

あのとき、もし呪いが復活しないまま、サーベント王国王都に行っていたら、私の正体が途中でバレてしまい、家族が人質にされ最悪の結果を招《まね》いたかもしれないわ。

当時、自分のことで手一杯だったこともあり、家族の身に何が降りかかっているのか、私は考えたこともなかった。わかっているのは、私の犯罪により、ミリンシュ家の爵位《しゃくい》が剥奪《はくだつ》されたことくらいね。まさか、妹のミリアリアも私と同じ呪いがかけられていたなんて。

あの子は私と違ってやせ我慢とかすると、すぐに顔に出るタイプだから、呪いの発症は卒業パーティー以降になるわね。

呪いの執行者はエブリストロ家だけど、絶対に王家も関わっているはず。必ず真相を聞き出してやる。今の私にはシャーロットたちもいるのだから、必ず復讐を成就《じょうじゅ》できるはずよ。ただ、クロイスたちには復讐復讐と私も言っているけど、王族の抱える事情が不明である以上、どんな復讐をするのかまでは考えていないのよ。全ては、あのときに起きた真相を知ってからでないと、前へ進めない。

『ゴゴゴゴゴ』

「ベアトリス様、また地鳴りです」

「そうね」

『セリカ』……か、最後まで私を信じ続けてくれた数少ない友人。

『彼女との再会』、これって偶然？　それとも仕組まれたもの？

何にせよ、彼女から事情を聞いてみましょう。あのときの事件から七年も経過しているのだから、何か変化が起きていてもおかしくないわ。


シャーロットと別れて左の通路を歩いているけど、さっきから小さな地鳴りが連続的に聞こえてくる。まさか、本当に崩れるんじゃないでしょうね？　ルクスも不安そうな顔をしているし、これは早急に事を進めないといけないわ。と……言ってるそばから、歪《いびつ》な壁と扉が見えてきた。

「これは……魔法で造《つく》られた壁と扉ね。なるほど、この奥にセリカたちがいるのね。ルクス、行くわよ」

「はい」

中に入って以降、私は『リズ』、ルクスは『クスハ』という偽名で応対していく。果たして私たちの正体に気づく者はいるかしら？　まあ気づかれたとしても、上手く誤魔化《ごまか》すけどね。

私たちがゆっくりと扉を開けると、フロア全体が魔導具のおかげで明るい割に、中にいる十三人の表情は暗い。まあ、置かれた状況を考えれば当然か。

「私の名は『リズ』、冒険者よ。ここにいる盗賊たちは、全員捕縛《ほばく》したわ。今から脱出するわよ!!」

みな一様に、ポカーンとしているわね。

いきなり脱出の話を聞かされても、すぐには対応できないか。

仕方ないわね、地鳴りを利用させてもらおう。

「ほら、ぐずぐずしない!! あなたたちにも、この地鳴りが聞こえるでしょう? ここは、じきに崩れるわよ? 生き埋《う》めになりたいのか、ここを脱出して故郷に帰りたいのかは、あなたたちの判断に任せるわ……クスハ、後はよろしくね」

こういった場合、少し威圧的に急《せ》かした方が効果的なのよね。

「みなさま、私はクスハと申します。私が先導しますので、後についてきてください。この洞窟がいつ崩れるのか、正直わかりません。ですから、急いで避難しましょう」

私が厳しく、クスハ（ルクス）が優しく諭《さと》したことで、彼女たちは一斉に外へと駆け出していく。まあ、外に出た途端、違った意味で驚くでしょうね。

「あ……あの……べ……ベアトリス様……ですか？」

捕まったばかりのダークエルフ二人だけがその場に居残り、うち一人がぼけ～っと座ったまま私を見つめ、問いただしてくる。六年経過しているけど、間違いなくセリカね。私は二十四歳だから、彼女は二十三歳、歳相応《としそうおう》に成長しているわね。

「はあ？　あなたも、私のことを『ベアトリス』って言うわけ？　私は、リズよ。ベアトリスってダークエルフ族で、懸賞金金貨五百枚の大犯罪者のことよね？　私も冒険者ギルドで、指名手配犯の似顔絵を見ているわ。実際、何度か間違われることもあったけど、私ってそこまで似ているわけ？」

はっきり断言してやると、彼女も戸惑っている。

「セリカ……この方はベアトリスと違う。だって……」

前髪の長いダークエルフの女が、私に聞こえないよう、セリカの耳元で何かを呟《つぶや》く。

「あ……も……申し訳ありません!!　変装しているのかなと思い……それに雰囲気《ふんいき》が似ていたもので……」

この女性、セリカに何を呟《つぶや》いたのかしら？

「いいのよ。これで十五度目だしね」

私がそう言うと、二人とも驚いたのか絶句する。それにしても、セリカは変異している私を一目見ただけで、ベアトリスだとよく見抜けたわね。これって、どう考えるべきかしら？

・今でも、私を慕《した》い続けてくれている？
・タイミング的に考えて、何かを企《たくら》んでいる？

私は、サーベント王国内にいる全てのダークエルフを信用しない。脱獄時、やつらは新聞に掲載されている私の似顔絵を見て、蔑《さげす》み笑い合っていた。当時、変異の指輪で鳥人族へ変異していたから誰にも怪しまれなかったけど、屈辱《くつじょく》以外のなにものでもなかったわ。ジストニス王国王城で出会ったアトカさんはクロイスの護衛で、私自身も祖国《そこく》で一度会っているから信頼できる。

イミアさんは、昔ルクスたちの家族と深く親交を重ねていたこともあって、ルクス自身が絶対的な信頼を寄せている。そんな二人だからこそ、私は死にかけの身体に活を入れて全てを話したのよ。

ここで再会したセリカが信頼できる人物なのか、現状わからない。六年も経過すれば、人は変わるもの。それに、彼女のそばにいる前髪の長い奇妙な女も気にかかる。ここは、しばらく様子見《ようすみ》でいきましょう。

「さあ、あなたたちも行くわよ」

「は、はい。助けていただきありがとうございます。私はセリカ・マーベットと言います」

「あ……ありがとうございます。私は、ルマッテ・ベルアスクと申し……ます」

ルマッテ？

前髪の長さのせいで、顔が少し隠れているわ。喋《しゃべ》り方も口ごもっているせいか、どこか薄気味悪い女ね。ダークエルフは種族特性もあって、身体の成長がどこかで止まる。そのせいで、見た目と年齢が一致しない。これは私の勘《かん》でしかないけど、この女には注意したほうがいい。

私がセリカともう一人の女性ルマッテを連れて、外へと歩き出したとき……

『ゴゴゴゴゴゴ』

『みゃあああああ〜〜〜〜〜〜』

え？

「あの、リズさん、今地鳴りと一緒に、変な声が聞こえませんでしたか？」

「ええ、確かに聞こえたわね」

今の声、シャーロットに似てなかった？　宝物庫の方で、何かあったのかしら？

「今は気にしないで、外に出ることだけを考えなさい」

今頃、外の方でもトキワとアッシュが盗賊たち全員を拘束し終え、リリヤも『アレ』のセッティングをしているはず。洞窟入口が見えてきたわ。

私たちが外に出ると、三十六人の盗賊たちが綺麗《きれい》に一列に並べられている。トキワが土魔法で盗賊たちの四肢《しし》を地面へ拘束し、アッシュが気絶から回復しそうになっているやつらに至近距離から『スティンク』を浴びせ、再度気絶させている。

自分で放つ魔法とはいえ、よくあの臭いに耐えられるわね。彼自身に問いただしたら、

『あははは、もう慣れましたよ。僕は、あの臭いを放つシャーロットと一緒に長時間いましたからね。慣れですよ、慣れ』と言っていたけど、あんな臭いに絶対慣れたくないわ。

あのトキワですら一撃で気絶させるのだから、『スティンク』はある意味で最強の攻撃魔法よ。


「あら？　なぜ、救出した女性陣が二手に分かれているのよ？」

九人の女性たちがトキワの近くにいて、目を輝かせて彼を見ながら、拘束されている盗賊たちに蹴《け》りを入れているわ。この人たちは、精神的にも問題なさそうね。

残り四人の女性は、ここから少し離れたところにいるリリヤのところにいて、彼女の作る何かをじっと見つめつつ、盗賊たちの様子を窺《うかが》っている。クスハ（ルクス）は私のすぐ近くにいて、状況を見守っていた。

「リズ、あの四人は盗賊どもに何度も乱暴されたそうです」

「あ、なるほど、そういうこと」

四人の雰囲気《ふんいき》から、盗賊たちへの『憎悪《ぞうお》』『恐怖』『悲嘆《ひたん》』といった様々なものを感じ取れるわ。トキワとアッシュにも疑《うたが》いの目を向けているから、『男』という生物を根本的に信用できない状態のようね。

「ところでクスハ、周囲の木々から殺伐《さつばつ》とした視線を感じるのだけど？　リリヤは、もう呼び出したの？」

「はい……お腹を空《す》かせた鳥たちが周囲の木々に止まっており、現在『待て』の状態ですね。リリヤ曰《いわ》く、この方が食いつきがいいとのことです」

リリヤ、恐ろしい子。

この視線の数は、尋常《じんじょう》じゃないわよ？

一体、何羽の鳥たちを召喚したのよ。

全員が彼女の命令を忠実《ちゅうじつ》に守っているとするなら、その忠誠心は相当なものね。

「あの……リズさん、あそこにおられるお方って、相当お強いですよね？」

セリカはじっとトキワを見つめているようだけど、この目から感じる雰囲気《ふんいき》は憧《あこが》れじゃなく、警戒に近いわ。

「セリカとルマッテも、サーベント王国から来たのね。あの人はトキワ・ミカイツ、コウヤ・イチノイの弟子《でし》で、ジストニス王国の英雄よ」

「え、英雄⁉　あ、ネーベリックを倒した人物⁉」

「へえ……コウヤの弟子……彼が……」

セリカの言葉はわかるとして、このルマッテという女は何者なの？

今小声で、『戦いたい』と呟《つぶや》いたわよ？　この女、貴族じゃないの？

『ゴゴゴゴゴゴゴゴ』

『ばああ〜〜〜〜〜〜〜〜〜〜〜』

な……唐突に感じる巨大な魔力と、この馬鹿でかい声は何？

しかも、地鳴りと連動しているわよ？

「ちょっと、地鳴りが妙に長くない？　まだ、中にはあの子がいるのよ？」

この尋常《じんじょう》じゃない魔力、明らかにSランクに匹敵《ひってき》するわ。

しかも、気配からして魔物ね。

戦闘の気配を感じないということは、シャーロットがその魔物と話し合っているのかしら？

「救難要請テレパスの主って、魔物だったのか。あの叫《さけ》び方からして無事だったようだけど、シャーロットがどう対処するのかが問題かな」

トキワはともかく、アッシュはこれほどの魔力を浴びて、どうして平然としているのよ!!

「案外、新しく仲間にしてたりして？」

リリヤも作業しながら、とんでもないことを言っているわ。二人が平然としていることもあって、解放された女性たちも少し怯《おび》えてはいても、取り乱してはいないようね。この子たちが普段通りだからこそ、この和《なご》やかさをギリギリ保てているんだわ。

「君たち全員、洞窟から離れろ。今から風の結界を張る。どうやらさっきの声と魔力の影響で、洞窟が崩れるようだ」

だから、トキワもどうしてそんな緊急度の高いことを、平然と言えるのよ‼　シャーロットが中にいるのに、誰一人心配していないわ。まあ、彼女の強さを考えれば納得できるのだけど、私もルクスも出会って間もないせいもあって、このノリについていけないわよ‼

11話　救難要請テレパスの主、その正体は……

私――シャーロットが宝物庫に訪れ、十分ほどが経過した。金銀財宝を手当たり次第にマジックバッグへ放り込んだことで、やっとフロア全体を見渡せるようになったのだけど、人がどこかに隠れている様子はない。というか、人の気配を感じない。あるのは古ぼけた小さめなテーブルの上に置かれている巨大な卵一つのみ。内部からは、弱々しいものの魔物の気配を感じる。とりあえず、構造解析してみよう。

『エンシェントドラゴンの卵』

ハーモニック大陸フランジュ帝国に聳《そび》え立つキラマンジュエ山。その山頂付近に二体のエンシェントドラゴンが棲息《せいそく》している。

卵自体は母親の手によって大切に温められていたものの、十日前に発生した天候不良の際、少し目を離した隙《すき》に突風でコロコロと転《ころ》がっていき、そのまま崖下《がけした》の川へ転落する。卵はドンブラコドンブラコと下流へ流されていき、何者かに拾われ、いきなり茹《ゆ》で卵にされそうになったため、無我夢中《むがむちゅう》で風魔法を唱《とな》え、どこかへ飛んでいく。

その後、商人や冒険者らに拾われては捨てられをくり返していくうちに、フランジュ帝国からサーベント王国へ移動し、さらに盗賊に盗まれてジストニス王国へと移動した。

本来ならば八日前に孵《かえ》る予定であったが、様々な環境《かんきょう》に置かれたことで、ひなは本能的に孵《かえ》ってはいけないと判断し、卵に残存《ざんぞん》する栄養や周辺の大気から魔素《まそ》を吸い取ることで、ギリギリ生き延《の》びてきた。

ひなが極限状態の中、必死に生きようともがき苦しみ、現在身体的にも精神的にも限界寸前となっているため、回復魔法自体も受けつけない。卵を正常に孵《かえ》らせるには、濃厚《のうこう》で芳醇《ほうじゅん》、栄養満点の魔力をひなのペースにあわせつつ、最低でも５００与えないといけない。

エンシェントドラゴンの卵⁉　解析内容を読んだ限り、相当な紆《う》余《よ》曲《きょく》折《せつ》を経《へ》て、ここに辿《たど》り着いたんだ。今頃、母親と父親は怒り狂っているかもしれない。フランジュ帝国で、何も起きていないといいけど。

私たちの聞いた救難要請テレパスの主って、この卵の中にいるひなで間違いない。それなら、『生まれていない』『名前もない』という意味合いもわかる。

ただ、テレパスから聞こえてきた言語は、明らかに魔人語だった。どうして何の知識もない卵の中の子が、魔人語をペラペラと話せるのだろう？　生まれていないのだから、母親に教えてもらってもいないよね？　試しに、テレパスを送ってみよう。

『ねえ、聞こえる？　助けにきたよ』

『…………』

え、なんで返事しないの？

『お……お腹へった……君の……魔力……ちょうだい』

あ、やっぱり魔人語だ。私の魔力が欲しいの？

『濃厚で芳醇、栄養満点の魔力』――これって母親からではなく、私でもいいのかな？

『私はあなたの母親じゃないけど、大丈夫なの？　お腹を壊《こわ》したりしないかな？』

普通なら、母親の魔力を吸うことで孵《かえ》るはずだよね？

『大丈夫……君からお母さん以上の凄《すご》い力……感じる……もうこの中に蓄《たくわ》えられた栄養分も……周囲から感じる外界の魔素も食べ尽くした……君の魔力をドレインすれば……』

この子は過酷《かこく》な環境で育ったせいか、外界に出ていないにもかかわらず、知能も異様に高い。これなら生まれた後も暴《あば》れず、冷静に話を聞いてくれるかもしれない。

『わかったよ。卵に触《ふ》れた方がドレインしやすいよね？』

『あ……り……が……と』

私がテーブルに置かれている卵に近づき、そっと右手で卵の殻《から》に触れた途端、私の中にある魔力が少しずつ吸われていくのがわかる。なんか、こそばゆい。

『あ……美味《おい》しい』

あれ？　なんか吸われる速度が少しずつ速くなってない？　それに、なんだか身体の感覚が……

「ふ……ふにゅう～～～」

な……なんなの、この感覚は⁉　なんか、掌《てのひら》からちゅ～ちゅ～吸われていて、変な感じがするよ。

「ちょ……ま……みゃあああ～～～～～～～」

『美味《おい》しい‼　空中に漂う魔素とも違うし、近くにいた男たちの魔力とも違う‼』

「ふみゃあああ～～～なんか、変になりそ～～～～～」

私の身体が、どんどん熱くなってる。言葉で言い表せないほどの感覚、これってなんなの？　なんか、おかしくなりそうだよ～～～。

『こんな濃厚な魔力、初めてだ‼　お母さんのものよりも、もっともっと美味《うま》くて力強いよ‼』

それ、褒《ほ》めてるの～⁉

「ね……ねえ、もうちょっと優しく吸って……」

『無理、だって美味《おい》しいんだもん』

「にゃあああ～～～～～」

にゅうう‼　我慢～我慢～ここは辛抱《しんぼう》だ～この子の状態がよくなるまで、辛抱《しんぼう》するんだ～。


……五分後。

『ご馳走様《ちそうさま》‼　美味《おい》しかった‼』

よ……ようやく終わった。

もう二度と、あの奇妙な感覚を味わいたくない。

気持ちいいというか気持ち悪いというか、私が私でいられないような感覚に陥《おちい》ったよ。

「ベアトリスさんやトキワさんたちが、ここにいなくてよかった」

『ねえねえ、どういうわけか全回復したの!! 今から僕を覆う殻を破壊するから、少し離れて』

全回復? 体力や魔力だけじゃなくて、身体内の栄養面も回復したってこと?

私の魔力だけで、そこまで回復するものだろうか? あ、私のステータス補正値が異様に高いから、それらが作用したのかもしれない。

「わ……わかったわ」

私がじっと待っていると、卵が少しずつピキピキと割れていく。

どんな魔物が、生まれてくるのだろう?

できれば、可愛《かわい》いモフモフな魔物であってほしい。

「う〜〜だ〜〜〜〜〜〜〜〜〜〜〜」

『ゴゴゴゴゴゴゴゴ』

なんかすごい叫《さけ》び声をあげて、何かが卵から突き出てきたよ!! でも、同時に地鳴りも始まったようだけど、これってまずくない?

「やった〜〜外だ〜〜〜僕は自由だ〜〜〜〜〜〜〜」

卵から出てきた魔物は、なんと金色に近い黄色い鱗《うろこ》を持つドラゴンの子供だ。

残念ながらモフモフではないけど、凄《すご》く可愛《かわい》い。

「君が、僕を助けてくれたんだ!? ありがとう!! もう少し遅ければ、僕は死んでいたよ‼」

　感謝してくれるのは凄《すご》く嬉しいんだけど、さっきから地鳴りだけでなく、地震も起きはじめている。これは、やばい‼

「私はシャーロット、よろしくね。ここは、今にも崩れ出しそうな勢いだから、早く脱出しよう」

「そうなの？　多分、僕が周辺の魔素を食い尽くしたから、構造が脆《もろ》くなっているのかな？」

　なんですって〜〜〜。

　これまでに感じていた地鳴りは、崩壊の前触れだったの⁉

『構造解析』の結果を『盗賊』と『洞窟の内部構造』だけに集中していたせいで、そこを見落とした〜。

『ゴゴゴゴゴゴ』

「あ、まずい‼　洞窟が完全崩壊を起こすよ。あなた、名前は？」

「今生まれたばかりだよ？　あるわけないじゃん」

　そうだった‼　というか生まれたばかりなのに、知能がやけに高くない？

「とにかく、私の腰にでも掴まって‼　今から洞窟を緊急脱出するよ‼」

「え、崩れ出しているけど、どうやって脱出するの？」

この子が私の腰にしがみついたことを確認すると、私は風魔法『フライ』を発動する。

「こうするんだよ‼　いけ〜〜〜〜」

私は右手を突き出し、迫《せま》りくる岩盤《がんばん》をスキル『内部破壊』で次々と破壊していく。右手に触れる周囲だけを破壊していけば、容易にいつか上空へ出られる。スキル全開で連続発動して脱出だ。どうせ岩山自体が崩れるのだから、どこを壊しても問題ない。トキワさんが、周囲に降り注ぐ瓦礫《がれき》が女性たちや盗賊たちに当たらないよう、風魔法や土魔法で配慮してくれているはず。

地盤《じばん》や岩盤を次々と破壊していくと、私の目の前に青空が見えたのだけど、地上から凄《すご》い勢いで、土煙《つちけむり》が舞い上がっている。一旦《いったん》、ウィンドシールドで、周囲を囲おう。多分、トキワさんが女性陣に被害が向かないよう、風魔法で煙《けむり》を上空に舞い上げているんだ。

「うわあ〜凄《すご》い凄《すご》い凄《すご》い、シャーロット、凄《すご》いよ〜。こんな衝撃、生まれて初めてだ〜」

そもそも、あなたは生まれて五分も経過していないからね。

「ふう〜〜この近辺の地盤が軒並《のきな》み崩落したんだ」

煙で見にくいけど、洞窟の真上にあった木々が崩落に巻き込まれている。私の真下に位置する地形が完全に変化してしまった。

「どう、ここが外の世界だよ」

ドラゴンを見ると、言葉を失うほどの感激をその身で感じているようだ。それにしても、魔力を約800も吸い取られてしまった。どれだけお腹を空《す》かしていたんだよ。今のこの子からは、Sランク以上の魔力を感じる。再度、構造解析してみよう。

名前　なし
種族　?／性別　男／年齢　0歳／出身地　フランジュ帝国キラマンジュエ山
レベル1／HP500／MP600／攻撃85／防御603／敏捷108／器用227／知力201
魔法適性　全属性／魔法攻撃93／魔法防御639／魔力量600
風魔法：ウィンドインパクト
空間魔法：テレパス
ノーマルスキル：
Lv10　魔人語・魔力感知・暗視《あんし》・聴力《ちょうりょく》拡大・マジックドレイン
Lv7　精神耐性
Lv6　気配察知・気配遮断
Lv5　並列思考・危機察知・魔力操作・魔力循環
ユニークスキル：支配領域・感情把握《はあく》

『感情把握《はあく》』
卵の状態で長期間過酷な環境に晒《さら》されたことで、生存本能が強く働き、魔人語や言葉遣《づか》いを正しく習得した。また、それだけでなく、盲目《もうもく》に近い状態で存在を感知した者たちの体内魔力の流れを毎日観察していたことから、相手の感情を正確に把握《はあく》することができる。

なんとまあ〜極端《きょくたん》なステータス。魔力や防御面だけで見ればSランクだけど、攻撃面がFランクだよ。ひなの状態で生き残るべく、防御に徹していたんだね。ところで、種族欄が『?』になっているのはなぜだろう?

『種族　?』
シャーロットとエンシェントドラゴンの魔力が融合し、新たな個体へ進化することが可能です。これにより、一つのユニークスキルを付与することができます。シャーロットのイメージが不完全の場合、付与に失敗する可能性がありますので注意してください。

は? 融合? 私の魔力を吸い取ったから混ざったってこと⁉

「シャーロット、僕の種族って何になるんだろう?」

突然、そんなことを言われても思いつかないよ。ここは、このドラゴンの望むスキルを付与したい。

「あなたは、どんなスキルが欲しい？」

「う〜ん、僕って卵の状態から、自分に向けられる色んな人たちの声や視線を感じていたんだ。そのおかげで人の言葉も理解できるようになったんだけど、はっきり言ってもうそんな奇異《きい》の視線を感じたくない。たまにでいいから、誰の目にも触れない自分一人の時間を作りたいよ」

なんとも、シビアな話だな。『誰の目にも触れない』か、任意で姿・気配・魔力そういった存在そのものを遮断するスキルがいいよね。もしかしたら、そのスキル名が種族名と直結するかもしれないから、『存在隠蔽《いんぺい》』とかにしたら『存在隠蔽《いんぺい》ドラゴン』になっちゃうかもしれない。さすがに、それは可哀想だ。アッシュさんのように、適当に名づけてはいけない。そうなると、アレがいいかな？

「『インビジブル』というスキルはどうかな？」

「インビジブル？」

う、首をコテンと傾《かたむ》ける仕草が凄《すご》く可愛《かわい》い。

「そう『インビジブル』。そこにいるんだけど、相手には見えないという意味だよ。もちろん、任意で姿を現わすことも可能ね。切り替えは、あなたの自由にすれば良い」

イメージとしては、所持者の姿・気配・魔力そのものを相手に悟られないよう完全不可《ふか》視《し》にする。私のイメージする不可視は、『目からの視認』と『スキルによる察知』の両方を意味する。完全に存在を消すことはできなくとも、存在の大きさを極限に小さくすることは可能なはずだ。

「いい、いいね!! そんなスキルが欲しいよ!!」

それじゃあ、早速種族欄をタップしよう。

種族：?↓インビジブルドラゴン

望むスキルは、ユニークスキル『インビジブル』だ。私は種族欄を入力後、この子の望むスキルを鮮明《せんめい》に細かく思い描く。さあ、どうなる？

「あ、やった!! 種族欄が『?』から『インビジブルドラゴン』になったよ!! 僕の望むユニークスキルも追加された!! やっふ〜〜〜〜」

上空でバタバタと動き、喜びを噛み締《し》めている。

ユニークスキル『インビジブル』

任意で、姿・気配・魔力を完全に消すことができる。

なんて、シンプルな説明なんだ。しかも、ガーランド様がこの子を気の毒に思ったのか、これら三点を完璧《かんぺき》に消すスキルになっているんですけど⁉　私も、似たようなスキルが欲しい。

そうだ‼

『光学迷彩《めいさい》』とかなら、今の私でも理論的に作成可能なはずだ。気配や魔力に関しては自力で遮断できるから、インビジブルと似た効果になるはず、時間があるときに作ろう‼

「シャーロット、僕に名前をつけてよ」

この子は目を輝かせながら、私に訴えている。

「あのね、私はあなたの母親じゃないの。名前は、フランジュ帝国のキラマンジュエ山にいるあなたのお母さんにつけてもらうべきだよ」

さすがに私が名づけたら、母親も怒ると思う。

「その場所が、どこにあるのかすらわからないよ。それに、お母さんと会うまで名なしのままだなんて絶対に嫌だ。シャーロットは、僕のもう一人の母親のような感じなんだ。だから、名前をつけて欲しいの‼」

まだ、八歳なのに母親扱い？　なんか複雑。

名前か、どうしようかな？　この子の鱗は金色に近い黄色、まるで雷の放つ色のようだ。

「う〜ん、『カンナカムイ』かな？」

前世、日本の北海道へ旅行したとき、色々な資料を漁《あさ》っていたら、そういった名前を見たような気がする。

「どういう意味？」

「とある地方の言葉で、『雷神』という意味なの」

エンシェントドラゴンだけど、いずれブレスだって吐《は》けるだろうし、雷神でもいいよね。

「雷神⁉　凄《すご》い凄《すご》い‼」

「男の子だから、略《りゃく》して『カムイ』かな？」

この子を見ていると、その方がしっくりくる。

「うん、わかった。僕はカムイだ‼　シャーロット、これからよろしくね‼」

あ、私の従魔欄に、カムイの名前が追加された。う〜ん、カムイの母親と会うまでは、私が責任をもってこの子を育てないといけないようだ。

「うん、よろしく」

「ところで、煙でわかりにくいけど、下にいる人たちが僕たちをずっと見ているんだ。怒っている様子はないけど、シャーロットの仲間なの？」

おっと、いけない。この子に夢中になって、トキワさんやベアトリスさんたちのことを忘れていたよ。煙が収まったら、地上に降りよう。

12話　リリヤの秘策《ひさく》、その名は……

崩落現場から立ち昇る土煙も完全に拡散したことで、下の地形が私とカムイの位置からもはっきり見えるようになった。やはり、地盤沈下《ちんか》を起こしたせいもあり、完全に地形が変化している。ベアトリスさんたちのいる洞窟入口だけは、なんの変化も見られない。おそらく、トキワさんが陰《かげ》で援護《えんご》してくれたのだろう。カムイには、私たちの事情を先に打ち明けておこう。

「へえ、それじゃあベアトリスがリズ、ルクスがクスハって偽名を使っているんだ。なんか安直～」

私も感じていることを、さらっと言葉に出しているよ。

「カムイ、下に降りようか？」

「うん、シャーロットの仲間を直接紹介してよ‼」

私たちが下へ降りると、九人の女性たちがトキワさんとアッシュさんの方に、四人がリリヤさん、二人がリズさんのところにいる。この中でも、様子がおかしいのはリリヤさんのそばにいる四人だ。

「みなさん、私はシャーロットと申します。こっちは、新たに従魔となったドラゴンのカムイです」

「カムイだよ!! この地盤沈下、僕が原因なんだ、ごめんね」

カムイが可愛《かわい》い笑顔で謝罪したおかげか、緊張感に包まれた場が解《ほぐ》れていくのを感じる。

「仲間にしているかもってリリヤの予想が当たったね。僕はアッシュだ、よろしく」

「うん、でもまさかドラゴンの子供とは思わなかったな～リリヤだよ、よろしくね」

緩《ゆる》い、緩《ゆる》いよ、アッシュさん、リリヤさん。私なら大丈夫と踏んでいるからこその余裕を感じるよ。

「俺は、トキワだ。あの咆哮《ほうこう》は、君のものか。シャーロットはデッドスクリームといい、珍《めずら》しい種族を従魔にしていくな」

トキワさんの言葉に、リズさんのそばにいる二名だけが、他の十三名とは異なる反応を示している。十三名はデッドスクリーム自体を知らないからか『?』マークを浮かべているような表情なのに、その二人は理解しているようだ。

ただ、前髪の長い不気味な女性の方は、どこか毛色が違う。サーベント王国から来た観光客なのかどうか不明だけど、妙に気になる。とりあえず、彼女たちの健康状態も気になるし、十五名全員を構造解析しておこう。

「シャーロット、あの崩壊でよく無傷で生還《せいかん》できたわね」

あれれ？　リズさんとクスハさんは、複雑な表情を浮かべている。

「リズさん、魔法とスキルで完全防御したので問題ありませんよ」

「ふ～ん、まあそういうことにしておくわ」

そういうことにしておいてください。岩盤を内部破壊でぶっ壊していく聖女なんて、この世にいたらおかしいからね。

「ねえねえ、リリヤ、この地面に仰向《あおむ》けで寝ている男たちから、いい匂《にお》いがするんだけど？　これって、人ごと食べていいの？」

この子、今さらっと恐ろしいことを口にしたね。

「カムイ、それは私の用意した鳥たちの餌《えさ》だから食べちゃダメ」

あ、その様子だと、そっちの用意は整ったんだ。

「リリヤさん、もう始めるんですか？」

「少し待って。この三人に振りかければ終了するから」

そういえば、さっきから周囲の木々から殺伐《さつばつ》とした視線を感じる。これ、何羽いるのよ？　餌《えさ》が塗《ぬ》りたくられた状態で、鳥たちはよく『待て』を保てているよね。彼女が鳥たちに対して、相当練度《れんど》の高い調教をしているのは明白《めいはく》だね。

「これで終了!!　みなさ～ん、今からここにいる三十六名の盗賊たちにギャフンと言わせる拷問技を仕掛けま～す。この技は、盗賊たちが全ての情報を自白しない限り、延々《えんえん》と続きますので、誘拐された人たちは、『怨恨撲滅祭《えんこんぼくめつさい》』と思って見学してくださいね～～～」

怨恨撲滅祭《えんこんぼくめつさい》って……リリヤさんの顔、笑っているけど、目が醒《さ》めている。

「シャーロット、ここにいる全員にリジェネレーションを行使してくれないかな？」

容赦《ようしゃ》ないな～。とことん、女の敵であるやつらの精神を食い荒《あ》らす気だ。

「ねえリリヤ、こいつら悪いやつでしょ？　なんで回復させるの？」

幼いカムイの質問、リリヤさんはどう答える？

「も～カムイ、悪い連中だからこそ、完全回復させた状態で……こいつらの精神を屈服させないといけないんだよ!!　そうしないと、お仕置きにならないもの？　ね？」

可愛《かわい》い仕草でカムイに語りかけているけど、途中言葉に重みを入れていたよね。

「あ、そうか!!　悪いやつらだからこそ、完治《かんち》させてから懲《こ》らしめるんだね!!」

カムイ、可愛《かわい》いけど素直すぎるよ!!

アレを見せると、この子の教育上よくない気がする。でも、やるしかないか。

「リジェネレーション」

私の放つ緑の癒《いや》しの光が、周囲を覆う。これが終わったら、地獄《じごく》の始まりだ。

〇〇〇

今、この場は盗賊たちの罵詈雑言《ばりぞうごん》で支配されている。聞くに耐えない言葉ばかりだけど、全員が地面に縫《ぬ》いつけられた状態のため、なんの凄味《すごみ》も感じない。

誘拐された十一名の女性陣もムカついたのか、盗賊たちの顔を蹴りまくっている。盗賊たちに乱暴を受けた四名の女性だけは、他の人たちに比べて挙動不審《きょどうふしん》で恐怖に侵食されている状態だけど、私を人形と思っているのか、さっきから交互に抱きつかれている。私の称号『癒《いや》しマスター』の影響だろう。私に接触していれば、心の傷が癒《いや》されるのだから。

無理に『構造編集』で彼女たちの心を編集するより、この方が癒《いや》せると思う。

「はあ〜、お前らに一つ忠告しておく。今のうちに、隠している情報を全て吐《は》け。そうすれば、地獄を見ずに済むぞ」

トキワさんが、盗賊たちを軽く脅《おど》す。既に、私が『構造解析』済みなのだけど、それを口にはしない。ここでは、リリヤさんの秘策で盗賊たちの口を割らせることができるのかを確認したいからね。

「は!!　どうせ殺すんだろ？　誰が喋《しゃべ》るかよ!!」

「何をさせるのか知らねえが、絶対に口を割らねえぞ!!」

全員が、私たちに罵詈雑言《ばりぞうごん》を並べ立てていく。この人たちは、周囲からそそがれる視線を感じないのだろうか？　しかも私の場合、全言語理解があるから、この後の地獄が怖いんだけど？


「ポッポ〜ポポポポ〜ポポポ〜（リリヤ〜早く早く餌《えさ》を〜早く!!）」

「ホケホケキョホケホケホケ〜（もう我慢できねえ、餌《えさ》を餌《えさ》を〜）」

「ボボボボブブブブ〜（ご馳走《ちそう》ご馳走《ちそう》あいつらを食べ尽くしてやる〜）」

殺気立《さっきだ》っている鳥たちの言葉が、怖い。

「あははは、トキワさん、こいつらは屑《くず》どもなんです。屑《くず》には屑《くず》らしく散ってもらいましょう!!」

リリヤさんのテンションが、どんどん白狐童子のようになっていく。トキワさん、アッシュさん、リズさんやクスハさんも、その様子を見てひいている。

「あ……ああ、そうだな。リリヤ、頼む」

「は〜い。みなさ〜ん、盗賊どもから離れてくださ〜い。今から、怨恨撲滅祭《えんこんぼくめつさい》『鳥啄《ついば》み地獄』が始まりま〜す」

ついに始まるか。

リリヤさんの言葉で、鳥たちが戦闘態勢をとる。

みんなは盗賊たちから離れ、固唾《かたず》を呑《の》んでいる。

周囲には、静けさだけが漂っている。

「鳥たち〜〜〜お待たせしてごめんね〜〜〜さあ、やっちゃいなさい!!　こいつらに関しては、何をやっても許してあげるよ!!」

リリヤさんが言葉を発したと同時に、鳥たちが全方位から飛翔し、盗賊たち目掛けて急降下してきた。その数は、優に百を超えている。何羽いるのかわからないけど、盗賊たちの真上に一斉に集まった瞬間、陽の光が遮《さえぎ》られ真っ暗闇となるほどだから、相当な数だ。その大群《たいぐん》が、三十六名の盗賊たちに群《むら》がっていく。

「ポッポ～～～ポッポポポポポポ～ポポポポッポ～～～（やっは～～～姐御《あねご》の許可が下りたぜ～野郎どもいくぞ～～～）」

「ホケキョホケホケ!!（ご馳走《ちそう》が俺らを呼んでいる!!）」

「ボボボボ～～～（ご馳走《ちそう》だ～～～）」

「「「「ギャアアアア～～～～」」」」

うわあ～なんという凄惨《せいさん》な光景。盗賊一人につき、約二十羽近くの鳥が群がっているよ。映画やアニメで見たものとは、完全に別物だ。レベルが、違いすぎる。

今回の場合、リリヤさんが新たに取得したノーマルスキル『鳥語レベル6』、ユニークスキル『鳥召喚』により、鳥たちの連携度《れんけいど》とリリヤさんへの忠誠心が異様に高いせいで、盗賊たちの苦手とする部分を徹底的《てっていてき》に小突《こづ》いている。

しかも、解析したときの備考欄には『リリヤ餌《え》付け信者数：鳥四百八十七羽』と記載されている。彼女は、王都とカッシーナで鳥たちを少しずつ手懐《てなず》けていたんだね。

「コツコツコツコツ」

「ボボボボボボボボボボボボボボボボボボボボボボボボボ」

「トトトトトトトトトト」

群がっている鳥たちが、無心となって盗賊たちを次々と小突いていく。というか、無数に聞こえる音の中から、明らかにおかしな音が混じっている。よ〜く聞いていると、小突く速度が異様に速く、キツツキのような鳥が交じっている。その鳥の小突く速度が、他の鳥より数倍速い。

鳥の種類によって小突く速度が違うこともあって、盗賊たちの笑い声と叫《さけ》び声が混じり合う。

「あはははははは、やめて〜〜〜〜」

「ちょっ……そこはダメ、あああああ〜〜〜〜〜〜」

「らめ〜〜〜〜〜」

「言うから〜〜〜話すから〜〜〜俺たち〜盗賊団員の数は〜〜〜」

「え、な〜に〜全然聞こえな〜〜〜〜い」

「「「「おい〜〜〜〜」」」」

リリヤさん、鬼だね。せっかく真実を話そうとしているのに、左手を左耳に当てわざと聞こえないフリをしている。あれ、アッシュさんがこっちに来る。

「シャーロット、リリヤって暴走してないよね？」

「してませんよ。あれは、素《す》のリリヤさんです」

アッシュさんもこの悲惨《ひさん》な光景を見て、自分の知らないリリヤさんに気づいたようだ。

「まるで……白狐童子のようだ」

唖然《あぜん》としているアッシュさんが、不意に呟《つぶや》く。

「自分の本当の意見を遠慮して言わない表のリリヤさん、ズケズケと自分の本心を晒《さら》け出す白狐童子、どちらも一人のリリヤ・マッケンジーという人格なんです。彼女は、少しずつ成長しています。いずれ人格も、一つに統合されるでしょう」

アッシュさん、この光景を見て、ちゃんとリリヤさんを受け入れることができるかな？

「リリヤさんは、アッシュさんの奴隷です。主人が誤った道に進もうとしたとき、奴隷は時に主人を叱《しか》ることもあるそうです。リリヤさんの場合、『鳥啄《ついば》み地獄』がアッシュさんに執行されますね」

「は⁉」

それを聞いたアッシュさんは奇声《きせい》をあげる。

「あ……はは……僕がアレをやられるの？」

「多分」

二人が恋人関係となり、アッシュさんが不義を働くようなことをしたら、絶対やられるね。彼の顔を見ると、あのときの私やトキワさんの言葉の意味を理解したのか、顔が真《ま》っ青《さお》となっている。

「ボボボボボボボボボボボボ（うめえうめえよ。姐御《あねご》の餌《えさ》はやっぱうめえ）」

「コツコツコツコツコツ（美味《うま》くて止まらね～～～）」

「トトトトトトトト（姐御《あねご》、まだ食いてえ。終わらせないで～）」

「あははははは～～～もう勘弁《かんべん》してくれ～～～」

「喋《しゃべ》るから～～～喋《しゃべ》るから～～～～」

「あははははは、聞こえな～～～い」

リリヤさんは、悪役令嬢のような嫌な笑みを浮かべている。

鳥たちは、そんなリリヤさんのことを『姐御《あねご》』呼びか～。

まるで、鳥軍団を率《ひき》いる悪の女王様のようだ。

この怨恨撲滅祭《えんこんぼくめつさい》『鳥啄《ついば》み地獄』は、その後三十分ほど続くこととなる。

13話　セリカとルマッテ、味方それとも敵？

鳥啄《ついば》み地獄、恐ろしい技だったよ。

三十分ぶっ続けで執行された結果、ある者は爽《さわ》やかな笑みを浮かべ、ある者はMに目覚め気持ち悪い笑みのまま、ある者は鳥を見るなり恐怖に怯《おび》えつつ——全てを白状した。

私の持つ情報と照らし合わせた結果、リリヤさんの引き出したものは、『構造解析』スキルと寸分違《たが》わぬものと判明したため、私はその精度《せいど》と効能に戦慄《せんりつ》を覚えたよ。

誘拐された女性たちの方は鳥啄《ついば》み地獄を見学したおかげか、ストレスが大幅に解消され、今では誘拐された恐怖心も消え失《う》せ、私たちにお礼を言ってくれている。盗賊に乱暴された四人の女性たちも、私を交互に抱きしめたことで、ようやく挙動不審なところや恐怖心も消え失せ、他の人たちと和気藹々《あいあい》と話せるまでに回復した。

ただ……盗賊退治の立役者である肝心のリリヤさんとアッシュさんだけは、現在四つん這《ば》いになって打ちひしがれている。自業自得《じごうじとく》というかなんというか、これは仕方ないよ。

「苦労して習得した技なのに、なんで……なんで、こんな称号を与えられるの？　私は、悪役女王なんかじゃない!!」

リリヤさんは盗賊退治完了後、新たな称号を取得した。

NEW　称号『拷問加虐《かぎゃく》の悪役女王』

相手に苦痛と快楽を同時に与え、周囲の者たちにも『女王様』と連想させるほどの悪逆《あくぎゃく》非道《ひどう》な拷問を実行した者にのみ贈られる名誉ある称号。

副次効果
一）魔力量50アップ。
二）この称号を持つ者が拷問すると、どんな相手であっても徐々に『女王様～もっと～やってくれ～』という思いが強くなる。そして、苦痛から快楽に目覚め、最終的には必ず口を割る。その情報の精度は、シャーロットの持つ『構造解析』スキルに匹敵《ひってき》する。

あの行為だけで、十分悪役女王に相応《ふさわ》しい貫禄《かんろく》を見せてもらいました。私だけでなく、ここにいる全員の意見が一致していると思う。
「リリヤは、まだいいよ。僕なんか、冷酷鬼《れいこくき》だ。そこまで、酷いことをしたかな？」
リリヤさん同様、アッシュさんも似たような称号を取得した。

NEW　称号『臭気《しゅうき》地獄の冷酷鬼』
絶対に逃走できないよう閉じ込めてから、悍《おぞ》ましい臭気をターゲットに与え続け、その臭さで転《ころ》げ回るさまを冷酷に見聞きしてなお、相手の精神を完膚《かんぷ》なきまでに叩《たた》きのめした者にのみ贈られる名誉ある称号。
副次効果
一）魔力量50アップ。

二）『スティンク』↓『スパイシースティンク』へ進化『※』。

三）限界突破　500↓999『※』。

（※君の開発した魔法は、あのコウヤ・イチノイですら一撃で気絶させる威力を持つ。その意気込《いきご》みに対し、スティンクの名称を凶悪化させ、君の望む限界突破を進呈《しんてい》しよう。

『ガーランド』）

「やつらの様子が気になって、こっそり穴から覗《のぞ》いたけどさ。その行為が、冷酷になるのか？　それに、限界突破は嬉しいけど、これで貰《もら》いたくなかった。称号『静読深思《せいどくしんし》』で、限界突破したかったよ」

　これに関しては、複雑な思いだよね。ガーランド様としては、ユアラ撃退への一手として使えると踏んだからこそ、ご褒美《ほうび》としてプレゼントしたのだろう。他の冒険者が『スティンク』を習得したとしても、アッシュさんの放った臭いに匹敵《ひってき》するものでないと、限界突破のご褒美《ほうび》はもらえないだろうね。

「まあ、お前らは似た者同士ということだ。悪役女王と冷酷鬼、今のお前たちにピッタリだと思うぞ？　リズもクスハも、そう思うだろ？」

　トキワさん、それはフォローになっていませんよ？

「ええ、私も同じ意見ね。また、一歩強くなったのだから、前向きに考えなさい」

リズさんのフォローにより、二人はなんとか復活したのだけど、盗賊退治中の凛々《りり》しさは微塵《みじん》も感じとれない。申し訳ないけど、いつまでもここに留《とど》まっているわけにはいかない。覇気《はき》のない二人を抜きにして、次の段階へ進もう。

捕縛《ほばく》した盗賊たちに関しては人数が多いこともあって、事前に移動方法を決めてある。牢獄にもなり、移動手段にもなりえる極めて合理的な方法だ。

それは……『棺桶《かんおけ》』。

「あの〜誘拐された人たちを早く故郷へ帰したいので、私が盗賊たち全員の棺桶《かんおけ》を木魔法で作製しますね。呼吸できるよう、小さな穴を開けておきます」

私の木魔法で棺桶《かんおけ》を作製し、盗賊たちを入れていく。やつらが魔法を放とうとも、私の具現化《ぐげんか》させた木の硬度《こうど》を打ち破《やぶ》ることはできない。各棺桶《かんおけ》を木で連結し、私がその手綱《たづな》を握る。その後は、風魔法『フライ』で少しだけ棺桶《かんおけ》を浮かして、移動すればいい。早速、作業に取りかかろう。

私は、悶《もだ》えている盗賊全員を風魔法で一人ずつ棺桶《かんおけ》に入れていく。彼らは鳥啄《ついば》み地獄により、戦意を完全に失《な》くしているため、全員を容易に入れることができた。ちなみに、この棺桶《かんおけ》の四方には木製の滑車《かっしゃ》を取りつけているので、街中《まちなか》でも魔法なしでスムーズに運べる。

「ねえシャーロット、私たちの知る棺桶《かんおけ》と少し違うわよ？　この一文字は、何なの？」

本来、棺桶《かんおけ》の中に入れるのは死者のみだから、今回生者が入っていることをアピールするため、三十六枚の蓋《ふた》に一文字ずつ刻んで、あわせると文章になるようにしてある。

「ざっくり言うと『我々盗賊「幻狼団」は聖女パーティーによって壊滅《かいめつ》しました』というメッセージを入れています。森を越えた先にある『テルミウス』という街の広場などで、見せしめとして棺桶《かんおけ》状態のまま放置しておけばいいですよ。外からも内からも壊れませんので、彼らが殺されることもありません」

「なるほど、それ自体がメッセージとして、住民たちに発信されるわけね。よし、それじゃあ誘拐された人たちをそれぞれの故郷に帰していくわよ!! まずは、湖近辺の村に住む五人を、私、クスハの二人で分担して送っていくわ」

鳥啄《ついば》み地獄の最中、トキワさんたちは十五人全員から、故郷の場所を聞いていた。五人が湖近辺にある三ヶ所の村民、八人が森を抜けた街『テルミウス』の住民、リズさんのことを静かに見ているセリカさんとルマッテさんの二人は『バザータウン』となっている。

私がウィンドシールドで移動すると、かなり目立ってしまうため、ここは二人に行ってもらおう。まだ長時間の移動には制御が厳しいけど、一時間程度の飛行なら問題ない。

「他の人たちは、シャーロットやトキワたちと一緒に、ここで待っていて」

村出身の女性たち五人は、ウィンドシールドに囲まれた際、驚きはしたものの、そこまで取り乱していない。祭り終了後、リズさんが移動方法を軽く説明してくれたから、みんなもある程度覚悟を決めていたようだ。上空へ上昇する直前、女性たちが私たちにお辞儀《じぎ》し、そのまま見えなくなった。

リズさんがいなくなったのを見越《みこ》してなのか、ダークエルフ族のセリカさんが私に近づいてくる。

「シャーロットちゃん、ちょっといいかしら？」

「何ですか？」

さてさて、こうやって話し合うのは初めてだけど、どうくるかな？

「ずばり聞くけど、リズさんって本当にベアトリス様じゃないの？」

お～駆け引きとか一切関係なく、ど直球で質問してきたよ。

「違います」

私がはっきり否定しても、彼女はかなり怪しんでいる。誤魔化《ごまか》しきれるかな？

「本当に？　サーベント王国には、『変異の指輪』という魔導具があるの。それを身につけたら、簡単に魔鬼族にだってなれる」

この人は想像力がかなり逞《たくま》しい。正解なんだけど、真実を晒《さら》すわけにはいかない。

「リズさんは、正真正銘《しょうしんしょうめい》の魔鬼族です。私自身、指名手配の似顔絵でしか知りませんが、ダークエルフのベアトリスさんと見た目が近いせいもあって、あなたと同じことを考えた冒険者たちに常に狙われていたようです。まあ、そのおかげで今の強さを得たのですが」

「私の勘が言ってるわ。あの人は、ベアトリス様だって。シャーロットちゃんたちが知らないだけかもしれない」

女の勘か、この人の第六感は凄《すご》いね。

「ちなみに、ベアトリスさんって、どんな人なんですか？　指名手配書の内容だけを見ると、嫉妬《しっと》に塗《まみ》れた強欲《ごうよく》女というイメージなんですが？」

似顔絵付き手配書だけを見たら、本当にそう感じるんだよね。

「とんでもない!!　確かに王太子殿下のこととなると、まるで人格が変わったかのような豹変《ひょうへん》ぶりだけど！　私の知るベアトリス様は、風で緩《ゆる》やかに靡《なび》く美しく長い黒髪、王太子様の婚約者に相応《ふさわ》しい優雅《ゆうが》な立ち振る舞い、芯《しん》の強い気品さもあって、シンシア様と出会うまでは令嬢たちの憧《あこが》れだったのよ!!」

初めの驚きようから一転、ベアトリスさんの顔をイメージしているのか、右手をほおに当て、ほんのりと顔を赤くしながら、まるで愛《いと》しき人がそこにいるかのような凄《すご》い熱弁を奮《ふる》ってくる。

『優雅な立ち振る舞い』と『芯《しん》の強い気品さ』、当時と今で、かなり違うんですけど!!　クロイス様と会談しているときは少し感じたけど、王都を出て以降、優雅さや気品を全然感じない。

「ただ、七年という歳月を考えたら、髪だって短くもなるし、優雅さだってなくなると思う。そういうのを差し引いて想像したら、まさにピッタリなのがリズさんなのよ!!」

うん、正解です。隣《となり》にいるルマッテさんは、あなたの熱弁にドン引きしてますけどね。

「仮にベアトリスさんだとして、あなたは彼女をどうしたいんですか？　殺すのですか？

それとも、捕縛《ほばく》して本国の王都へ連れ帰るのですか？」

「そ……それは……」

私の問いに、セリカさんは狼狽《うろた》え、私から目を背《そむ》ける。

私は、この時点で全てを知っている。あなたとルマッテさんの情報を覗《のぞ》き見たことで、あなたたちがなんの目的でベアトリスさんを捜《さが》しているのかを把握《はあく》している。でもね、今回私はあなたたちに対して、あえて何もしないよ。王都からここまでの道中、彼女と約束したからね。

『シャーロット、私なりに考えたのだけど、あの事件を調査し証拠を突き止めるには、絶対的精度の情報が必要不可欠《ふかけつ》なの。だから、あなたには「シンシア」と「王太子」の二者を構造解析してほしい』

『二人だけですか？　王都に到着するまでの間、ベアトリスさんの知り合いと遭遇《そうぐう》する危険性もありますが？』

『構造解析しても構わないけど、今言った二人以外の情報に関しては絶対に喋《しゃべ》らず、自分の中に秘めておいて。仮に遭遇《そうぐう》し、そいつらが私の友人で何かを企んでいるにしても、自分で難局《なんきょく》を乗り切るわ』

『わ……わかりました。そこまで強い決意があるのなら、あなたの指示に従《したが》います』

あのときのベアトリスさんの言葉は、真剣そのものだった。彼女は私の力を必要最低限だけ借り、残りに関しては自分とルクスさんの力で解決する腹づもりだ。

現時点では王族側がどんな事情を抱えているのか、皆目《かいもく》わからない。調査中、『ユアラが絡んでいる』と発覚した場合、私は犠牲者《ぎせい》を増やさないためにも、自分が介入《かいにゅう》することをベアトリスさんに告《つ》げている。

彼女もユアラの予測不可能な行動を恐れているから、そのときは介入しても構わないと言ってくれた。

けど、どんな状況であれ、ベアトリスさんの命が危機に瀕《ひん》したら、私は躊躇《ためら》いなく彼女を助ける。たとえ、その行為で恨《うら》まれようとも、私の目の届く範囲では絶対に死なせない。

「ごめんなさい、事情があって言えないの」

このセリカという女性、嘘がつけないタイプだ。この人の顔を観察する限り、何かを隠しているのは丸わかりだもの。

「指名手配犯かつ脱獄犯ですから、本国の王都で公開処刑するのが妥当《だとう》ですよね。そうなると、知り合いの彼女を何らかの方法で説得してから拘束するというのが任務ですか？」

私がそう言い放つと、彼女は目に見えて狼狽《うろた》える。

「ち、違うわ!!　尊敬《そんけい》する女性を騙《だま》して連れ帰るなんて……絶対に……嫌よ」

この表情、彼女なりにどこか葛藤《かっとう》している節がある。『構造解析』の情報から、どうして迷っているのかは既に判明しているけど、ベアトリスさんには黙《だま》っておこう。今後、場がどう動くのか不明だし、今は様子見でいこうかな。

14話　シャーロット一行、バザータウンへ向かう

五人の女性を無事故郷の村へ送り届けたリズさん、クスハさんと合流してから、私たちは森を抜けた先にあるテルミウスという街を目指して出発した。

今度は宙吊《ちゅうづ》り状態でトキワさんが広範囲のウィンドシールドでみんなを囲い、三十六個の棺に関しては宙吊り状態で移動を開始。十分ほどで無事に街の入口へ到着したのだけど、空から不気味に垂《た》れ下がる棺とともに出現したこともあって、この時点から注目を浴びてしまう。

トキワさんが手綱《たづな》を握る木の鎖《くさり》で繋がれた三十六個の棺、そこに示されるメッセージ、誘拐された八名の女性たち、冒険者ギルドへ向かう度《たび》に増えてくる野次馬《やじうま》――注目度が飛躍的《ひやくてき》に高まったことで、ギルド入口到着時には、既に受付嬢やギルドマスターがスタンバイ状態となっていた。

トキワさんがギルドマスターに全ての事情を明かしたため、事態が大きく動き出す。まず、棺に収められた盗賊たち、そして彼らの持つ全情報を伝えたことで、街の警備《けいび》隊が動き出し、棺から解放された彼らを牢獄へと連行していく。

次に誘拐された八人の女性たち、全員が行方《ゆくえ》不明者リストに掲載されていたこともあり、簡単な事情聴取《ちょうしゅ》などの手続きを終えるとすぐに解放された。ただ、八人中七人は平民で若干不安がっていたので、リズさんやクスハさんが護衛として一人ずつ順に家族のもとへ送り届けていく。

残り一人は男爵《だんしゃく》令嬢で、両親が大型通信機の内容を聞いた途端駆けつけ、私たちは親子の感動の再会を見ることになる。その後の話し合いで、街に滞在《たいざい》している間、私たちはその男爵の邸で寝泊まりすることが決まった。

この街で行う仕事は、主に二つある。

(一) 宝物庫にあった盗品類の対処について

『私とトキワさん』が担当。

トキワさんの主導で、宝物庫にあった金銀財宝を男爵と冒険者ギルドのギルドマスターとともに、元の持ち主に返す段取りを立てる。かなりの量であったため、商人ギルドのギ

ルドマスターに協力を仰《あお》ぎながら、わかる範囲で一つ一つ鑑定《かんてい》していき、持ち主へと返却していく。

なお、私が一品ずつ内緒で構造解析して内容を紙にまとめ、トキワさんはそれをチラ見しながら、物品が正規の持ち主に届くようみんなを誘導していく。

持ち主死亡で行き場を失ったものに関しては、法律上所有権は私たちのパーティーにある。ぶっちゃけアクセサリーなどの装飾類《そうしょくるい》や武器防具類なんかはいらないので、これらに関しては、街のオークションで競売にかける予定だ。

二）バザータウンとベアトリスさんに関する情報収集。

『アッシュさん、リリヤさん、カムイ』が、バザータウン関係の情報収集担当。

『リズさん、クスハさん』が、セリカさんを利用した指名手配犯〝ベアトリス・ミリンシュ〟の情報収集担当。

私たちは三グループに分かれて行動を開始し、全てを終わらせた頃には、なんと五日が経過していた。

〇〇〇

盗賊が盗んだ金品の対処は、思った以上に時間がかかってしまった。全ての品々を構造解析して、この屋敷に住むマルカミス・ホーミット男爵に『後は任せた』といった具合に丸投げできたら楽なんだけど、そういうわけにはいかないよね。

盗まれたものの中には、名匠《めいしょう》が制作したアクセサリー類が数点あったことから、売却《ばいきゃく》した合計金額が思った以上に跳《は》ね上がり、金貨六百枚を超えてしまった。法律上、私たちのものになる。けれども、全員がそこまでお金に固執《こしつ》していないこともあり、今回後始末に関わってくれた冒険者ギルドに二割、商人ギルドに二割、ホーミット男爵に三割、私たちの軍資金として三割と分配することにした。この行為が思った以上に喜ばれた。

この街から盗賊討伐に出かけた冒険者たちが三組いたらしく、私たちはその人たちの仕事を結果的に奪《うば》い、無駄働きをさせてしまった。冒険者ギルド側はこのお金で、彼らに経費と迷惑料を支払うつもりのようだ。そして余ったお金に関しては、ギルドの施設修繕《しゅうぜん》に充《あ》てるらしい。

商人ギルドや男爵側からもお礼を言われ、その返礼としてバザータウンまでの道中、最高級馬車二台と馭者《ぎょしゃ》をタダでお借りすることになった。

現在、私たちはテルミウスの街を後にし、馬車の中にいる。テルミウスからバザータウンまで街道が整備《せいび》されており、約二十キロメートルの行程だ。道中は、開けた平地であるため治安もいい。だから、私たちはゆっくりと馬車を進めながら街道の景色を眺《なが》めている。

私のいる馬車には、アッシュさん、リリヤさん、カムイ、トキワさんがいる。カムイは、リリヤさんの膝の上で寛《くつろ》いでいる。

「ねえねえシャーロット、リズ大丈夫かな？　セリカが四六時中ひっついて行動しているから、気が休まらないんじゃないかな？　僕の知っている情報だと、ああいう人のことを『ストーカー』って言うんだよね？」

カムイ、どこでそんな言葉を覚えたのよ？

「まあ、あれはその部類に入るのかな？」

セリカさんは自分の勘を信じ続け、今でもリズさん＝ベアトリスさんと思っている。だからこの五日間、ずっとリズさんを見張っているのだけど、そんな姿を見ているルマッテさんからは溜息《ためいき》を吐《つ》かれ、散々注意を受けている。

「まあ、ルマッテさんがいるから、必要以上には踏み込んでこないと思うよ」

セリカさんと会う前、ジストニス王国の王城で、私はある秘策をリズさんに与えている。変異の指輪を外《はず》してしまえば、一発で正体が判明するからね。私の秘策が功《こう》を奏《そう》したこともあって、現在のセリカさんは半信半疑《はんしんはんぎ》の状態となっている。

「そうだね〜。彼女がストッパーになっているのは確かだよね〜」

カムイは、この状況をどこか楽しんで見ている節がある。セリカさんとは、バザータウンで別れることが決定している。あの執着《しゅうちゃく》や行動力を考えると、多分タウン内で何か行動を起こすはずだ。そして、リズさんも正体を明かすべきか悩《なや》んでいるだろう。テルミウスの街では、互いが互いを見張っているような節があった。バザータウンに到着してから、一波乱《ひとはらん》起きそうだ。

「シャーロット、『構造解析』で全てを知っているんだろ？」

トキワさんが私の答えに注目し、こちらを見る。

「はい、二人の目的全てを把握《はあく》していますが、リズさんの要望もありますので、みんなに話しませんよ」

「それでいい。二人の目的が何であれ、リズ自身に決めさせるといい。今の彼女なら、俺が護衛しなくても対処できる。シャーロットが切り札を与えたように、俺も彼女たちに切り札を与えている。どちらも大技でかなりの魔力を消費するから、戦闘では一度しか使えない。まあ、それらを上手く使いこなせば、窮地《きゅうち》を乗り越えることもできる」

あの～トキワさんや、その切り札に関しては、私何も聞かされていないよ？　どんな切り札なの？　この感じからして、自分で調査しろってことなんだろうな～。

「へえ～面白そう～。僕も、何か必殺技を覚えたいよ～。トキワ、教えてよ～」

カムイだけは、深刻《しんこく》さに気づいているのかいないのか、いつものほほんとしているよね。

「カムイの場合、いずれ超必殺技ともいえる『ドラゴンブレス』を習得するはずだ」

その言葉を聞いて、カムイの表情がパアッと明るくなる。

「本当⁉　リズのように力を集束させて、一気に放つ技だよね？」

『ドラゴンブレス』は、魔力を口に集束して、一気に吐《は》き出す大技だ。今のカムイが習得したとしても、身体が小さいため、大規模なブレスは吐《は》けない。

「ああ。それには、最低でも魔力関連のスキルレベルを6以上に上げる必要がある。だがカムイの場合、今は少しでもレベルを上げて、攻撃力を底上げすることが先決だ。仮にブレスを習得しても、威力が低すぎて、相手に直撃したところで無傷で終わるという情けない結果に終わりたくないだろ？」

私の仲間にはカムイの強さを伝えている。現状の攻撃力はゴブリンと大差ないから、力の底上げが急務《きゅうむ》だよ。

「それ、絶対嫌だ‼」

そんな情けないドラゴンにだけは、なりたくないよね。カムイをどうやって強くするのか、それに関しては二日前の時点で解決している。

「あ～あ、早くバザータウンに到着してほしいな～。アッシュやリリヤと一緒に、街の中心地にあるダンジョンへ潜りたいよ～」

三人がテルミウスで情報収集している際、一人の冒険者にバザータウンにあるとされるダンジョンを教えてもらった。その名は『奈落』。

特殊《とくしゅ》なダンジョンで、地下の階層が深くなればなるほど、魔物のランクも上がっていき、最低がF、最高がAとなっている。総階層数は十八、三階層進むごとにランクも一つずつ上がっていく。

また、各階層をクリアすると、ここでしか手に入らないランクに応じたメダルを一パーティーにつき一枚貰《もら》え、ランクに応じたメダル三枚をギルドに提出すると、無条件でそのランクへとアップする。最奥には石碑もあるが特に何も記載されておらず、その石に触れば地上へ戻れる仕組みとなっている。

どうして街のど真ん中にあるのかは、不明らしい。

そのダンジョンは冒険者にとって『試練場』とも言われており、特に意地悪い罠《わな》などもなく、純粋《じゅんすい》に魔物と戦えるため、制覇すると飛躍的に強くなると言われている。コウヤさんやトキワさんも、既に制覇済み。ダンジョンマスターは一応闇精霊様と言われているけど、なぜか完全放置状態らしい。

「あそこか。確かに三人にとって、修練《しゅうれん》するにはうってつけの場だな。シャーロットは、どうするつもりだ？　昨日の話に出た通り、本当に姿を変異させてから従魔格闘技大会『テイマーズ』に出場するつもりか？」

バザータウンでは現在、三ヶ月に一度大きな祭りが三日間にわたって開催されている。メインイベントの一つとして掲《かか》げられているのが、格闘技大会だ。今回の格闘技におけるテーマは、ズバリ『従魔』‼　明日より始まる祭りの二日目から開催される予定だ。

「もちろん、出場しますよ。Sランクのデッドスクリームなどではなく、魔物大発生で従魔にしたCランクのマテリアルドールたちを召喚する予定です」

まだ、詳しいルールは知らないけど、過去に出場した従魔を見たら、私の目当てとする魔物がいたから、久しぶりに我を忘れたくなるほど、あの姿でアレをやりたいんだよ。今の私がやったら、絶対目立つんだよね。楽しみだな〜〜。

「ロッキード山で起きた魔物大発生か。二日前の夜、シャーロットが俺一人を上空五百メートル付近に呼び出した際に詳細を聞かされたが、またとんでもない魔物を従魔にしたもんだ」

まだ隠れ里に滞在していたとき、私たちはカゲロウさんから、コウヤさんとトキワさんのことを聞かされた。二十年近く前、コウヤさんが偶然隠れ里を見つけて以来、親交を深めていたらしく、トキワさんも何度か里へ訪れていたという。そこで出会った刀、手裏剣《しゅりけん》、忍装束《しのびしょうぞく》などに惚《ほ》れ込み、自分のスタイルに合うよう里の人たちと改良していき、今の服装となる。

元々、彼と里の人たちの服装が似ていたこともあり、もしかしたらと思っていたので、私たちはさほど驚くこともなかった。

「過去にあったあの祭りでの従魔の最高部門は、Bランク相当だったはずだ。当初の予定通り、Cランク相当に出場するのなら、俺も反対しないよ」

私の目的は、Cランクに位置するあの魔物と戦うこと。Cランクの従魔としては手ごろなので、今回も誰かが連れているはずだ。

それ以外の部門に、出場するつもりもない。

「あ、それ、僕が昨日言いそびれたやつだ‼　はいはい、僕が出場したい‼　街に到着したら、すぐダンジョンに入って魔物と闘いまくって強くなるよ‼　だから、僕を出場させてよ‼」

いやいや、いくらなんでも強行スケジュールでしょ？　大会は、明日からなんだよ⁉

今日中に受付を済ませないといけないのに。

「カムイ、そんなことしたら、あなたが疲れて倒れるわよ？」

「そんなの、シャーロットの回復魔法で完治できるもん‼」

いや、何でもかんでも魔法に頼るのはよくないよ。

「カムイ、我儘《わがまま》を言うな。ダンジョンに潜るのは、お前一人じゃない。自分の勝手な行動で、アッシュとリリヤを危険に晒《さら》すつもりか？」

トキワさんが鋭い目で、カムイを睨《にら》む。

三人にはマイペースにダンジョンに挑んでもらいたい。

う～ん、どうしようかな？

今回の出場目的は別にあるし、カムイがFランクの状態でも別段問題ない。あの技は、強弱に関係ないからね。防御力がSランクのカムイなら、ダメージもゼロだ。

「うう……それは……」

アッシュさんたちの命を危険に晒《さら》すわけにはいかない。

『カムイ、今から話すこと、よ～く聞いてね』

急にテレパスで話しかけたものだから、キョトンとしているよ。

「え……何？」

私が本当の目的を告げると……

「何それ、面白そう⁉　その方法なら、今の僕でもCランクを倒せるかもしれない」

「だから、ダンジョンでは無茶をしちゃダメよ。アッシュさんやリリヤさんの言うことを必ず聞くこと、いいね？」

「は～～～～い」

急に聞き分けがよくなったものだから、トキワさんたち三人がじ～っと私を見る。

「シャーロット、カムイに何を言ったの？」

「いやだな～リリヤさん。私は普通に説得しただけですよ？」

うわあ～三人とも、私の言ったことを微塵《みじん》も信じていない目をしている。

「シャーロット、僕たちに何か隠しているよね？　従魔格闘技大会で、何をやらかす気なのかな？」

う、アッシュさん、鋭い!! やはり、わかりますか。

「何もやらかしません。本当ですよ!! そんなに気になるのなら、みんなで見学に来てください」

とある魔物に対して、アレをやるだけだ。その行為が、やらかしになろうはずがない。

15話 幕間《まくあい》 ユアラの日常生活

あ〜、やっと定期試験が終わったわ〜。

やっぱり、我が家の自室が一番落ち着くな〜。

私は背伸《の》びをし、自室のソファーへともたれかかる。

今日から学校も休みに入るし、両親から言われた課題も全て片づけた。まったく、私が紡木財閥《つむぎざいばつ》の跡取《あとと》り令嬢だからって、テスト期間中に家具インテリア系の仕事を押しつけてくるなっての!! 昨日の夕食後、私が両親に少し文句を言ったら、お父様は……

「文句を言うな。私が学生の頃、そういったことは日常茶飯事だった。いついかなるときでも、仕事が突然舞い込んでくることを心掛けておけ」

と宣《のたま》う始末。

ふざけんじゃないわよ!!

父の言っている理由もわからなくもないけど、私にとって定期試験は重要なイベントなのよ。試験点数が前回より悪ければ、最悪進学にも影響してくるのよ!!

「あ～いけないいけない。両親の言葉を思い返したら、心が淀《よど》むわ。久しぶりに、シャーロットたちの生活を覗《のぞ》いてみよう」

あの方から貰《もら》った機器を取り出す。これはどういう仕組みか知らないけど、内蔵《ないぞう》されているゲームの世界に、VRみたいに入っていけちゃうし、外からこうしてモニターで観察することもできる。時間経過は同じだけど、現在だけでなく過去のことも見られるし、今の私にとっては最高の娯楽《ごらく》だ。ただ、月一であの方にどんなことをしたか報告書を出さないといけないのが、面倒なんだけどね。

さあ、機器の電源をオンにして、惑星ガーランドの全体マップを液晶に表示させるっと!!　これまで出会ってきた人々の中でも、気になる人物に関してはマークをつけてあるから、現在位置が自動で表示されるから便利よね。

「え～と、従魔ドレイクの現在位置は、ランダルキア大陸ズフィールド聖皇国サルメダル付近だけど、動きが妙に早いわね。さてはドラゴンに変身して空を飛んでいるわね」

私のいない間、基本自由行動で好きに動いていいわよと言ってあるけど、主人である私がいつ唐突に出現するのか不明だから、サルメダル近辺で暇を持てあましているってところかな。

「シャーロットの現在位置は……あ、カッシーナから随分《ずいぶん》離れているわね。サーベント王国との国境付近にあるバザータウン近辺か。あの子は転移魔法を探しているから、クックイス遺跡のクイズ大会にでも参加するつもりかしら？　雷精霊の力を借りれば、転移魔法の習得は無理でも、アストレカ大陸へ転移させてくれるものね」

あの子、八歳の幼児には見えないのよね。

私の力でも、なぜかステータスが表示されないし、絶対に何かあるわ。

「この子の行動は面白い。私と別れた直後の時間にまで戻して、ちょっと動画鑑賞《かんしょう》と洒落《しゃれ》こもうかな～。私のストレスを霧散《むさん》させるほどの冒険を見せてね～」

……三十分後（～ナルカトナ遺跡最下層まで）。

「あはははは、いやあ～久しぶりに大笑いさせてもらったわ～～～まさか、ナルカトナ遺跡のゴール直前で、シャーロットの速度がいきなり跳《は》ね上がって、壁に激突《げきとつ》するだなんて。原因は、彼女の持つ『環境適応』スキルのようね」

遺跡内であれば、侵入者が誰であろうとも、ステータスは150に統一される。これがナルカトナ遺跡の環境。底の知れないシャーロットでも、その効果は有効だった……でも、その環境に適応したからこそ、強さが元の数値に戻ったようね。

「『ダーククレイドル』と言い、『環境適応』と言い、完全にチートスキルでしょう。そこまでして、私にこだわるのはなぜかしら？」

私が十歳のとき、たまたまエルギスと遭遇《そうぐう》して、困っていたようだから金貨三百枚で『洗脳』スキルを売った。あのスキル自体一つしかなかったから、ちょっともったいないと思ったけど、なんとなく面白い展開になりそうな気がしたのよね。

だから彼をマークして、ここから様子を窺《うかが》っていたのだけど、彼は私の予想以上に動いてくれた。ジストニス王国での蹂躙《じゅうりん》を『報告書』としてまとめ、あの方に送信したら褒《ほ》められただけでなく、子供の私に特別ボーナスまで与えてくれたのには驚いたわ。

「あのとき、私は正論を言ったつもりだけど、シャーロットは理解しなかったわね」

そもそも、ノーマルスキルやユニークスキル、魔法が存在している以上、それらを悪用しようと思えば誰にだって可能なのよ。『洗脳』に関しても、利用方法はきちんとステータスに表示されているわ。悪用したエルギスが悪いのであって、私は悪くない。文句をつけてくるのは『あなたの店で買った商品が原因で、息子が死んだのよ!!』というクレーマーと同じね。

そもそもゲームの世界、現実ではないのだから、私がそこまで本気になる必要はないんだし。

「なんにしても、今後シャーロットと会うときは、用心した方がよさそうね。さて、遺跡攻略後からバザータウンまでの道程《みちのり》はどうなっているのかな～」

……一時間後。

「ちょっとちょっと勘弁《かんべん》してよ～」

アッシュとリリヤ、なんて魔法を開発したのよ。

『スティンク』は反則でしょう？

あれは、強烈な臭いを周囲に拡散させるだけであって、魔法で具現化したものであっても、攻撃魔法ではない。

私のユニークスキル『絶対防壁』は、防壁内にあるものにとって害ある攻撃と判断されれば、全てを任意で無効化できる。シャーロットの突進も、害ある攻撃と判断されて阻《はば》むことができた。

アッシュの『スティンク』の場合、やり方次第では防壁を素通りできる。初めに甘い匂《にお》いを具現化し防壁を素通りさせてから、悪臭へと変化させるといった具合にね。

仮に、攻撃魔法と認定されたとしても、遠距離で断続的《だんぞくてき》に魔法を使用されでもしたら、スキルの使用限度十回をあっという間に超えてしまい、私は猛烈《もうれつ》な臭さで苦しむことになる。

「なんて魔法を開発するかな～。今のうちに、対応策を考えておきましょう。あとはリリヤの『鳥啄《ついば》み地獄』。何十年も前に公開された映画の一部に、似たようなものがあったような気もするけど、こうやって見たらえげつないわね。この子の構想力、侮《あなど》れないわ」

この二人、行動や思考がシャーロットに似てきているような？

「今は、大勢でバザータウンを目指しているわけか。しかも、私と関わりの深いベアトリスを連れているなんてね～。あの方からこの機器を貰《もら》って間もない時期に、適当に検索していったら、ベアトリスとシンシアが引っかかって、二人の設定をちょこ～っと弄《いじ》らせてもらったのよね～」

二人のステータス情報と周りの環境から、まるで悪役令嬢とヒロインのようだと思い、興味本位で近くまで見に行ったわ。ベアトリスの方は直接会っていないけど、ステータス情報の性格欄をちょこっと弄《いじ》らせてもらった。シンシアに関しては直接会って、あの『スキル』を与えておいたわ。そうしたら、私の予想以上の展開になって、あの人も大いに喜んでくれたわね。

「今となっては、懐《なつ》かしい思い出よね」

というか、あの脱獄事件以降、二人のことを完全に忘れていたけど、まさか彼女が再びシンシアと向き合うことになるとはね～。ぷぷぷ、面白いことになりそう～。

「シャーロットが真実を知ったら、私のことを怒るだろうな～」

さてさて、新たに従魔にしたカムイってドラゴンも、少し前に設定を弄《いじ》らせてもらったあの卵で間違いない。上手い具合に彼女と出会えて、思惑通り従魔にされたのはいいけど、どういうわけかシャーロットと同じく、カムイのステータスもこのモニターに表示されないのよね。会話の内容から、シャーロットの魔力が混じったことで種族が進化したらしいけど、その影響かしら？

カムイの両親も必死になって、自分の子供を捜しているから、いずれどこかで遭遇《そうぐう》するわね。まだ、距離が離れているから、今すぐ出会うことはなさそう。両親がシャーロットたちと遭遇《そうぐう》する際、どんな展開に持っていくのかが鍵《かぎ》だけど、普通に話し合って、カムイと感動の再会を果たすとかは面白くも何ともないわ。あの方に喜んでもらう展開にするのなら、もう一工夫何かしないといけないわね。

それにしても、カムイの由来となる『カンナカムイ』ってどこかで聞いたようなフレーズよね？　まあ、今はいいわ。彼女の持つ強さの影響で、カムイに言った内容を読み取れないのが残念だけど、逆に楽しみが増えたわ。

「バザータウンで開催される従魔格闘技大会、何をしてくれるのか楽しみ〜。ベアトリスの方も、何か事件を起こす気がするし、やば、何だか楽しくなってきた!!　いっそのこと、直接見に行こうかしら？」

あれ？　あの方から、新規のメッセージがあるわ。

開くのが、ちょっと怖いわね。

『親愛なるユアラへ
久しぶりですね。あなたから届く月一の報告書を、いつも楽しみに読ませてもらっています。あなたから聞いたシャーロット・エルバランという名の子供は、実に興味深い。おそらく、何らかの方法でガーランドと接触し、チートスキルを貰《もら》ったのでしょう。そこで、アストレカ大陸エルディア王国に出向いて、彼女について調査してもらいたい。私も忙しい身の上ですから、自分で調査することができません。
期限は一週間とします。ユアラ、頼みましたよ。
厄浄禍津金剛《やくじょうまがつこんごう》』

あちゃあ～調査依頼が入ったか～。

まあ、これから休みに入るし、課題も終わらせたばかりだから、少しばかり余裕もある。ちゃちゃっと終わらせて、シャーロットの旅の続きを見させてもらおうかな。それにしても毎回思うけど、このダサいペンネーム『厄浄禍津金剛』、変更しないのかな？　綺麗《きれい》で上品なイケメンお兄さんの割に、この名前だけはないわね。

16話　シャーロット、誰に変身して大会に出場するの？

私──シャーロットの目の前に、壮大《そうだい》な岩山が聳《そび》え立っている。クロイス様やアトカさんが教えてくれた通り、バザータウンを円形の岩山が囲っているようだ。

周囲にあるのは雑草くらいで、木々が一切見当たらない。地殻変動で山の頂上が陥没《かんぼつ》したと聞いてはいたけど、本当にこの山の中に街があるのだろうか？

岩山全体の直径は約一キロメートル、高さは百メートルほど。調査によると陥没《かんぼつ》した箇《か》所《しょ》は直径八百メートルにも及ぶ。つまり、この岩山は約二百メートルもの厚《あつ》さの天然の岩《がん》壁《ぺき》とも言える。

しかも、この近辺の岩盤は異様に硬《かた》いらしく、魔法にも耐性があるため、街を建築する際に掘ったトンネルは、これだけで一年を要したらしい。とはいえ、結局は超強力な魔法で掘り進めていくだけだから、費用自体はそうかかっていないだろうけど。

バザータウンへと続くトンネルが、私たちの目の前にある。今は、前に七組ほど並んでいるため、私たちは待ち時間の間に馬車から降りて、この景色を眺めているところだ。

トキワさんは、ここに来る途中で降りていた。前にベアトリスさんが呪いで倒れた際、転移トラップで一度王都へ戻っているが、そのとき地中に埋めたままのそれを回収しに行っているのだ。ここからそう遠くないので、すぐに追いつくだろう。

「王城で調査してわかってはいたけど、凄《すご》い岩山だな。物理にも魔法にも耐性があるのだから、天然の魔剛障壁みたいだ」

アッシュさんは岩山を眺めて、ぼそっと呟《つぶや》く。

ここからかなり近い位置にあるから、山というより、むしろ壁に近いと思う。

「資料によると、この岩山には二つのトンネルがあるらしいよ」

リリヤさんも、アッシュさんの隣で岩山を眺めている。

「サーベント王国側から訪れる人たち用と、ジストニス王国側から訪れる人たち用の二つだったね」

アッシュさんとリリヤさんは初めてということもあって、観光を楽しんでいるようだ。

でも、少し後方にいるリズさんとクスハさんは一度来たことがあるせいか、冷静にタウン内でどう行動するかを議論しているようだ。すぐ横にセリカさんとルマッテさんがいることもあって、『ベアトリス』というキーワードを出していない。

私はカムイとともに、まだ岩山やトンネルを眺めている。

ここから見る限り、そのトンネル自体の幅も結構広い。あれなら、行き帰りの馬車が鉢《はち》合《あ》わせしても問題ないね。ただ、資料には、岩山全体が円形となっており、地盤沈下した部分も円形に凹《へこ》んでいたと記載されており、トンネルを開通させた後、魔鬼族たちは土魔法や専門の道具を使って、平《たい》らに整地したそうだ。それを脳内でイメージすると、まるでクレーターのような印象を受けてしまう。一度、空を飛んで全体の構造を把握《はあく》したい。

トキワさんと合流後、私たちは鬼綬《きじゅ》メダルを警備の人に見せたことで驚かれた。それに加えて、新聞で見た『人間族の聖女』と『英雄』がいることもあって、荷物検査がスルーされ、特に事情を聞かれることもなく、馬車二台でトンネル内へと入ることに成功する。

ちなみにカムイに関しては、テルミウスの街で従魔登録し、専用の首輪をつけてあるので問題にならなかった。

トンネル内部へ入ると、真上に位置する天井に、照明用魔導具が一定間隔《かんかく》で設置されているけど、やや薄暗さを感じる。馬たちは特に怯《おび》える様子もなく、ゆっくりと前進していく。

そして、トンネルを抜けると……そこは『ダークエルフ』だらけとなっており、私たちは異国に来たかのような錯覚《さっかく》に陥《おちい》った。そこら中にある露店《ろてん》の店主たちは魔鬼族なんだけど、お客のほとんどがダークエルフだ。

「何ですかこれ？　テルミウスで見た光景と全然違うんですけど⁉︎
ダークエルフの比率が高すぎるよ‼︎」

ここから見える範囲で、ダークエルフ：その他＝七：三という感じだよ!!

リズさんたち、この中を歩けるのかな？　いきなり正体が、明るみにならないよね？

「うわあ〜、セリカやルマッテと同じ肌をした人たちがいっぱいいる!!」

カムイは初めて訪れる場所ということもあって、目をキラキラ輝かせてはしゃいでいるけど、アッシュさんとリリヤさんは、あまりの人の多さと賑《にぎ》やかさで固まっている。

「マジか……俺の知るバザータウンと違うぞ？　これまではダークエルフの割合は半々前後だったのに……五年間隔絶された影響で、こうなったのか」

トキワさんでも驚いているのだから、前と全然違うんだね。う〜ん覚悟していたとはえ、この中でベアトリスさんの情報を収集しないといけないの？　一発で怪しまれないかな？

彼女を狙う暗殺者だって、侵入している可能性もあるよね？

「あ、馬車が停まりましたね。どうやら、ここからは歩きのようです。リズさんたちが心配ですね」

「そうだな、シャーロット。ここまで来た以上、覚悟を決めるしかない。馬車から降りたら、まず宿屋『叢雲亭《むらくもてい》』へ行こう。クロイス女王の計《はか》らいで事前に予約を入れてあるから、寝泊まりに関しては問題ない」

この光景を見て、トキワさんのその手配は本当にありがたく感じる。

一週間以上前なら、大型通信機でバザータウン内にある冒険者ギルドを経由して、事前予約することも可能だよね。

「アッシュ、リリヤ、お前たちもここでダークエルフの大群に慣れておけよ。サーベント王国の王都ともなると、賑《にぎ》やかさはこの比じゃないぞ」

街を行く人々の肌や髪の色が変化しただけで、周囲から感じる雰囲気《ふんいき》がまるで違う。ここで慣れておかないと、私たちが初めてサーベント王国へ訪れた冒険者だと一発でバレて目立ってしまう。それに、私とトキワさんは聖女と英雄ということもあり、新聞とかで一般市民に知られているかもしれない。その場合も目立ってしまい、多くの人々に注目されるだろう。初めのうちは、控えめに行動しよう。

「は……はい。雰囲気《ふんいき》に呑《の》まれましたが、もう大丈夫です!!」

「わ、私も何とか」

「よし、それじゃあ行こうか」

私とトキワさんは目立たぬようフード付きのコートを羽織《はお》り、フードで顔を隠したまま馬車を降り、馭者《ぎょしゃ》の人たちにお礼を言ってから、みんなとともに『叢雲亭』へと歩き出す。

途中、セリカさんとルマッテさんが友人たちのいる宿屋を見つけたそうなので、そこで別れることとなった。事情を説明するため、私たちもそこへ同行しようとしたのだけど、断《ことわ》られてしまった。私だけはその事情も丸わかりなので、怪しまれないようみんなの返事にあわせておいた。どうせ、この二人とは近日中に会い、一波乱起きるだろう。

○○○

『叢雲亭』は、バザータウンの中でも最高ランクの宿屋だけあって、私たち女性の四人部屋は広く落ち着く空間となっている。まだ日も高いこともあり、私たちは出かけようと思った。ただ、トキワさんは元々有名だからいいけど、私は人間族の聖女と新聞で言われているため、外に出るだけで絶対に目立つ。そこで、私は考えた。

「お待たせしました。従魔格闘技大会に参加する際の姿を、ここで披露《ひろう》しましょう。その姿を見て、みなさんの感想を聞きたいです」

どうせなら、ここにいる間のほとんどをこの姿でうろつこうと考えているのだけど、姿を内緒にしておく必要が感じられないので、今のうちに明かしておこう。

「シャーロット、話だけは聞いているけど、トランスフォームという魔法って危険なんでしょ？　ちゃんと、元に戻れるの？」

「ふふふ、リズさんご心配無用です。精霊様からもらった魔法を改良し、一度ネーベリックになってトキワさんと戦っています。後方にいた騎士たちは、一切違和感に気づきませんでしたよ。戦いが終わった後、すぐに元の姿へ戻ることもできましたから安心してください。それでは、今からみなさんに披露《ひろう》しましょう!!　トランスフォーム」

私は、『あの姿』を強く強くイメージし、魔法名を言って目を閉じる。

おお、私の感覚が少しずつ変化していくのがわかる。

……これで終了だね。

「みなさん、お待たせしました～。私がとある大人の女性に変身したシャーロット・エルバランでーーーす!!」

トランスフォームで変身した姿、それは前世の『持水薫《もちみずかおる》』だ。基本他人に変身する際に注意しないといけないのは、当の本人と鉢合《はちあ》わせすること。

そういった危機を回避するのなら、アストレカ大陸にいるメンバーにすればいいのだけど、例えばお母様の場合、後々になってバレる可能性がある。かといってリーラに変身すると、子供であるため誘拐される危険性もある。

絶対に遭遇《そうぐう》することがなく、私が強くイメージできる大人の女性、必然的に前世の自分になるというわけだ。死んだときの服装であるため、眼鏡をかけ白衣を着用している。現在の私の裸眼《らがん》視力は二・〇であるため、伊達《だて》眼鏡となっている。

「あ……あなた……本当にシャーロットなの？」

「いやだな～リズさん、目の前で変身したじゃないですか～」

「いや……だって……姿だけでなく、声も違うわよ？　姿と声質が一致しているし、その姿から漂う女性としての存在感も本物だわ」

そりゃあ、前世の自分の姿と声だから、違和感があろうはずがない。

「ふふふ、完璧な大人の女性でしょう？　誰が見ても、八歳の子供に見えないでしょう？」

私はドヤ顔で、胸を張る。

「完璧すぎる……わよ」

う〜ん、リズさんだけでなく、他の人たちも呆然《ぼうぜん》としている。

「アッシュさん、この姿を見てどう思いますか？」

「さん!?　や、いや、うん、何というか……二十代後半の綺麗《きれい》な女性だと思う」

おお、嬉しいことを言ってくれますね〜。

実年齢は三十歳だけど、少し若く見えるのね。

「ちなみに、この姿での名前は『カオル・モチミズ』なので、よろしくお願いしますね!!」

「は〜〜〜い、カオル、よろしくね〜〜〜」

元気よく返事したのはカムイのみ、残り五人は呆然としたまま何も言おうとしない。

なぜだ？　完璧な大人の自分に変身したはずよ!?

「あのな〜、『お願いします』じゃない」

トキワさんは呆《あき》れながら、右手で後頭部の髪を掻《か》いているけど、この姿ってどこかおかしいのかしら？

「シャーロット、『カオル・モチミズ』とどういう関係なんだ？　動き、仕草、姿、喋《しゃべ》り方、何もかもが完璧に別人すぎるんだよ。ネーベリックのときはシャーロットの部分が残っていたから、すぐに納得できたが、まったくの他人をどうしてそこまで簡単に演じきれるんだ？」

トキワさんが、何を言いたいのかわかったわ。他人に変身した場合、自分が本当に他者に変身できたのかチェックするはずよね。でも、私はそういった行動を一切見せることなく、完璧に大人の女性を演じきっている。不審に思うのも、当然よね。

「あ～その件ですか～。以前王城で、私が前世の記憶を一部保持していることを話しましたよね？」

隠れ里の一件で、前世の記憶を一部持っていることを、アッシュさんとリリヤさんに話している。そして、そのときの内容を、王城で他の人たちにも話している。

「ああ、そうだな」

この際だから、そこに新たな設定を追加しよう。

「イザベルによってケルビウム山山頂へ転移されて以降、アストレカ大陸にいたときよりも、高頻度《こうひんど》で前世の夢を見るようになりました。ほとんどが料理についてですけど、どういうわけかこの女性だけが、そこにいつも現れるんです。何度も見たことでわかったことですが、この姿こそ前世の私なんです」

私の説明で、全員が納得したようね。隠れ里で、前世の件を少し明かしておいてよかったわ。

「トキワさん、これまでに訪れた街で、前世での経験全てを引き継《つ》いだ女性もいたと聞いていますから、シャーロットの話も納得できます」

アッシュさん、ナイスフォローをありがとう!!

「アッシュの意見と同じで、前世持ちに関しては、サーベント王国にもいるわ。記憶次第では、特定の分野を大幅に発展させる場合もあるらしいけど、シャーロットの場合は少し特殊ね。はじめは朧《おぼろ》げながら料理を思い出していき、転移以降に姿を思い出し、その行動も思い出していく。ねえ、これって……」

リズさん、ごめん!!　私がそう思い込ませるよう、みんなの思考を誘導しているの。ぶっちゃけた話、生まれた時点で前世の記憶を全て引き継いでいるんです。

「ああ、ユニークスキル『環境適応』のせいだろう。ただの八歳児があの極悪《ごくあく》環境下で、心を正常に保てるはずがない。心を保てるよう、『環境適応』スキルがシャーロットの魂に眠《ねむ》る前世の記憶を呼び覚ましたんだ。だから、これまでの歳相応の言葉遣いや成熟《せいじゅく》した大人の話し方にも、納得がいく」

よし!!　トキワさんも、上手くフォローしてくれたわ!!

初めから記憶を持っているよりも、そういった流れにした方がみんなも納得しやすいからね。

「あはは、今まで黙っていて申し訳ありません。これまで私のような記憶持ちと出会ったことがなかったので、言うタイミングを完全に逃していました」

「それは仕方ないだろう。記憶持ち自体が、かなり少数だ。俺だって、もう亡《な》くなっているが、一人の女性しか知らないんだ」

トキワさんの言う記憶持ちの女性って、まさか隠れ里のカゴメさんのこと？

とにかく、みんなも納得してくれたようだし、早速外へ出かけようかな。

「そういうわけで、今からこの姿でお出かけしてきます」

外へ出ていくメンバーは、私、カムイ、アッシュさん、リリヤさん、クスハさんの五人。

カムイ、アッシュさん、リリヤさんは休む間もなくダンジョン『奈落』へ、私は大人に変身したとはいえ基本子供だから、クスハさんとともに従魔格闘技大会の受付会場を目指す。ただ、宿の入口で『叢雲亭』の従業員の女性からバザータウンの地図をもらって確認したところ、受付会場への行き道にダンジョンがあるため、五人一緒に出かけることとなった。

17話　カオル、とあるキーワードを言われキレる

私たち五人は、ダンジョンの入口があるバザータウンの中心地を目指して歩いている。

この街は直径八百メートルほどと小さいせいか、周囲に建《た》ち並ぶ建物の数もそこまで多くない。

宿屋の従業員から聞いた話によると、建物のほとんどが宿屋らしく、武器防具といったあらゆるジャンルのアイテムは、そこら中に溢《あふ》れている露店に並べられているらしい。

ふふふ、せっかく大人の姿で出歩いているのだから、どれほどの品物なのかチェックさせてもらうわよ。いいものがあったら、買っちゃおう!!

「事前情報通り、アイテム類は露店で販売されているわね。ここから見える範囲では、服《ふく》飾《しょく》関係や武器防具類、どれも一級品ばかりか。しかも、みんなデザインがいいものだから、これじゃあ客側も迷うわね。く～、私の購買欲が刺激される～～～～」

私の一言が気になったのか、四人が一斉に私を見る。

「あの……何か?」

私の疑問に答えてくれたのは、クスハさんだった。

「シャ……カオル様、子供っぽさが微塵《みじん》も感じ取れません。真実を知る私たちから見れば、違和感ありまくりです」

アッシュさんとリリヤさんも、その言葉に頷《うなず》く。

「あ～、それは私自身の魂が、この姿に引っ張られているせいかもしれません。夢で見ているせいか、言葉が自然に出ちゃうんですよ」

これは、本当のこと。この姿に戻れるとは思わなかったし、ちょっとウキウキしているんだよね～。

「あ、安心してください。今後、緊急時以外、この姿にはなりませんから。いつまでも、前世のことを引きずりませんよ。そうでないと、私が私でなくなりますから」

私の言葉に安心したのか、カムイ以外の三人がほっと胸を撫《な》で下《お》ろした。今の私は『シャーロット・エルバラン』、この姿は今回限りの特別バージョンよ。

周囲の露店に並ぶ女性用アクセサリーなどを見ながら三十分ほど経過したところで、最初の目的地『奈落』へと到着したのだけど、そこは王都で見たどのダンジョンと比べても、明らかに異質だった。

「ここが……奈落？ 話には聞いていたけど……大きい穴一つだけ？ リリヤ、ここであってるよな？」

「うん……アッシュ……あってるよ。穴……しかないね」

そう、私たちの前には直径三メートルくらいの大穴がある。その穴を中心とする半径五メートルの円周部に、十個の鉄製の杭《くい》が地面へ打ち込まれており、それらを鉄製の鎖で繋ぐことで柵《さく》にしている。

「アッシュ様、リリヤ様、ここは間違いなく奈落です。奈落の底に繋がるダンジョンという意味合いで名づけられたと聞きます。あの穴に飛び込めば、間違いなくダンジョンへ入れます。ナルカトナ遺跡のような特別ルールはありません。ここで必要なのは、他のダンジョンと同じく、純粋な『力』です。地上への脱出方法に関しては馬車でお伝えした通り、最下層以外はエスケープストーンのみですから注意してください。脱出すれば……あ、ちょうどいいタイミングで現れましたね」

目の前に何人かの冒険者らしき人が現れた。

なるほど、脱出すれば、鎖で覆われた範囲の穴以外のどこかに、唐突に出現するわけね。こんなタイプのダンジョンがあるんだ。そもそも、なぜ街の中心地にあるわけ？　いや、逆か。ここを中心にして、街を作ったんだわ。何だろう、妙な違和感がある。

ダンジョンというものは、あらゆる負の感情を糧《かて》にして生まれてくると考えられている。人のいない山林部にあるものは、負の魔素が長い歳月を経て蓄積していき、沼のような瘴気溜《しょうきだ》まりを発生させる。この沼自体が外へと爆発した場合、隠れ里のような『魔物大発生』へと繋がる。

でも、沼の内部で爆発を起こした場合に限り、ダンジョンが発生する仕組みとなっている。

資料によると、内部で起こる大爆発は前兆《ぜんちょう》もなく唐突に起きるため、誰も気づかないらしい。沼ができ上がり、すぐにダンジョンへと進化する場合もあるようだ。

私が気にかけているのは……


一）遥《はる》か昔に起きた地殻変動。

二）その中心地にあるダンジョン。

三）発生時期。


この三点。鬼人族の歴史に関しては、トキワさんや精霊様から聞いている。でも、滅《ほろ》んだ理由を知らない。まさかとは思うけど、何か関係している？　私一人が行動する際にでも、空を飛んで地形を把握《はあく》し、構造解析しておきましょう。

「アッシュとリリヤは、いつまでダンジョンに潜っているのかしら？」

祭りの開催時期に訪れたからには、トキワさん、リズさん、クスハさんは三日間祭りを楽しみながら情報を集めることにしている。ゆえに、私たちの出立《しゅったつ》時期は、四日後を予定している。ちなみに、カオル変身時は大人であるため、二人への言葉遣いも『さん』付け禁止となっている。

「リリヤと相談したんですが、せっかくだから僕たちも祭りを楽しもうと思います。だから、ダンジョンでの冒険は今日一日だけ。三人で行けるところまで行ってみます」

ここ最近、二人はダンジョン攻略や訓練、情報収集、誘拐事件の後処理などで、ゆっくり休息がとれていない。サーベント王国に入ったら、何が起こるかわからない以上、今のうちに張り詰めた緊張感を解きほぐした方がいいわ。

「うん、最初から全力全開で行くよ‼　カムイ、アッシュ、頑張《がんば》ろうね‼」

三人は元気良く、私たちに手を振りながら穴へと向かっていく。

そして、ここに残ったのは私とクスハさんだけになった。

「カオル様、私たちも会場へ行きましょう」

「ええ、そうね、クスハさん」

私は受付会場で、参加登録をしておきましょう。

○○○

私とクスハさんが受付会場へ到着すると、今日の夕方が締《し》め切りであるせいか、十二組ほどの冒険者が列を成している。その列周辺には首輪をつけた魔物もいて、一目で従魔であることがわかる。

「目当ての従魔、見～っけ!!　ふふふふ、あの剛毛《ごうもう》を……」

あ、私が言葉を出そうとした瞬間、勘《かん》づいたのか、従魔である魔獣が周囲をキョロキョロと見回す。危ない、危ない、ここで勘《かん》づかれたら逃げられてしまう。

「カオル様、一体何をするおつもりで？」

クスハさんが、ジト目で私を見ている。

「あはは、それは明日のお楽しみということで。それはともかく、私たちを尾行している者がいますね？　どう対処しますか？」

彼女も気づいていたのか、意識を後方に向ける。アッシュたちと別れて以降、一人の女性が私たちから十メートルくらいの距離を保ちながら、ずっと尾行している。気配などをほとんど感じ取れないので、一般人や普通の冒険者ではまず気づかないだろう。相手は、相当の手練《てだ》れね。

「テルミウスでの情報収集で、サーベント王国の現状を軽く知ることができました。ですが、私たちに関する情報については何も得られませんでした。やっと現れた情報源、逃したくありません。現状、やつが直接『私』を狙うのか、それとも間接的に『カオル様』を狙うのかまではわかりません。一旦、別れましょう」

テルミウスでわかったこと……

一）シンシアさんが王太子妃になっていた。
二）ミリンシュ侯爵家の人々は行方《ゆくえ》不明となっている。
三）二人の指名手配は現在も継続中。
四）呪いを継続利用しているエブリストロ家は、この七年で力をつけ、公爵へと陞爵《しょうしゃく》し、宰相《さいしょう》の地位を任せられている。

主に、この四点。エブリストロ家はミリンシュ侯爵家を貴族世界から追放し、自分たちは王族の次に高い公爵の地位を得たにもかかわらず、いまだに呪いを継続させている。おそらく、やつらはミリンシュ家の報復《ほうふく》を恐れている。全員を殺すまでは、呪いを継続稼働させるつもりね。

ただ、気がかりなのがベアトリスさんの両親や妹の行方《ゆくえ》。上手くを身を隠せているのか、それともエブリストロ家に捕まりどこかに幽閉されているのか、これがまったくわからないのよね。

尾行者から、何か新規の情報を得られるといいのだけど。

「そうですね。私はこの行列で動けませんから、クスハさんはどこかの店で飲み物でも飲んでいてください」

彼女が私から離れていくと、正体不明の女性が動き出す。どうやら、私の方へ来るようね。彼女との関係を問い質《ただ》すつもりかな？

「ねえ……そこの『おばさん』」

は？　今、こいつ、私の真後ろで何と言った？

「ちょっと……聞いてる？」

近くに『おばさん』扱いされる微妙なお年頃の女性はいない。

「鈍《にぶ》い、何度も同じことを言わせないでよ。白衣を着て眼鏡をかけた、ポニーテールの『おばさん』。アンタのことを言っているのよ」

キレていいですか、いいよね？　こいつが、女であろうと関係ないよね？

「ち、これだから『おばさん』は……」

『ブチ』

私の中の何かが、切れた。

私はクルッと回れ右をし、女性の顔を見ずに右手で顔面にアイアンクローをかます。

「うが⁉」

こんな失礼な暴言《ぼうげん》を放つ輩《やから》には、お仕置きが必要よね。

相手が、誰だろうと関係ないわ‼

「おい、お前!!　初対面の微妙なお年頃の女性に向かって、公衆の面前で絶対に言ってはいけないキーワードを三回も漏らしたわね。『仏の顔も三度まで』という言葉を知らないのかな〜?」

私は三十歳だ。子供に言われるのなら、まだいい。でもね、アンタのような二十代前半の女に言われるのが、一番ムカつくんだよ!!

「グガガガ……はな……せ」

私が風魔法『フライ』で少しずつ浮き上がると、相手の女性もそのまま宙へと浮かぶ。女は逃れようとして、私を蹴ったり殴《なぐ》ったりしているが、そんなものは全然効かん。この女にだけわかるよう、アイアンクロー状態の右手から彼女の顔面へそっと荒々《あらあら》しい魔力を流すと、急に動きを止め少しずつ震え出す。

「は……な……し……て」

「へえ、離してほしいの?　ほ〜らよ」

私はアイアンクローを解除すると、両手を巧《たく》みに使い、暴言を吐《は》いた女——ルマッテが宙に浮いた状態のままでいられるよう、目にも止まらぬビンタを両手で交互にかます!!

「オラオラオラオラオラオラオラオラオラオラオラ」

『パンパンパンパンパンパンパンパンパンパンパン』

「オポポポポポピピピピピポポポポポポポポポポアパパパ」

ルマッテは謝罪しようとしているのか、おかしな言葉を口から出していく。まあ、どんな言葉を紡《つむ》ごうが、そんなことはどうでもいいんだけどね!!

「反省しやがれ、アターーーーック!!」

最後のビンタで、地上へ叩《たた》き落としてやった。

「ほら～～～いつまでも地面に這《は》いつくばっててんじゃないよ!!　あなた……私に言いたいこと、あ・る・わ・よ・ね?」

私は女性らしく満面の笑みを浮かべながら、ガタガタと震えるルマッテに問う。

あれ、恐慌《きょうこう》状態になってる?

ちょ～～～っと、やりすぎたかしら?

「も……申し……わけ……ありません。今後……二度と……言いません」

ルマッテは這《は》いつくばった状態から上半身だけ起こし、地面を見ながら謝罪の言葉を告げる。

「私の顔を見て言え!!」

彼女の身体全体がビクッと動き、私を恐々と見る。

「すみません……でした」

ふ、どうやら本当に反省しているようね。

「よろしい。で、用事は何?　手短に言いな」

『威圧』スキルを使っていないのに、そこまで震えるものだろうか？

肉体的ダメージはゼロに近くても、精神的ダメージが酷いのかな？

今更《いまさら》になって彼女を見ると、宿屋で着替えたのか、地味で軽快な服へとチェンジしている。しかも、女性用の剣かレイピアか不明だけど、武器も左腰に所持している。まあ、初対面のときに名乗った貴族名はカモフラージュだから、別段驚きもしないけどね。

「あの……先ほどの女、クスハとはどんなご関係で……でしょうか？」

やっぱり、狙いはクスハさんか。

ルマッテの身分と職業を考えたら、そろそろ動き出すと思っていたわ。

「関係？　さっき出会ったばかりの女性よ。彼女の仲間が奈落へ行こうとしていたから、私の従魔のレベル上げを手伝ってもらおうと、相談に乗ってもらっていたの」

それを聞いた途端、あからさまにほっと安心しているのがわかる。

「で、それが何なの？」

「いえ……その……何もなければいいのです。この度は誠に申し訳ありませんでした」

謝罪後、ルマッテは震えながらゆっくりと起き上がり、服についた砂を叩《はた》き、再度私を見る。

「今度からは、私のような年代の女性に対して、あのキーワードを言わないように。次出会ったときに言ったら、どうなるのかわかっているわよね？」

私が両手をぼきぼきと鳴らしつつ再度警告すると、彼女は何度も何度も頷《うなず》きお辞儀《じぎ》をして、その場を去っていった。まったく、『おばさん』と言われただけでキレるとは、私もまだまだね。

あ、情報を聞き出すのを忘れていたわ。まあ、相手がルマッテである以上、またどこかで出会えるからいいか。騒ぎも落ち着き、私が受付会場の方へクルッと回れ右をすると、なぜかモーゼが海を割るがごとく、行列が二手に分かれ、どうぞどうぞ状態になっていた。そこには、周囲をうろついていた魔獣たちもいて、完全に私を見て怯《おび》えていた。

あれ～？　魔力を微塵《みじん》も外に出していないのに、なんで恐れられているのかな～～～？

18話　バザータウンの隠された真実

う～ん、この状況はよくない、よくないわ～。冒険者たちが私を怖がるのはわかるんだけど、なぜに魔獣までもが怖がる？　まだ、あなたたちには何もしていないよ？　ルマッテにやった刑が効いた？

「はあ～今日は厄日《やくび》ね。さっさと受付を済ませるかな」

凄《すご》く心苦しいけど、二手に分かれてでき上がった道を私はまっすぐに歩いていき、受付嬢のいるテントへと入り、ポカ〜ンとしていた彼女から大会の説明を受ける。

出場できる従魔は一人につき一体のみ。上級、中級、下級の三つの部門があり、魔物のランクに言い換えると、上級がB、中級がC、下級がDを指す。戦闘方法は至ってシンプル。主人と従魔が協力して、相手を場外に落とすか気絶させるか降参《こうさん》させること。ただし、魔法の使用は禁止されている。

「私の従魔はドラゴン族の子供なので、今回は中級でエントリーします。あ、小動物くらいの大きさだから、安心してください」

ドラゴンと聞いて、周囲の人たちは驚いたようだけど、大きさを知ったことで安心しているわね。実際、カムイの攻撃力は、レベルが上がったとしても、せいぜいEランク程度、防御力の件もあって中級でも問題ないでしょう。私は、優勝という名誉に微塵《みじん》も興味がない。目的を果たしたら、さっさとリタイアするつもりでいる。

「あ、重要なことを聞き忘れていました。中級に出場する魔獣は、どんなタイプですか？」

「は、魔獣ですか？　主にオーク系、ウルフ系、獣王系ですけど？」

若い受付嬢は、こんな質問をされるとは思わなかったのか、若干訝《いぶか》しげな表情で私に答えてくれる。

「よっしゃ〜〜〜思う存分堪能《たんのう》できる〜〜ふふふ、面白くなってきたーーーー」

あ、邪《よこしま》な思いが口に出てしまった。

「何を堪能《たんのう》するつもりで？」

やっぱり、そこを突っ込んできます？

「見ての通り、私の職業は研究者なんです。今回の大会出場にあたってのテーマは、『か弱い女性とか弱い従魔が格上の魔獣と遭遇《そうぐう》した場合、相手と戦わずに勝利を収めることができるのか？』というものです。きっちりと作戦を立ててきましたので、それをここで実践しようと思いまして」

あれれ～受付嬢だけでなく、他の冒険者たちも疑わしいものを見る目で私を見ている。

「失礼を承知で申し上げますが、先ほどの光景を見て、あなたが『か弱い女性』だとは微《み》塵《じん》も感じませんが？」

ですよね～～～。ルマッテ～～～あの女のせいだ～～～。

「あはは、と……とにかく、今回私も従魔も相手に一切攻撃せず、とある行為だけで勝利をもぎとれるか実験したいのよ」

お、空気が変わった。みんなが私の行動に、興味を持った証拠ね。

「とある行為と言いますと？」

さすがに、ここまで騒がせておいて、主催者側《しゅさいしゃ》に内緒……にはできないわよね。私は受付嬢に近づき、彼女にだけ方法を明かす。すると、彼女の表情がみるみるうちに驚愕《きょうがく》へと変化していく。

「本気ですか⁉」

「もちろん、本気よ。これって、攻撃行為とは言わないでしょ？」

私はウインクをする。

「それは……まあ……ただ、ここで宣言した以上、攻撃行為はもうできないと思いますよ？　いいんですか？」

「いいの、いいの。私の目的は、ソレが魔獣に通用するか試したいだけだから」

人間には、絶対試したくないけどね。私に、そんな趣味《しゅみ》はないし。

「わかりました。それでは、カオル・モチミズとその従魔カムイを中級で出場登録しておきます。参加料、銀貨五枚を支払ってください」

参加料だけでも、結構高いわね。

私は、銀貨五枚を受付嬢に手渡す。

「これは、明日から実施される祭りのスケジュール表と地図です。そこに記載されているように、中級は二日後の朝十時から予選開始となりますので、開始時刻十五分前までには会場にお越しください」

「了解です」

私が会場を離れると、先ほどまで割れていた行列が一斉に元の位置へと戻っていく。今後、公衆の面前で空中ビンタの執行は控えましょう。

「シャーロットの姿で執行していたら、聖女という職業が誤解されていたかもしれないわね」

そもそも子供の姿では、『おばさん』扱いされないか。私が受付会場からある程度離れたところで、クスハさんがやって来る。

「カオル様、私は直接見ていませんが、周囲の冒険者たちが口コミでみんなに伝えていますよ。内容が、『おばさん扱いされた女研究者がキレて、若い女の顔を鷲掴《わしづか》みにしたあと、宙に浮いたまま両手で顔面を超高速往復《おうふく》ビンタしやがった』と」

情報伝達の速度が速いよ‼

「申し訳ない。尾行していた女――ルマッテが私をおばさん扱いするからつい……ね」

あんな言い方されたら、誰だってムカつくと思うわ。

「え、相手はルマッテ様なのですか？」

ルマッテの正体に気づいているのは私だけだったけど、みんなもそろそろ用心すべきね。

「ええ、気をつけてください。彼女は、またリズさんかあなたに近づいてきますよ」

「私たちだからこそ気づけた尾行、彼女は一体何者？」

ここで全てを明かせば、話も一気に進むのだけど、リズさんの要望に応《こた》えないといけないわね。

「それは、あなた自身の力で見抜いてください。ルマッテさんは、ただの貴族ではありませんからご注意を」

そもそも、貴族じゃないんだけどね。

「わかりました。カオル様は、これからどうしますか？」

「どこか人目のつかない位置へ移動して、空へ行きます。ちょっと、ここの地形が気になるんです。もしかしたら、トキワさんやコウヤさんの長年抱える疑問を解決できるかもしれません」

魔鬼族の先祖鬼人族、妖魔族を倒し最強種ともいえる存在になった者たちが壊滅した要因、それが『アレ』なら納得できる。

「お二人の抱えている疑問ですか？　わかりました、ここからは私も自分たちの情報収集に徹します」

私たちは互いに頷《うなず》き、別行動をとる。ルマッテとセリカは、ここまでの状況を踏まえた上で、二人の正体に気づいている。事態は、ここから大きく動き出す。二人とも、油断しないでね。

◯◯◯

私の現在位置は上空百メートル、新たに取得したユニークスキル『光学迷彩』で、周囲からは私の姿を見えないようにしている。私自身を光属性の透明膜《とうめいまく》で覆いつくし、この透明膜に周囲の景色を映しているので、相手からは視認できない。そこに私自身が魔力も気配も大きく抑えることで、存在を極力小さくしていた。仮に気取《けど》られても、虫か何かと思われるだろう。

「やっぱり、このバザータウンには、とんでもない情報が隠されていたわね」

ここから見える地形は、地球の衛星画像で見た隕石《いんせき》の衝突痕《しょうとつあと》、クレーターに瓜《うり》二つだわ。そして、異様なのがその中心地。ポツンと真っ黒い小さな穴が開いている。まさしく、奈落の底へと繋がるような穴ね。

『ダンジョン「奈落」』

三千二十年前、宇宙から襲来《しゅうらい》した巨大隕石がこの地に衝突した。大地に衝突した衝撃波《しょうげきは》により、周囲の生物はほぼ死に絶え、その際に生じた負の感情が衝突中心地に集積《しゅうせき》し、ダンジョン『奈落』を形成する。当時、強力な放射線が奈落から発せられたため、周辺地域一帯は汚染《おせん》され、ほとんどの生物が苦しみながら死に追いやられた。それは、妖魔族を滅亡させた鬼人族も例外ではない。絶滅《ぜつめつ》とまではいかなくとも、総人口の九割が死に絶える結果となる。

奈落から放射される放射線は、大気や地中の魔素との相性《あいしょう》が非常によい。そのため、長

い年月をかけて魔力へと変質していき、大気と地中両面からジワジワとハーモニック大陸全土に広がり、魔力濃度の高い土地へと変質させた。

なお、現在の歴史資料では、『千年前の魔素戦争で大地を大きく変質させた』と明記されているが、全ての始まりは『隕石衝突』だった。これがあまりに古い出来事のため、資料自体が焼失《しょうしつ》してしまい、後の歴史研究者が誤認しているだけである。

「これが真相……ね。そりゃあ隕石が衝突し、そこに放射線も加われば、最強種鬼人族も絶滅しかけるわ。年代から考えて、ガーランド様が降り立った数百年後に起きたのね。彼が、この事件を引き起こしたわけじゃない。全ては、自然に起きた出来事というわけか」

この情報に関しては、ベアトリスさんの事件と無関係だから、みんなに知らせておこう。ただ、気になるのは、この隕石衝突におけるランダルキア大陸とアストレカ大陸への影響ね。さすがに、それに関しての記載はない。いくら放射線が関わっているとはいえ、大陸間の距離を考えたら、多分影響はないと思いたいけど、現在の文明差がさほど開いていないのよね。

もしかしたら、隕石は一つだけじゃない？　例えば、三大陸の間にある海に馬鹿でかい隕石が衝突したら、大津波が発生する。全大陸の沿岸部は壊滅的被害となる。それが影響して、全ての文明が大きく後退したとも考えられる。

それか、千年前の魔素戦争で後退したか、このどちらか、いえ両方かもしれないわね。

「あれ？　岩山の外壁《がいへき》近くに、人がいる？　妙ね、この地図によると、バザータウンの出入口は二ヶ所だけのはず、あの位置はそのどれにも該当《がいとう》していないわ。一応、覚えておきますか」

さてと、セリカとルマッテの現在位置はどこかな〜。ふふふ、こんなこともあろうかと、マップマッピングで登録しておいたのよね〜。

「え〜と、ステータスの地図から考えると、なるほど、あの開放型の飲食店にいるのね。どうやら、セリカと合流したようね。ついでだから、潜入捜査《そうさ》しちゃお〜っと」

私はそっと地面に降り立ち、ルマッテのそばまで近づいた。彼女の軽快な服装と異なり、セリカの方は貴族らしい上質な衣服を着ている。

「ルマッテ、ルクスを尾行してからおかしいわよ。何かあったの？」

この二人は、魔法『真贋《しんがん》』を所持している。出会った当初、魔法の副作用ともいえる不快感によって勘《かん》づかれるといけないからと使用せずに様子見していたようだけど、一瞬の隙《すき》を突いて使った。だから、既にベアトリスたちの正体を見抜いているのね。

「化け物がいたわ。セリカ、もしベアトリスとルクスの近くに、三十歳くらいで白衣を着たポニーテールの女がいたら、説得は諦《あきら》めて」

それって、私のことだよね⁉

「その女が、あなたに化け物と呼ばせるくらいの強さなわけ？」

セリカの質問に対し、ルマッテはそっと頷《うなず》く。

「あの女、魔力を外に一切漏らさず、私に流し込んできた。身体が破裂《はれつ》すると思ったのは、生まれて初めてだわ」

あれ〜？　そこまで流し込んでないのだけど？

「嫌よ!!　七年越しでべ……あの人と再会できたのよ。二人を説得した後、私が二人を祖国へ連れ帰る。それができたら、私は国王陛下から褒美《ほうび》をもらえるのよ」

ここまで聞いたら、こいつも下劣《げれつ》な者たちと同じ発想の持ち主かと思うわね。でも、このセリカというダークエルフは、私たちの斜《なな》め上をいく考えを持つ人なのよね。

「あのね、いくら褒美《ほうび》を貰《もら》えたとしても、あなたの願いは絶対に叶《かな》えられないわよ」

「どうしてよ!!　国王陛下が嘘をつくっていうの？」

セリカは、かなり憤《いきどお》っているわね。まあ、あの褒美《ほうび》は叶《かな》えられないって、私も思うわ。

「家臣の働きに対する対価……この場合、『ベアトリスの捕縛《ほばく》』に対しての褒美《ほうび》を貰《もら》えるとは思うけど、あなたの願いは『ベアトリスの犯《おか》した罪に対する刑罰』の減刑でしょう？無理に決まってるでしょうが」

そう、セリカはベアトリスに対し、敬愛《けいあい》ともいえる強い思いを抱いている。今このときでも、彼女の犯した事件には何か裏があると周囲に言ってるくらいだもの。そのせいで国王陛下に目をつけられてしまい、『そこまで言うのなら、その敬愛を利用してベアトリスを捕縛《ほばく》してきなさい。それができたら、君の望む褒美《ほうび》を与えよう』という任務が下《くだ》されたのよね。

「私は、絶対に諦《あきら》めないわよ。あの事件、絶対に裏……むぐ」

「ここで、それを言わないで‼」

「う〜とにかく、祭り期間中にもう一度会って、そのときに全てを明かすわ」

セリカはそう言い残すと、席を離れる。あれは……あ、お花を摘《つ》みに行ったのね。

「はあ〜、国王陛下も無茶言ってくれる。あの女は仲間じゃないと言っていたけど、今から仲間になる可能性も十分にありえるわ。ベアトリスもルクスも、私と同じくらい強いし、サーベント王国でも有名なトキワが護衛としてついているんじゃあ、こっちが完全に不利じゃないの。こんな任務、引き受けるんじゃなかった。なんとか、ベアトリスだけでもやつらから引き剥《は》がさないと」

ふふ、ルマッテも国王陛下や王太子から別任務を言い渡されているから、相当困っているわね。彼女だけを引き離す方法は、現在考え中か。いつまでもここに滞在すると、勘《かん》づかれるかもしれないから、そろそろ引き上げますか。

19話　暗雲《あんうん》立ち込める

　あの後、私は露店で買い食いをしながらショッピングを楽しみ、夕方五時頃に『叢雲亭』の自室に戻ってきた。もちろん、カオルからシャーロットへと戻っている。まだ誰もいなかったので、部屋着に着替えて仮眠をとっていると、少し離れたところから大声が聞こえてきた。

「違法奴隷オークションですって⁉」

　この声は、リズさん？

「馬鹿、声が大きい。シャーロットが起きるだろ？」

　違法オークション、何のこと？　この声はトキワさんだ。何かあったのかな？

「あの……もう起きてます」

　眠たい目をこすりながら、ベッドから起き上がると、部屋に全員が勢揃《せいぞろ》いしていた。

　時間は夜七時のようだ。

「すまん、起こしたようだな」

「トキワさん、構いませんよ。何かあったんですか？」

彼から話を聞くと、どうやらバザータウンでも誘拐事件が発生しているらしい。情報の出所《でどころ》は、なんとテルミウスの牢獄にいる幻狼団のメンバーだ。鳥に襲われる恐怖から全ての情報を白状したとのこと。

どうやらやつらは、バザータウンの外と内で別れて行動しているようだ。内にいるメンバーが、幻狼団壊滅を知っているのかは不明だけど、現在種族問わず七名の人々が誘拐されている。内訳は、ダークエルフ族四名、魔鬼族三名、鳥人族一名。彼女らが今度、この街で行われる違法な奴隷オークションに出品されるというのだ。

「バザータウン自体は、狭い街ですよね？　それでも行方《ゆくえ》がわからないのですか？」

私の疑問に、トキワさんが答えてくれた。

「ああ、それに関しては、俺とリズがスキル『マップマッピング』を駆使《くし》して突き止めた」

おお、再会した後に教えたばかりのスキルを早速利用しているんだ。

「それで、その人たちの行方《ゆくえ》や奴隷オークションの開催場所はどこですか？」

狭い街の中で、思い切った行動をする犯罪者もいるんだね。

「ああ、居場所は……従魔格闘技大会『テイマーズ』が催される会場の真下だ」

ちょ、は？　今日、私が行ったところじゃん⁉

あの真下に、誘拐された人たちがいるの？

「大胆な手口ですね。あの会場の真下ですか。ということは、オークション自体も地上の大会にあわせて開始されるのですか？」

トキワさんが、軽く頷《うなず》く。地上の従魔格闘技大会は三日間開催されるため、観客も多くかなり賑《にぎ》やかになる。多くの人々の目が地上の大会に向いている間に、地下では粛々《しゅくしゅく》と静かに違法奴隷オークションが開催するわけね。地上と地下の主催者は、同じ人物なのだろうか？

「ここ最近になって、ダークエルフの行方《ゆくえ》不明者が急増したこともあって、この街の騎士団が調査を進めていた。そこに、テルミウスからの情報が飛び込んできたことで、一気に進展したんだ」

リリヤさんの鳥啄《ついば》み地獄が、ここで活きてきたか〜。外にいる幻狼団の心をバキバキに折ったもんね〜。

「地下の方も地上と同じく、三日間連続でオークションが開催されるんだが、違法のものは終盤《しゅうばん》の奴隷オークションだけで、それ以外は正規のものだ。実際、地上でも地下のオークションについて宣伝されていた。正規のオークションの終了時刻は最終日の昼十二時。違法オークション開始時刻は昼一時だ」

最終日か、私の出場する中級は二日目だから、そっちのお手伝いもできるね。

「それで……だ。明日からの祭り開催期間中、俺、リズ、クスハの三人が数名の騎士とともに、地下オークションへ参加し、内部の構造を把握《はあく》しておく。そして最終日、違法オークション開始と同時に、会場に居座《いすわ》る者ども全員を捕縛《ほばく》するつもりだ」

あれ、アッシュさんとリリヤさんは？

「トキワさん、僕たちの任務は？」

彼も、そこが気になったようだ。

「アッシュとリリヤは、地上で実施されている大会の監視《かんし》を頼む。何か違和感があった場合に限り、簡易型《かんいがた》通信機で俺たちに報《しら》せてくれ。シャーロットとカムイなんだが、できれば上級にも参加してほしい」

へ？　なんで上級に？

「受付は、既に終了していますよ？」

上級に参加する意義を知りたい。

「問題ない。中級で優勝するか、試合で目立てば、上級への参加資格が得られる。ま、お祭りだからな。上級は最終日なんで、盛《も》り上げたいんだよ」

初耳なんですけど？

「私とカムイ、目立っていいんですか？」

「今回に限り、問題ない。それにカオルで参加するから、シャーロット自身におかしな噂が立つこともない。君とカムイが目立つ行動をとることで、無関係な地上の観客たちの視線は君たちに向けられる。騎士団が周辺を警戒しているから、おかしな行動をとる者がいたら、すぐに目を引くことになる」

なるほど、犯人たちが地上と地下で連携をとり合っている場合、必ず地上でも何らかのアクションを起こすよね。

「わかりました。とことん、目立ってやりましょう。既に目立つ行動をとってしまったので、私とカムイが会場に現れた時点で観客の目を引くことになります」

今日起きた出来事を全員に話すと、やはり私の空中ビンタが効いたのか、カムイ以外の全員が引いている。

「ルマッテ、やっぱりあいつは敵ね。そもそも、貴族が護衛もなしに軽快な服装でうろつく行為自体がおかしいのよ」

リズさんも、違和感を覚えていたのね。潜入捜査で得た情報に関しては、内緒にしておこう。ここからは、リズさんとクスハさんの二人で、対応してもらおうかな。セリカさんとルマッテさんの正体に正しく辿《たど》り着けるのか、見極《みきわ》めさせてもらおう。

さて、問題は私とカムイの方かな。中級に関しては登録時、受付嬢に話してしまった以上、あの行為だけで勝ち抜かないとね。問題は、上級だよね。どうやって、攻撃せずに勝ち抜いていこうかな？

「シャーロット、僕ね、あれから少し強くなったよ!!　アッシュと同じ称号『努力家』、スキル『身体強化』も覚えたから、攻撃と敏捷の数値が少し上がったんだ」

カムイのステータスを確認したら、レベルが3へ、攻撃が113へ、敏捷が146へと上がっている。元々エンシェントドラゴンということもあって、潜在能力がかなり高いんだろう。今日だけの戦闘で、ここまで上昇するなんてね。

「カムイ、今日だけでそこまで上昇するなんて凄《すご》いよ」

「エッヘン!!」

私に褒《ほ》められたのが嬉しいのか、カムイは笑顔で胸を張る。

「でも、中級や上級の魔物や魔獣は戦闘経験も豊富だから、直接ぶつかり合うのは、まだ危険かな。当初の予定通り、私たちは攻撃せず、あの特技だけで勝ち抜いていこう」

トキワさんが全ての力を刀に集束させ、ネーベリックに変身した私を軽々と斬り裂いたように、ベテランとも言える魔物や魔獣が同じ方法で、カムイの防御力を突破してくる可能性もある。そこは、私がフォローしないといけない。

「うん!!」

トキワさんたちは、私とカムイがどんな戦い方をするのか不思議に思っているようだけど、それは本番までのお楽しみにしておきましょう。


……翌朝。

祭り一日目、従魔格闘技大会『テイマーズ』の下級部門が開催されることもあって、大会会場周辺は大勢の観光客で賑《にぎ》やかだわ。今回、私はカオルに変身して、アッシュ、リリヤ、カムイとともに観光客となって、敵情視察をしている。今頃、トキワさんたちは地下オークションへ潜入している頃合いかしら。

「うわあ～凄《すご》い賑《にぎ》やかだ～。明日、僕もカオルも、あの武舞台の上で戦うんだよね？」

カムイの言う武舞台は、二組の人と従魔が戦闘するには少し手狭《てぜま》だけど、そういった広さも考慮して戦うわけね。武舞台自体は正方形で、三辺が観客席、残り一辺が選手席となっているわね。

現在、昨日の受付嬢が武舞台の上に立ち、ルール説明を行《おこな》っているわけだけど、あの武舞台から落下して地面に身体がついても敗北になるわけね。

出場選手は十二組、従魔としては定番なゴブリン、コボルト、ハーモニックオター、オーク、ゾンビなどか。この中で興味深いのは、ハーモニックオターね。見た目が、地球のオオカワウソの大型版だもの。可愛《かわい》い、あの子を抱きしめたい‼　というか、他のやつらはいらん‼

「あれ？　アッシュ、あの子たち、急に挙動不審になってない？」

「本当だ。みんなが周囲をキョロキョロ見回しているけど、何かあったのか？」

やっぱり……昨日もそうだったけど、魔物や魔獣たちの危機察知能力が、思った以上に高いわ。声にすら出していないのに、私の欲望が伝わったのかしら？　これってあの子、いえ他の子たちとも目を合わせたらまずいような気もする。いくらE～Dの魔獣であっても、従魔である以上、知能も高くなっているし、あの子たちなりの目的だってある。私が絡んだことで、全員気絶という情けない結果に導きたくない。私自身は明日から目立てばいいことだし、ここを離れた方がよさそうね。

我慢、我慢よ。明日になったら、この思いをあの上で解放すればいいのだから!!

「アッシュ、リリヤ、私とカムイは地下のオークションに行くわ」

「え、カオルさん、来たばっかりですよ!?　突然どうしたんですか？　まだ、戦闘も始まっていないのに？」

アッシュが困惑するのも無理ないわね。

「あの子たちの挙動不審、多分私のせいよ。私が見て、ちょ～～～～っとアレをやりたいな～って心の中で思ったら、察知されたみたい」

二人して、私に疑惑《ぎわく》の目を向けてくる。

「カオルさん、前々から思っていたんですけど、『アレ』って何ですか？」

「リリヤ、それは秘密。明日になったら判明するわ。このままここに居続けたら、他の魔獣にも悪影響を与えるから、もう移動するわね」

「なぜ、魔獣限定？　うう……余計気になります」

ごめんね、今言ってもいいけど、楽しみは明日までとっておきましょう。このままここに居続けて、魔獣みんなが逃げ出すことになったら、大会自体が中止となってしまうわ。初《しょ》っ端《ぱな》から予定を狂わせることになるけど、場所を移動しましょう。

〇〇〇

地下オークション会場は、大会会場の隣に設置されている建物から入れるようだけど、入場料金がなんと金貨一枚らしく、私は渋々《しぶしぶ》ながら支払った。

建物自体は二階建で、敷地《しきち》面積もそこまで広くない。バザータウン自体が狭いため、宿屋以外の建物の敷地面積がかなり制限されている。

その代わり、地下の規模をかなり広くしているようで、私のいるオークション会場は大型映画館並の広さで、また私たち観客のいる席は、扇状《せんじょう》に並び舞台から離れるにつれて、少しずつ高くなっている。

『うわあ～これがオークション会場か～。みんな、金貨の枚数を言っているけど、数字がどんどん上がっているよね』

私とカムイは、テレパスで話している。会場全体が戦場の雰囲気《ふんいき》を醸《かも》し出しており、現在舞台の上に出ている商品を競《せ》り落とそうと、みんなが必死で金額を吊《つ》り上げている。現在の価格は金貨四十七枚。まだまだ上がりそうね。舞台の上に立って、時折吊り上がった金額を言う男性司会者も大変そうね。

『そうね。あの商品を是《ぜ》が非《ひ》でも望む貴族たちは、競り落とすため必死に駆け引きをしているようね』

『駆け引き？　あんなヘンテコな指輪のどこがいいの？』

『大方《おおかた》、自分の奥さんか愛人にプレゼントするのが目的なんでしょうね』

『ふ～ん、よくわからないや』

うん、わからなくてもいいよ。トキワさんたちが、ここにいないことを考慮すると、早速地下の構造を把握《はあく》するための行動を起こしたようね。私たちは、のんびりオークションを見ておきましょう。金貨一枚という大金を払ったのだから、何か面白いものがあったら、競り落としてみようかしら？

……一時間後。

はっきり言って飽《あ》きたわ。全員がず～っと同じ行動をとり続けている。何が楽しくて、出席しているのかしら？　地上に戻ろうかな？　でも、カムイが私の膝の上で気持ちよさそうに昼寝しているからね～。

「みなさま!!　次の商品は、オーパーツとも言われているかの有名な大剣、その名も『インテツ』。誰がいつ、どういった目的で作り上げたのかは不明であるものの、斬れ味と追加効果はいまだ健在です。今回、剣の所持者が健康上の理由で冒険者稼業を引退することになり、こちらへ売却された次第となります」

オーパーツですって⁉　しかも、名前が隕鉄《いんてつ》⁉　おお、俄然《がぜん》興味が出てきたんですけど～～。

一人の魔鬼族の女性が台車を転がし、その大剣を運んでくる。

剣のタイプは両手剣、やたら重そうな鞘《さや》で厳重《げんじゅう》にロックされている。

ここから見ただけでも、かなりの重量がありそう。

あれだけ大きいと、今のアッシュさんの身長では扱えないわね。

「早速、『構造解析』をしましょう」

『隕鉄の大剣』

今から千百年前、鉱山労働者がバザータウン付近の地中から、偶然『隕鉄』を採取《さいしゅ》した。一目見ただけで、ただの鉄とは違うと見抜き、領主に献上《けんじょう》すると、その領主もいたく気に入り、有名鍛冶師《かじし》に頼み、隕鉄の大剣を制作させた。

完成した大剣は見惚《みと》れるほどの美しさであったことから、剝《む》き出しの状態で家のリビングに飾《かざ》られることになった。だが、強力な放射線が剣から出ていることに気づかず、領主

一家とその使用人たち、剣の制作に携《たずさ》わった鍛治師たちが、十年の間にみんな病《やまい》で死亡することとなる。

その後、数十人と持ち主は変わっていったが、全員が必ず謎の病に侵《おか》され死ぬことから、いつしか『呪いの大剣』と呼ばれるようになる。

あるとき、『鉛《なまり》の鞘《さや》を制作し、剣を収めよ。さすれば、呪いは封印されるだろう』という神託《しんたく》が聖女にくだる。神託通り行《おこな》ったところ、剣の所持者と関係者は病から解き放たれ、長生きできるようになった。

しかし、その後魔素戦争が勃発《ぼっぱつ》したことにより、文明が衰退、いつしか呪いの大剣という名称は忘れられ、以前と同じように点々と所持者を変えていき、現在に至る。

地中から掘り出され魔素と完全に馴染《なじ》んでいないこともあり、隕鉄に含まれる放射能はいまだ健在で、鉛の鞘《さや》から解き放たれると、状況次第では斬った相手を即死させる効果を持つ。しかし、同時に剣所持者の命を少しずつ削《けず》る諸刃《もろは》の剣でもある。剣自体は、ミスリルと鋼鉄の中間ぐらいの硬度を持つ。


この剣、凄《すご》い代物なんですけど～～!!

剣自体が考古学的な意味で凄《すご》いし、なによりも刻まれている情報が凄《すご》すぎる!!

「ちょっと!!　そんな曰《いわ》くつきの大剣をオークションなんかで売るなよ～～～～」

あ、ヤッベ⁉　心の盛大《せいだい》な突っ込みがそのまま表に出て、叫《さけ》んでしまった〜。

観客全員が、一斉にこっちを見たよ。

トキワさん、ごめん‼　地上の大会じゃなくて、地下のオークションで目立ってしまいました〜‼

20話　カオル、カムイの一言で窮地を脱する

ヤバイヤバイヤバイヤバイヤバイ。

オークション会場にて、大声でクレームを入れてしまった。この状況を、どう乗り越えよう？　一層のこと、『光学迷彩』スキルでバックれるか？

「そこの女性、言いたいことがあるのなら、こちらへどうぞ」

遅かった〜。三十歳くらいの魔鬼族男性司会者の言葉が、拡声魔法により会場全体へ響く。主催者側に、目をつけられてしまったわね。

こうなったら、『構造編集』で『隕鉄の大剣』を『軟鉄《なんてつ》の大剣』にでもしようかな？

あ、それはまずいか。前の持ち主が健康上の理由で手放したということは、ここで競り落とされた額の一部が、その人に支払われるはずよね。ということは……

一）曰《いわ》くつきと叫《さけ》んだ理由に当てはまるよう『構造編集』。

二）編集後も、編集前と同等の値打ちものにしないといけない。


そんなすぐに、ナイスアイデアを思いつかないわよ!!

「う、眩《まぶ》しい。カオル〜どうしたの？」

眩《まぶ》しい？　どうして？

「あ、カムイ、ごめんね。ちょ〜っとお姉さん、今やらかしたばかりで目立ってるの」

私の真上には、照明用魔導具が天井に何個も取りつけられている。かなりの数だから、真上を見たカムイにとっては眩《まぶ》しくて仕方ないか、私自身少し眩《まぶ》しいくらい……そうか、そうだわ!!

「カムイ、ありがとう!!　閃《ひらめ》いたわ!!」

私が立ち上がると同時に、カムイも羽ばたく。舞台を目指し歩いていくと、全員の視線が私とカムイに集中しているのがわかるわ。あれ……あいつ……ゴホン……あの女性もここにいたんだ。あ、私と目が合った途端、視線を逸《そ》らしたわね。いい度胸《どきょう》しているじゃないの。今の騒動が落ち着いたら、会いに行ってやる。

ゆっくりとした歩調で歩き、舞台到着までの時間を少し稼《かせ》ごう。

この間に、『隕鉄の大剣』を『構造編集』をしちゃいましょう。

……『構造編集』を終わらせて舞台に到着すると、会場全体を見渡すことができた。

観客全員が私を怪しんでいるようだけど、司会者だけは笑顔で私を出迎えてくれた。

「さて、ポニーテールの似合う綺麗《きれい》なあなた、お名前をおしえていただけますか？」

この人、顔は笑っているのに、雰囲気《ふんいき》でなんとなく『てめえのせいで、スケジュールが遅れてるじゃねえか⁉ どうしてくれるんだ‼』という心の声がヒシヒシと伝わってくる。

「私は、カオル・モチミズと言います。早速ですが、この『隕鉄の大剣』の正式名称をご存知ですか？」

全員が舞台上にいる私を凝視《ぎょうし》しているせいもあって、ステータスを確認する余裕がない。

お願いだから、上手く編集されていてね。

「は、正式名称？ 隕鉄の大剣では？」

司会者も観客も、『?』マークを浮かべるほど、首を傾《かし》げているわね。

「いいえ、違います。アイテム類の中でも、魔具と呼ばれる武器や防具などは、真の力を扱える者が周辺にいた場合、自分の力に気づいてもらおうと、名称を変えるという言い伝えがあります」

「は？ 聞いたことありませんが？」

だろうね。今その場凌《しの》ぎでついた嘘なんだから。

「魔法『真贋』で、この剣を分析すればわかりますよ」

あれ？　この奇妙な重くのしかかる不快感は何？

そうか……真贋だわ。以前、トキワさんが教えてくれたわね。

大勢の輩《やから》がアイテムではなく、一斉に私へ真贋を行使しようとしているのね。

「『ふん!!』」

鬱陶《うっとう》しいので、ほんの少しだけ魔力を解放し、少しの威圧だけで全ての魔法を破壊する。やりすぎると、私の信者になってしまうからだ。

「誰ですかね〜、この私に真贋を使う人は？　今、この場で蹂躙《じゅうりん》されたいんですか〜？」

私が悪魔の笑みを浮かべると、観客たちが一斉に身震いする。私にとって、貴族だろうが、王族だろうが関係ないんだよね。なぜならば、既に死んでいるのだから!!

「今は私ではなく、このアイテムを分析してくださいね〜」

普通に私を分析されたら、偽名を名乗っていることが一発でバレちゃうわよ。というか、この姿でシャーロット・エルバランという名前は違和感しかないわね。

「『閃光《せんこう》の大剣』……名前が本当に変わっている」

どうやら司会者の男性が、いち早く気づいたようね。真贋を使った観客たちも同じく戸惑っているわね。ふふふ、驚くのはこれからよ。

「そう、この剣の真の名は『閃光の大剣』です。私がどうしてクレームを入れたのか、それを今からお見せしましょう。司会者の男性、構いませんよね？」

突然名指しされたせいか、彼は舞台袖《そで》の方を見る。そこには、四名の魔鬼族の男性がいて――みんなが五十歳くらいかな――その人たちは、こちらを見て頷《うなず》いた。

「わかりました。本来、競り落とした方以外に触れさせてはいけない決まりなのですが、今回は特別に許可しましょう」

あの大剣は、台車に載せられている長方形の壁に立てかけられており、倒れないよう楔《くさび》を取りつけているようね。私は『身体強化』スキルを使って、その大剣をそっと壁から外し、持ち上げる。その行為だけで、観客たちは声を上げる。このスキルを使えば誰だって可能だと思うけど、そこまで私は華奢《きゃしゃ》に見えるのかな？

「閃光の大剣は、光属性を高レベルに扱う者がいれば、真の力を発揮します。まず、鞘《さや》に収まった状態で、光属性の魔力を剣に込めていきます。量としては効果を明確に理解してもらうためにも、10にしておきましょう」

真贋を使った人たちは、私のやろうとしていることがわかったのか、周囲に説明しているようね。

「これでいいですね。みなさん、今から剣を引き抜きます。その瞬間をよ～く見ておいてください」

魔力を10しか入れてないから何の問題もないと思うけど、少し不安ね。今から起きる現象がたとえわかっていても、観客や主催者側の服装を見る限り、防ぐことができるほどの技量がありそうな人はいない。ちょっと目が眩《くら》む程度だし、大丈夫なはずよね。

「それでは……いきます!!」

私は大剣の柄《つか》を右手で持ち、鉛製の鞘《さや》から引き抜くと……それは唐突に起こる。右手で空へと掲げた大剣から、凄《すさ》まじい光が迸《ほとばし》り会場全体を覆いつくす。

「うえええええ～～眩《まぶ》しい～～～～何なのよ、この強さは～～～～」

ちょっと、なんて光量なのよ!!　目が、目が～～～～!!　『構造編集』、上手く行きすぎでしょうが!!　あまりの眩《まぶ》しさに、右手に持つ剣を落としそうになったので、目を瞑《つぶ》りながら何とか舞台に突き刺した。

「ギャアア～～眩《まぶ》しい～～カオル～～目が目が～～～～」

しまった!!　これから何が起きるのか、カムイに説明するのを忘れてた!!

「カムイ、ごめんね～。予想以上に魔法が強化されちゃったのよ～。私も目が～～ヤバイの～～～」

『隕鉄の大剣→○○の大剣→閃光の大剣』

装備《そうび》可能者：左記四条件を全て兼《か》ね備《そな》えた者のみ装備可能とする。

一）種族問わず光属性を持つ者。
二）ステータスレベルが20以上の者。
三）身体強化のスキルレベルが5以上の者。
四）基本攻撃力が300以上の者。

武器説明：
両手剣で大型かつ隕鉄製のため、非常に重い。『身体強化』スキルがあっても、一般人ではまず持つことはできない。
扱いづらいものの、この剣を装備しているだけで魔法の媒介《ばいかい》となり、所持者は光系統の魔法を最大三倍の威力で放つことができる。
また、剣自体には光魔法『フラッシュボム』が内蔵されており、鉛製の鞘《さや》に収まっている状態で、剣に光属性の魔力を込めれば込めるほど、その魔法の効果が魔力量に比例して増大していく（例：魔力5の場合→閃光の効果五倍）。ただし、込める人の資質次第では、より増大する危険性があるので注意すること。

「のおおお～～～目が～～～～～」
「眩《まぶ》しすぎて目が開けられないわ～～～～」
「本当に光った～～～～目が～～～～」

私も同じ目に遭《あ》っているせいか、みんなの辛《つら》さがよくわかる。観客全員が大混乱となり、阿鼻叫喚《あびきょうかん》の光景が、目を閉じていても手に取るようにわかるわ〜。ところで、さっきから私の上で何かが飛んでいるような気配が……あ、カムイね。多分、両手で目を覆い、空中を縦横無尽《じゅうおうむじん》に飛び回っているんだわ。

……十分後。

「え〜みなさん、私が何を言いたかったのかご理解いただけましたか？」

眩《まぶ》しさもやっと収まってきたことで、私は話を進めることにした。涙目となった私が周囲を見渡すと、司会者だけでなく、観客全員が頷《うなず》いてくれた。

「もし、この大剣が悪用されて、今のような事態に陥《おちい》った場合、みなさまの貴重品《きちょうひん》は盗難《とうなん》され放題となりますし、最悪暗殺だって起こりかねません。この大剣は非常に価値ある逸《いっ》品《ぴん》ですが、同時に危険なものでもあるのです。ですから、みなさまも覚悟を持って購入してください」

その後、閃光の大剣は、ダークエルフの大柄な男性によって、武器としては史上最も高い金額白金貨二百枚（約二千万円相当）で競り落とされた。多分、貴族ではなく冒険者だと思う。しかも、ローンではなく、一括購入しているから相当お強い人なんだろう。

私はというと、司会者だけでなく、主催者側から盛大にお礼を言われ、全てのオークションを無料で参加できる登録証をもらった。私のせいでスケジュールが大幅に遅れたのに、怒られるどころかお礼を言われるなんてね。ちょっと複雑だわ。

〇〇〇

私とカムイは落ち着いた頃を見計《みはか》らい、地上へと出てきた。私の余計な一言がキッカケで、大変な目に遭《あ》ったわ。

「カオル、あの剣ならトキワでも使えたんじゃないの？」

カムイの言いたいこともわかるけど、あれはトキワさんに似合わない。それに……

「彼は、閃光の大剣を真《ま》っ二《ぷた》つにできるほどの強力な武器を既に所持しているわ」

「え……それって両腰に下げている二刀のこと？　あんまり強そうに見えないけど？」

ふふふ、スミレさんお手製のホワイトメタルの刀、あれらを合体させたらどんなものでも簡単に斬れちゃうんだな～。あ、今さっきオークション会場のある建物から出てきた女性たちは⁉　一人の女と目が合った瞬間、女――ルマッテが嫌な顔をする。

「ちょっと昨日の女、私を見るなり、その表情はないでしょうが‼　喧嘩《けんか》、売ってんの？」

シャーロットの状態で初めて出会ったとき、この人はしおらしく控えめな女性だったけど、潜入捜査時に拝見《はいけん》した限り、あれは演技だったようね。

「違う!!　アンタに喧嘩《けんか》を売るつもりはない!!」

「ふ〜ん、まあいいわ。オークションの最中だけど、あなたたちはお目当てのものがなかったの？」

二人は顔を見合わせ少し話しはじめると、ルマッテの方が渋々ながら頷《うなず》いてから、セリカが私の方へ近づいてきた。ルマッテはセリカの後ろに控えつつ、周囲の気配を窺《うかが》っている。あなたはあの任務だけでなく、彼女の護衛も受け持っているでしょうが!!　正体不明の女に対して、主人を先導させるなよ!!

「セリカと申します。こちらの女性は、ルマッテと言います。あなたのお名前をお伺《うかが》いしてもよろしいでしょうか？」

「セリカとルマッテね、カオル・モチミズよ」

この二人、まさかとは思うけど、リズかクスハを捜している？

「カオル様は、昨日クスハ様と出会ったとルマッテから聞いているのですが、その際、他に女性はいませんでしたか？」

お目当ての人物は、リズさんの方か。

「可愛《かわい》いくて小さな人間族の女の子と、もう一人リズという魔鬼族がいたわね」

自分で自分を可愛《かわい》いというのも、むず痒《がゆ》いわね。

「あの……お願いがあります!!　この封筒《ふうとう》を、リズという女性に渡していただけませんか？」

セリカは、唐突に二通の封筒を私に差し出した。というか、『既に知り合っているのだから、自分で渡しなさいよ』と突っ込めないわね。

「あの人たちがどこに泊まっているのか聞いているから、別に構わないけど？」

私の返事に、セリカは満面の笑みを浮かべているけど、後方のルマッテは呆《あき》れているようだ。

「ありがとうございます!! ちょっと事情があって、その人に直接お渡しできないんです。大切なことが書かれているので、必ず渡してくださいね!!」

あ、その言葉と同時に、ルマッテが溜息《ためいき》を吐《つ》いている。

まあ、気持ちはわかるよ。

セリカの持つ封筒は、かなり上質な紙を使っているのか、仄《ほの》かに柑橘系《かんきつけい》の匂《にお》いを感じる。しかも、閉じる際に使用される封蝋《ふうろう》が、家紋《かもん》のような形をしている。それを見ただけで、何か重要な内容が記載されていると感じてしまう。赤の他人である私に、普通渡すかな？

「私より、リズの泊まる宿屋の主人に渡した方がよかったのでは？」

そう言うと、セリカはすぐに否定の言葉を叫《さけ》ぶ。

「ダメですね。当初それも考えたのですが、私的には今出会ったばかりのカオルさんに手紙を渡した方が、確実だと思っています。私のスキル『直感』と『危機察知』が、ビンビン反応していますから‼」

この子……天然さんだわ。『直感』はともかく、『危機察知』は、『その女はあなたの敵です』と警笛《けいてき》を鳴らしてくれているのよ？　それになぜ気づかないのよ？

「あはは、わかったわ。責任をもって、リズに届けてあげる」

「やった、ありがとうございます‼　盗賊に誘拐されたけど、早速目的の人物と再会できたし、私って幸運‼」

だから、赤の他人である私に対して、個人的事情をポンポンと打ち明けたらダメでしょうに。ルマッテも、ここまでこの子と旅を続けていたのなら、相当苦労したでしょうね。

「アンタも大変だろうけど、頑張《がんば》ってね」

私がルマッテの方を見て慰めてあげると、彼女はツンデレなのかプイッと目を背けた。

「ふん、そんなことは百も承知よ」

ルマッテも悪い女性ではないのだけど、どこか抜けているのよね。

二人は満足したのか、私にお辞儀《じぎ》をして、その場を離れていく。

さてさて、この手紙にどんな内容が記されているのかな？

21話　一同、手紙の内容に驚愕《きょうがく》する

「なんなの、この内容は？　セリカとルマッテは馬鹿なの？」

リズさんの強烈な一言に、みんなが押し黙る。

セリカたちと別れてから、私はアッシュやリリヤと合流して昼食を露店で食べた後、テイマーズ下級戦を見学した。やはり下級ということもあり、盛り上がりにやや欠けるものの、私的には十分楽しめたわ。

人とコミュニケーションをとるゴブリンやオークたちなど、滅多《めった》に見られないシチュエーションを近場で見学し、戦い方を学べたのだから、いい経験になったわね。もっとも、明日の中級戦では、そういった正々堂々の戦い方はまったく役に立たないのだけど。

祭り一日目を十分堪能《たんのう》した後、私は変身を解除してシャーロットに戻ってから、みんなと宿に戻り、トキワさんたちの帰還を待った。

夕食前、午後五時四十分くらいに三人が戻ったところで、私はカオルの姿で起きた出来事を話したのだけど、やはり『鬼人族の壊滅理由』と『隕鉄の剣』でかなり驚かれたね。

宇宙から飛来した巨大隕石とその中に宿す放射線、いくら最強種でも耐えられるはずがない。地球と同様、放射線はこの惑星の人類にも悪影響を与えるようだ。

オークションでちょっとやらかしてしまったけど、隕鉄の大剣の効果を消失させるための出来事であったため、みんなは私を怒るどころか、むしろ褒《ほ》めてくれた。

どうやらあの影響で、地下の警備が雑になったらしくて、トキワさんたちや騎士たちもかなり楽に内部潜入でき、地下の内部構造を知ることができたようだ。

この話の後、セリカさんとルマッテさんに再会し、二通の封筒を貰《もら》ったことを告げ、早速リズさんに渡したのだけど、読むなり開口一番《かいこういちばん》放った言葉が、『馬鹿』とはね。中の手紙には、何が記載されていたのかな？

「リズ、何が書かれていたんだ？」

トキワさんも、内容が気になるようだ。

「みんなも読むといいわ。セリカとルマッテの正体がわかるから」

手紙『セリカ』
親愛なるベアトリス様
お久しぶりです。私は、あなたと再会できる日を心待ちにしておりました。私は、相手の持つあらゆる偽名を見抜ける魔法『真贋』を習得しております。バザータウンに到着するまでの間、私は隙《すき》を窺《うかが》い、失礼を承知でこの魔法をこっそり使わせてもらいました。ベ

アトリス様が脱獄されて以降の話をお伝えしたいところですが、なにぶん手紙なので用件だけをお伝えします。

あの事件以降、私は常日頃からあなた様の罪を再調査するよう、父や王太子様、国王陛下に再三進言しておりました。確かに、ベアトリス様は罪を犯しました。

しかし、違和感があるのです。

シンシア様が学園へ訪れてから、口では言い表せない何かが変質したような印象を受けるのです。王太子様を含めた学園生たち、教師陣、舞踏会《ぶとうかい》や社交界で出会う貴族たち、そして国王陛下や王妃陛下までもが、シンシア様と出会うたびに、彼女に接する態度が軟化《なんか》していき、彼女の評価も少しずつ上がっていく。

学園生ならともかく、接点のない貴族たちまでもが、特筆《とくひつ》すべき成果も上げていないいただの学園生のシンシア様を褒《ほ》めるのです。

みんなは、それに違和感を覚えていません。私は、これまでに感じたことを全て父や国王陛下に進言してきました。

そして半年ほど前、その思いが通じたのか、『ある命《めい》』が父と国王陛下から私に下《くだ》りました。それは、『そこまでベアトリスに心酔《しんすい》しているのなら、君が彼女をここへ連れてきなさい。成功した暁《あかつき》には、君の望む願いを一つ叶《かな》えよう。ただし、ベアトリスの探索者に関しては、君と「護衛」の二人だけとする』というものです。

事件から半年ほど経過すると、あなた様の目撃情報が一切なくなりました。そのことを踏まえて、国交を断絶したとされるジストニス王国に潜伏《せんぷく》しているのではと推理し、私は護衛としてルマッテとともに、二人でジストニス王国を目指しました。

五ヶ月間、国境の街で待った甲斐《かい》がありました。障壁が解除され入国した早々、誘拐されたのは想定外でしたが、そこで念願のあなた様と出会えたのです。

私の願いはただ一つ、ベアトリス様の公開処刑を撤回《てっかい》してもらうこと!!　多くの罪が明るみになっている以上、罪そのものはなくせませんが、処刑から修道院への幽閉に変更してもらうことくらいは可能なはずです。明日の午前十時、サーベント王国方面の出入口付近にて、あなた様をお待ちしております。どうか、私と一緒に王都へ帰還しましょう。

セリカ・マーベット

手紙『ルマッテ』
辟易《へきえき》なるベアトリス嫌味《いやみ》野郎様
無性《むしょう》に腹立たしい!!
ベアトリス、あなたはそこまで強くなっているにもかかわらず、護衛としてトキワ・ミカイツを雇う必要性がどこにあるのかしら？　祖国の最強騎士イオル・グランテすら一目置くあのコウヤ・イチノイの弟子、そんなやつを護衛に選ばないでよ。

おまけに、バザータウンで出会ったカオル・モチミズは、私がおばさん扱いしたせいで、身体の内部から破壊されそうになったわ。そんなやつを仲間にしないでよ。あなたは、サーベント王国を滅ぼしたいの？　今日だって終始《しゅうし》、トキワが張りついているし、周囲にはカオル・モチミズがいた。

まったく隙《すき》を見せない最強の護衛がついているせいもあって、こっちはあなたを暗殺できないから困っているのよ。下手に手出ししようものなら、護衛二人に勘《かん》づかれて、私はあの世行き。

仮に暗殺に成功したとしても、私はあの二人に絶対殺される。最悪、国が滅亡する。理不尽《りふじん》だわ、本当に腹立つわ!!　依頼者が王太子で、ウハウハの報酬額《ほうしゅうがく》に惑《まど》わされたわ!!　こんな任務、引き受けるんじゃなかった!!　もう、ヤケクソよ!!　暗殺者のプライドとか関係なく、手段を選んでいるときじゃない!!

ベアトリス、セリカとの待ち合わせ時間に決闘を申し込む!!　複数で来られたら、私が確実に死ぬ!!　だから、一人で必ず来い!!　いいな、一人でよ!!

あの……お願いだから一人で来てね。

私のプライドもあって、戦わずに逃げるのだけは嫌なんです……

ルマッテ・ベルアスク

うーん、二人揃って、こんな内容を書いてくるとはね。

ルマッテに至っては、ちょ～っと予想外だよ。

「あのさ～、僕まだ○歳で貴族社会というものを知らないけどさ、セリカは周りのダークエルフたちに騙《だま》されているんじゃないの？　この命令って、『こいつ、鬱陶《うっとう》しいから国外追放しちゃえ』と同じなんじゃないの？」

カムイが、私たちの気にしているところをズバッと言っちゃったよ。

「カムイ、その命令にはいくつかの意味が込められている」

「トキワ、どういうこと？」

「『鬱陶《うっとう》しいから国外追放』の他に『そこまで敬愛しているのなら利用してベアトリスを捕縛《ほばく》させせよう』『願いの内容など後でどうとでもなる』といったところか」

国王陛下の命令通り、セリカさんは二人だけで、ここまで来ている。彼女の両親が、どういった思いで娘を旅立たせたのかは不明だけど、厄介払《やっかいばら》いに等しい扱いだよね。

「ふ～ん、セリカがなんか可哀想だよ。この手紙の約束を無視したら、ず～っと家に帰れないんでしょ？　ベアトリスと一緒に帰っても、自分の望みを叶《かな》えられないんでしょ？」

その通り。彼女の望みは、絶対に叶《かな》えられない。

「ああ、そうだ。下手に帰還すると、マーベット子爵家の信頼が損《そこ》なわれ、最悪貴族位を剥奪《はくだつ》されるだろう。彼女も、そこだけは理解しているはずだ」

「セリカは、国に上手く利用されているんだね。それじゃあ、こっちのルマッテの方はどう対処するの？　凄《すご》く潔《いさぎよ》い堂々とした暗殺者だよね、なんか好感を持てるよ」

こらこら私を『おばさん』扱いするやつに、好感を持ったらダメでしょ。でもまあ、カムイの言いたいことはわかるよ。自分は暗殺者だと明かしているし、依頼者の名前も明かしている。

彼女自身はかなり実績のある一流の暗殺者なんだけど、ベアトリスさんの周囲には、それ以上の実力者が二人もいる。トキワさんもカオル（私）もまったく隙《すき》を見せず、カオルがちょこ～っと脅《おど》したこともあって、ルマッテは完全にやけになっている。

一流の暗殺者だからこそ、相手の力量を見極める力も一流なんだね。

「こいつはな～。シャーロット以外はルマッテの素性《すじょう》を一切知らなかったんだが、自分からペラペラと名乗り出てくる暗殺者も珍しい。カオルにお仕置きされたことで、心を呑《の》まれたか」

全員が、一斉に私を見てくる。

「三十歳という微妙なお年頃の女性に対して、公衆の面前でおばさん呼ばわりしたのですよ？　お仕置きされて当然の女なんです‼」

私が語気《ごき》を強めて必死に言い訳したのだけど、みんなの心には響いていないようだ。

「まあ、それはいいだろう。そのお仕置きのおかげで、ルマッテが自分の素性を明かし、決闘を申し込んでくれたのだから。それで、ベアトリスはどうしたいんだ？」

問題は、そこだよ。自分の情報と内情をペラペラと明かしたことで、ある意味信頼の置ける内容だと思うけど、ベアトリスさん自身がどう対処するのか。全ては彼女次第だ。

「ふふ、面白いじゃない。幸い、闇オークションは二日後だし、私一人でそこへ出向くことにするわ」

「ベアトリス様、私も行きます!!　私のことに触れられていないのも気に入りません!!　セリカ様はともかく、あの女に天誅《てんちゅう》をくだしたい!!」

ルクスさんのことは手紙に一切記載されていないけど、ルマッテ自身はあなたにも一目置いている。だからこそ、一人で来いと言っているのだろう。

「ダメよ。彼女が普通の女でないことは初対面の時点でわかっていたわ。私をターゲットとする暗殺者とは思わなかったけど、私の力がどこまで通用するのか試してみたい。この手紙の内容は彼女の本音でしょうね。暗殺者と名乗っている以上、この内容を書くだけでも、プライドがズタズタのはずよ。ここまで赤裸々《せきらら》に語ってくれたのだから、私一人で行くわ。危険な賭けだけど、私の実力を試すいい機会なの」

ベアトリスさんもカムイと同様、ルマッテに好感を持っている。これが彼女の思惑なのだとしたら、かなりのやり手だろう。今ここで攻撃を防ぐ『ダークアブソーブ』をかけておくことも可能だけど、それだとベアトリスさんの機嫌《きげん》を損ねてしまう。魔力や魔法関係以外のステータス面において、彼女の力量はルマッテさんとほぼ互角《ごかく》、魔法面で優位ではあるけども、実戦経験はルマッテさんの方がある。勝負がどう転ぶのか、私もわからない。彼女の言葉を信じて待つしかないのかな？

「ベアトリス、一人で決着をつけに行くんだな？　セリカとルマッテ、この二人の対処方法も、全て任せていいんだな？」

トキワさんが語気を強めに確認している。

「ええ、これは私の問題だもの。セリカとルマッテの対処ぐらいなら、私一人でなんとかするわ。無論、私は死ぬつもりなんてさらさらないわよ。私が奔走《ほんそう》している間、トキワとルクスは地下の調査を、シャーロットはカオルとして中級戦に出場しててね。私は、必ずここへ戻ってくる!!」

真剣な物言い。彼女は本当に一人だけでルマッテさんと戦うつもりだ。戦いに勝利したとしても、セリカさんとの話し合いがある。その内容次第で、今後の展開が大きく変化する。全てを彼女一人に任せていいのだろうか？

「……わかった、そこまで強い意志があるのなら、俺からは何も言うまい。必ず帰ってこい。ルクスも、決闘当日に関しては自分の主人のことを信じてやれ」

トキワさんの言葉に、ルクスさんは目を見開く。まさか、賛同するとは思わなかったのだろう。

「そんな……くっ、わかりました。ベアトリス様、絶対に帰ってきてくださいね!!」

ルクスさんも不服ではあるけども、自分の主人の強い信念に負けたようだ。

「私の復讐は、ここが始まりなのよ。こんな初期のところで死んでたまるもんですか!! それに……このままだと、国王陛下や王太子に利用されたセリカがあまりに可哀想だわ。彼女を無事に帰還させる術《すべ》を、私なりに考えて決闘に臨《のぞ》むつもりよ。みんなを巻き込むような真似《まね》はしないわ」

セリカさんが普通にサーベント王国王都へ帰還したら、マーベット家が被害を被《こうむ》ることになる。彼女自身が何らかの功績《こうせき》を立てられれば、それを避けられるんだけど、そこが一番の問題なんだよね。まさか……ベアトリスさんは一人でそれを考えるつもり?

「このドアホが!!」

まさかの怒号《どごう》が、部屋中に響き渡る。

部屋を、『ダーククレイドル』で囲んでおいてよかった。

トキワさんのいきなりのドアホ発言で、全員がキョトンとしている。

「お前はアホか!! 当日の決闘に関してはベアトリスに全て一任するが、一人で勝手に決めるな! セリカとルマッテへの対応を間違えたら、俺たちとサーベント王国のエリート騎士団との全面戦争が始まるんだぞ!! しかも、俺たちには力を完全には制御できないシャーロットがいるんだ!! 展開次第では、国自体が滅ぶ!! お前は、まったく無関係の国民たちを犠牲《ぎせい》にしたいのか？　それがお前の復讐なのか？」

その言い方だと、私が力の制御を誤って、国民を殺してしまうように聞こえるのですが？」

「そ、そんなつもりはないけど……でも……」

さすがのベアトリスさんも、かなり狼狽《うろた》えている。

「でも、じゃない!!　ここの一手を間違えたら、お前自身が詰む可能性だってある。俺たちは、既に仲間なんだよ!!　シャーロットやアッシュ、リリヤを危険な目に遭《あ》わせたくないのなら、どんな一手が最善手《さいぜんしゅ》なのか、それをここで俺たちと話し合えばいいだろうが!!」

トキワさん、もしかしてこういった事態を想定して、私たちを同行させたの？　経験の少ない私たちがいれば、ベアトリスさん自身が危険な手段を考えにくいと思ったの？　仮に、一人で突っ走る行動に出ようものなら、私たちを引き合いに出すことで、今の切羽詰まった彼女の精神を元に戻せると考えているの？

当の彼女はトキワさんに叱《しか》られたせいもあって、やや萎縮《いしゅく》しているものの、俯《うつむ》きながら何か考え込んでいる。

「仲間……そうね。私の復讐に、あなたたちを巻き込みたくないと思って、自分一人でこの一件を解決するつもりでいたわ。みんな……ごめんんね。既に巻き込んでいるのに、今更一人で解決しようなんて、おかしな話よね。改めて言うわ。お願い、私に力を貸して!!」

あ、彼女が初めて私たち全員に、助けを求めた。

トキワさんの真意に気づいてくれたんだ。

私たちを頼ってくれている以上、万全の態勢で決闘に挑ませてあげよう!!

22話　ベアトリス、自分の立ち位置を知る

今、私――ベアトリスは、サーベント王国方面へと続く長いトンネルの中を、一人歩いている。時折、馬車や冒険者とすれ違っているけど、ほとんどがダークエルフね。私は魔鬼族に変異していることもあり、正体はバレていないものの、セリカとルマッテには既に知られている。

セリカの執念には、本当に度肝《どぎも》を抜かされるわ。私がジストニス王国にいると踏んで、魔剛障壁が解かれるまでずっと国境付近の街に居続けたのだから。

でも、手紙に書かれている内容が嘘で、これまでの言動全てが演技だとすれば、このトンネルを抜けた先には、大勢のダークエルフが待ち構えていることになる。そうなったら、私に勝ち目はない。ま、それは私自身が仲間に何も告げず、単独で事を進めた場合に限る

けど。

逆に、手紙の内容が全て真実で、敵がルマッテ一人だけなら、私にも十分勝ち目はある。ただ、勝負に勝てばいいってものじゃない。

多分、セリカはルマッテの正体を知らない。全てを知っていたら護衛にしないでしょうね。この推測が正しければ、二人にはここまで築《きず》き上げてきた『友』としての絆《きずな》があるはず。

そんな状況で、私がルマッテを殺した場合、セリカが私を恨《うら》み、自棄《やけ》になって斬りかかってくるかもしれない。最悪、彼女を殺すことにもなりかねない。

恨《うら》みを抱えたまま彼女の逃亡を許した場合、これまで彼女が集めてきた私の全情報が国王に伝わり、Aランク以上のエリート騎士集団が私たちのもとへ急襲《きゅうしゅう》してくる。

『これが考える中での一番最悪なシチュエーション』

手紙を読んでトキワに諭されるまで、私はこうなることも覚悟していたわ。でも、それは間違っていた。なによりも、アッシュとリリヤが危険だし、Sランク以上の力を有している私、トキワ、シャーロットが街中《まちなか》で戦いに参入した場合、最悪何の関係もない人々が死んでしまう。

それは、私の望む復讐じゃない。

あの手紙を見たことで、私も焦《あせ》ってしまい、視野を狭《せば》めていたのね。あれ以降、みんなと話し合ったことで、『誰もが納得する展開』を思いついたのだけど、問題は『どうやってその流れに持っていくか』なのよね。上手く成功してくれれば、セリカとルマッテも納得して祖国に帰還してくれるはず。

「全ては、二人の出方次第か。そろそろ、出口が見えてきたわね。さ～て、トンネルの向こうに何が待ち受けているかしら？」

トンネルを抜けた先には……

「え……これって？」

セリカとルマッテ以外にダークエルフが六名ほどいるけど、全員が観光客もしくは冒険者だわ。気配を窺《うかが》っても、騎士らしき人物がどこかに隠れている様子もなさそう。どうやら、手紙の内容は真実のようね。これなら、『あの作戦』を実行しやすいわ。

セリカの服装は上質な女性用冒険服だけど、平民の中に溶《と》け込めるよう比較的地味なデザインをしているわ。見たところ、持ち物はマジックバッグだけで、武器を所持していないわね。ずっと平民の暮《く》らしをしていたせいもあって、私と同じく貴族としての威厳がかなり薄くなっているわ。

ルマッテは私と同じで完全フル装備ね。私の見立てでは、魔物スパイダーまたはアルケニー系が出す硬質な糸を編《あ》んで作らせた服を着ているわね。服のデザインとしては目立たぬよう平凡を装《よそお》っているけど、動きやすさを重視したものになっているわ。武器は、剣自体が黒紫色で毒々しい雰囲気《ふんいき》を帯《お》びているから、闇属性の長剣型魔剣で毒持ちなのでしょうね。

それに対して、私はファルコニウム製の軽鎧（上半身のみ）、小手、武器としてはファルコニウム製のファルコンソードを装備している。この装備は、全て私の特性を活かすためのもの。

呪いから解放された後、私は自分に見合う武器を探した。トキワがいたこともあって、軽くて丈夫な、風と雷属性を纏《まと》うファルコニウム鉱石に行きついたけど、この鉱石自体がジストニス王国では産出されておらず、国交断絶状態のため、当然他国からも輸入されていない。

そのため、ファルコニウム製の武器防具自体が超希少品《きしょう》となっており、王都内の武器防具店を全て見て回ったけど、どこにもなかった。

だから、Aランクダンジョンへ行き、宝箱を漁《あさ》りまくったことで、ようやく二つの長剣と軽鎧を入手できた。

私用に調整されたものではないけど、ここに来るまで毎日私の魔力を剣に通したことで、かなり私色に染まっているはずよ。

「あのベ……リズ様、ここは人の目につきますので、誰もいないところへ行きませんか？」

セリカが私に気を遣《つか》い、移動を勧《すす》めてくれているようだけど、もう一人のルマッテは用心しているのか、しきりに周囲をキョロキョロと観察している。私の仲間、特にトキワとカオルがいないか警戒しているってところかしら？

「そうね。ここだと周囲に知られてしまうから、誰もいないところへ行きましょう。上空千メートルとかにする？　空の上なら、誰か来たとしてもすぐわかるわ」

私は真上を指差し二人の様子を窺《うかが》うと、ルマッテは冗談だと思っているのか顔色を変えないけど、セリカが少しだけ狼狽《ろうばい》している。

「さすがに、それはちょっと怖いです」

「ふふ、冗談よ」

私はセリカたちに先導され、バザータウンから離れた平地へと歩き出す。誰もいないと言っても、森の中や大岩に囲まれている場所だと、どこで人が聞き耳を立てているのかわからない。だからなのか、セリカは障害物もなく、誰もいない平地へと向かっていく。そういった場所なら、私も気兼《きが》ねなく必殺技を使用できるから、正直ありがたいわ。

昨日の仲間たちとの話し合いの中で、私は自分の弱点を暴露した。本当は、クロイスのいる王城から旅立つまでには克服したかったけど、無理だった。この弱点を一時的にでも克服するため、私はシャーロットから『とあるスキル』を教えてもらったわ。ただ、あの子の協力は、あくまで間接的支援《しえん》のみ。

昨日の話し合いで、『ダークアブソーブ』という闇魔法を私に行使する案も出されたけど、さすがにそれは断った。これは私のわがままだけど、セリカとの会談やルマッテとの決闘に関しては当初話した通り、極力私一人の力で切り抜けたい。そうしないと、サーベント王国に入国して以降も、私がシャーロットの力に頼ってしまうから。

「ベアトリス様、ここで話し合いましょう」

「へえ、考えたわね。見晴らしがいい分、誰か来てもすぐわかるわ。ルマッテにしても、任務が遂行《すいこう》しやすいしいいんじゃないの？」

セリカは、私の言葉に怪訝《けげん》な顔をする。

「は？　ルマッテの任務？」

「やっぱり、知らないのね。その件は、後で話しましょう。ねえ、この七年でサーベント王国の王都でも、かなり変化が起きたのでしょう？」

「はい……正直、あまり耳に入れたくない内容ばかりなのですが……」

私は仲間たちとともに、情報収集に奔走《ほんそう》した。そのおかげで、いくつかの重要な情報を入手することに成功している。

『シンシア・ボルヘイムは王太子クレイグ・サーベントと結婚し、王太子妃になっている』

本来、王族の結婚相手は伯爵《はくしゃく》令嬢以上の高位貴族と言われているけど、そんな法律は存在しない。強力な後ろ盾となってくれる高位貴族がいれば、国王陛下や王妃陛下を説得することで、婚姻《こんいん》は可能となる。彼女の後ろ盾となった貴族はエブリストロ侯爵家と判明しているけど、全員がグルになって私を陥《おとしい》れたのかは不明。

『私の家族の行方《ゆくえ》は爵位剥奪《はくだつ》以降、現在も不明であるものの、一つの手がかりを入手した』

それとなくダークエルフの商人や冒険者に話を聞いたけど、私の家族に関してだけは、手掛かりがほとんど得られなかった。ただ一つだけ気になった話がある。王都の国立大図書館の館長が引退し、新たな人が就任《しゅうにん》した。それは、ニコライ・クラタオス伯爵。私はその名に聞き覚えがある。父とは学生時代以来、旧知の仲として知られており、私が事件を起こす前まで交流があった人物だ。もしかしたらその人なら家族の行方《ゆくえ》を知っているかもしれない。

まず、セリカにこの二つの件を質問したら、私の持つ情報と大差なかった。

これについては、正直期待していた分、ショックも大きい。

「それじゃあ、あなたの家の力を使っても、私の家族の行方《ゆくえ》はわからなかったのね？」

「はい、申し訳ありません。ただ、ミリンシュ侯爵家の元使用人たちの居処を掴んだので、私が直接出向き事情を説明したことで、みなさんから自分の知りうる限りのことを教えてもらいました。それは……」

そこから聞く情報に関しては、私の知らないものばかりだった。

一）私の事件の影響で、ミリンシュ家の爵位が剥奪《はくだつ》されることを察知していたのか、父は使用人たちの新たな勤《つと》め先を探した。そして、一人一人丁寧《ていねい》に契約終了時期とその後の新天地を告げ、少しずつ使用人の数を減らしていった。

二）父は、王家直轄領《ちょっかつりょう》（王都近辺）と隣接《りんせつ》する侯爵領内にある各街のギルド責任者たちを呼び出し、自分の行く末を話した。その後、今後の領内経営については、新たな領主が任命されるまでは、各自で判断しそれぞれの場所を守るよう命令した。

三）妹のミリアリアの健康状態が少しずつ悪くなっていたが、私へ知られないよう、情報を秘匿《ひとく》した。

四）爵位剥奪《はくだつ》の翌日、数人の使用人が侯爵家本邸と王都にある別邸へ訪れると、家具類は既に売り払われ、邸の敷地内には人っ子一人いない状態で閑散としていた。

五）使用人たちが各自で情報を集めたところ、王家所属の騎士団が爵位剥奪《はくだつ》の当日、本邸と別邸で何やら騒ぎを起こしていたらしい。ただし、邸の主人ミリンシュ侯爵は、この時点で行方《ゆくえ》をくらましていたようで、被害はないと思われる。

「なるほど、行方《ゆくえ》はわからなくとも、その情報を聞いた限りでは、父も母もミリアリアも生きている可能性が高いわね」

「申し訳ありません。父の力を総動員したのですが、これが限界でした」

セリカ、あなたは十分に動いてくれたわ。その行為だけで、私は嬉しいわよ。ルクスは牢獄にいる私の状況を父に伝えて以降、単独で学園内の情報収集に徹していたから、領内の様子や使用人たちの状況を報《しら》されていなかったようね。父も自分の居場所を手紙とかでルクスに伝えたかったでしょうけど、私が絡んでいる以上、検閲《けんえつ》とかで中身を勝手に見られる危険性もある。

だから、何も伝えず行方《ゆくえ》をくらましたのね。

やはり、大図書館の館長ニコライ様に会わないといけないわ。

父と親交の深いあの人なら、何かを知っているはず!!

「セリカ、ありがとう。『家族が生きているかもしれない』という私の願いがあなたの情報で強化されたわ。もう一つ、聞きたいことがあるのだけど、その後の王都自体はどうなったの?」

そう聞くと、彼女は複雑な面持ちとなる。

これは、私に関わる何かがあったようね。

セリカから王都関係の話を聞くと、それは私の予想していた以上のものだった。二つの街である程度聞いてはいたけど、まさかこの七年で私の評価がここまで酷いことになっているとは……正直、王族への憎悪がさらに深まったわ。

王都フィレントは、水の精霊様や水竜様たちの棲《す》む聖峰《せいほう》アクアトリウムの麓《ふもと》に鎮座《ちんざ》している。頂上から山下へ流れる風は山の持つ神聖な水属性によって浄化《じょうか》され、現在も都全体を常に癒《いや》し続けている。こういった気候風土の関係で、建国以降伝染病などの危険な病は一度も発症していない。そのため、王都フィレントはハーモニック大陸随一《ずいいち》の『聖都』と呼ばれているのだけど、その景観《けいかん》や性質は今も変わっていない。

問題は王都の内部だ。七年前、私――脱獄犯ベアトリスが『世紀の悪女』として世間を騒がせたことで、事件のことはハーモニック大陸中に知れ渡り、有名な話となっている。

さらに、『クレイグ王太子を巡《めぐ》る私とシンシアの恋の争い』が物語として書籍化された。国王自らが書籍の出版許可を出したことが世間に大きなインパクトを与え、本が爆売れしたようね。

その本が国中に広まったことで、私は完全に悪女扱い。いえ今では似た小説が流行しているせいもあって、新たな言葉『悪役令嬢』が誕生し、私はその代表格として有名になっていた。

ジストニス王国自体が隔離状態だったから、そういった周辺国家の娯楽情報すら入ってこなかったわ。

「ある意味、悪役令嬢ベアトリスは女性の方々から慕《した》われていますよ!!」

セリカは私を慰めたいのか、精一杯《せいいっぱい》の励《はげ》ましの言葉を贈ってくれるのだけど……

「あのね、そんなことを言われても、全然嬉しくないわよ」

その後、その本とシンシアやクレイグ王太子たちに取材した内容を基《もと》に、劇やミュージカルが作られ、国内外で大ヒット。この七年で、王都だけでなく国全体が活性化した。各方面から得られた利益の一部が国へ納付されたことで、国家予算も潤沢《じゅんたく》になり、治安、河川、スラム、魔物といった問題に、様々な対策を施せたし、現在景気自体がかなりいいようね。国王陛下もクレイグ王太子もシンシアも、『私』という存在をとことん利用したのね。

「それで……シンシアの王太子妃としての評価は、どうなの？」

さて、この内容の返事次第で、私の心はどう変化するだろうか？

23話　宣戦布告

五年前、シンシア・ボルヘイムは王太子妃となる。公務に携《たずさ》わって以降、彼女は主に外交と各街に存在するスラム街の対策に着手し、目覚ましい成果を上げていく。彼女自身がみんなを感嘆《かんたん》させるような良案を出すのではなく、それぞれの業務に携《たずさ》わるメンバーと真剣に話し合い、各自の持つ長所を引き出し奮起《ふんき》させる方法をとっているという。彼女が加わることで、長引いていた会談が急速にまとまり、一つの結論へと導かれるのだとか。これは一回だけでなく、ほぼ毎回起きることから、現在の彼女は『国の導き手』とも言われている。クレイグ王太子との仲も良好、まだ子供こそいないものの、国民からは非常に期待されている。

セリカから彼女の話を聞くうちに、自分の中に燻《くすぶ》る嫉妬心《しっとしん》が目覚めていくのがわかるわ。特に、クレイグ王太子とシンシアが二人で協力して外交を進めていくところを聞いた瞬間、激しい嫉妬心《しっとしん》に加え、醜《みにく》い憎悪が心から溢《あふ》れそうになる。

でも、決してそれを外に漏らすことはない。私の『精神耐性』スキルはレベル8、トキワから感情制御の訓練を受けたこともあって、今はその力を最大限に発揮することができる。だから、私はこの嫉妬心《しっとしん》を消すことはできなくとも、小さく小さく抑えられる。

私は、クレイグ王太子を一人のダークエルフとして愛していた。彼も、私を侯爵令嬢ではなく、一人の女性として愛してくれた。あの子は、『クレイグ様の持つ私への愛』と『みんなの持つ私への信頼』を少しずつ奪っていった。

いいえ、少し違うわね。『信頼』というよりも、『好感』と言えばいいかしら？　そう、みんなの持つ私への好感度が少しずつ失われていくのとほぼ同時期に、シンシアへの好感が少しずつ増加していった。

一見、『虐《いじ》めたのだから当然だろ？』と思いがちだけど、少しおかしいわ。学園にいる連中なら理解できなくもないけど、王妃教育として訪れる王城の一部のメイドや王妃様たちも、同時期に私への好感度を下げ、シンシアへの好感度が少し増加していたもの。『私に対する好感度の減少』と『シンシアに対する好感度の増加』は対になっている。当時、私は毎日王城に登城していたから、自分自身に対する視線の変化が学園と城で重なっていたのを奇妙に感じたわ。

シンシアを過度《かど》に虐《いじ》める事件を起こした場合はわからなくもないけど、たまに何の事件も起こしていないのに、学園と城での私への態度が妙に冷ややかなときがあった。そういった奇妙な感覚を覚えたとき、シンシアは体調不良で欠席していたはず。

ジストニス王国に亡命して以降、こういった記憶を呼び覚ましていき、ずっとノートにメモってきたけど、これが事実なのか、まず自分の目で確認したいわね。

セリカから話を聞き終える頃には、私はシンシア関係の出来事を全て、心の中にある一つの箱に入れて、完全に嫉妬心《しっとしん》を抑えることに成功する。これなら本人と遭遇《そうぐう》しても、怒りに身を染めることはないわ。

「セリカ、私の知らない情報を教えてくれたことには感謝するわ。でも、私はあなたとともに国へ帰らないわよ」

「そんな!!　どうしてですか？」

この子の驚きよう、国王陛下たちに利用されていることに、いまだ気づいていないのね。

「ちょっとルマッテ、あなたがセリカに教えなさいよ。ここに来るまでに、いくらでも機会はあったでしょう？」

自分が呼ばれたこともあり、彼女は私とセリカに近づいてくる。

「無理よ。その子は頭が固いの。これまで散々利用されていることを指摘してきたけど、『偉大《いだい》なる国王陛下はそんなことをする人じゃない』の一点張りで、人の話を聞きゃしない」

セリカは、昔のままね。自分の尊敬する相手に関しては、他者に何を言われようと考えを変えない。そこが長所であると同時に、短所でもあるわね。

「セリカ、私には調査すべきことがあるのよ。それを完了させるまでは、絶対に自首しないわ」

仕方ない、一国王陛下がセリカを利用するのなら、私も彼女を利用させてもらおう。

「調査？　何を調べるのですか？」

「シンシア・ボルヘイム、彼女のステータスを魔法『真贋』で確認したいのよ。私の考えが正しければ、彼女はかなりのやり手よ」

真贋は、無属性魔法だけど、ダークエルフの中でも使い手は少ない。自分の持つ魔力の波長を相手の波長に重ねないと、魔法を習得できない。この波長を理解できる人が少ないのよね。それに、この魔法は相手に悟られる危険性もある。セリカにやらせるわけにはいかない。こうやって話した以上、必ず予定した流れに沿《そ》わないといけないわ。

「ベアトリス様の仰《おっしゃ》る考えというのは？」

「今は、まだ話せない。下手に話すと、あなたの命にも関わるからよ。あなたが王都へ帰還したとしても、絶対にあの子に使っちゃダメよ」

私が帰還の話をし出すと、セリカのテンションが見る見るうちに低下していくのがわかるわ。国王陛下の命《めい》で国を出た以上、やはり何の手柄もなく帰還できないわよね。

「王都へは……帰れません。私の使命は、『あなたを連れ帰ること』ですから」

か細く震えた小さな声、さっきまでの気合《きあ》いはどこに行ったのよ。

「大丈夫よ。今からルマッテと戦い、あなたたちが帰らざるをえない状況を作り出すから」

「は⁉　ルマッテと戦う？　どうしてですか？」

その様子から察すると、彼女の正体を本当に知らないのね。

「ルマッテは『あなたの護衛』兼《けん》『暗殺者』でもあるのよ」

「あ……暗殺者？　暗殺って誰を？」

調子が狂うわね。すぐそばにいるルマッテ自身も、私と同じく体勢を崩しそうになったわ。まさか、ここまで言われてわからないとは。

「私に決まっているでしょうが!!」

仕方ない、セリカにもわかるよう説明しましょう。

「へ?」

「あのね、国王陛下やクレイグ王太子たちはあなた一人だけじゃ頼りにならないと思い、暗殺者ルマッテを雇ったの。セリカが私を説得して、私自身があなたとの出会いで気を緩《ゆる》めている間に、ルマッテがどこかで私を暗殺する、これが一連の流れでしょうね。私を殺した後、死体をマジックバッグに入れて、陛下たちに見せる予定だったんじゃないの?」

私がルマッテを見ると、彼女は妖艶《ようえん》に微笑《ほほえ》む。どうやら、やっと真の自分を晒《さら》け出してくれるようね。

「ル……ルマッテ、本当なの?」

「ええ、本当よ。やっと本来の自分を出せるわ。ベアトリス、まさか本当に一人で来るなんてね」

一見、余裕ぶっているように見えるけど、かなり我慢しているわね。私が一人で来たとしても、あの街にはトキワとカオルがいるもの。ルマッテが仮に勝負に勝ったとしても、あの二人に命を狙われることが確定してしまう。

かといって、負けて私に殺されるのも嫌なはず、彼女にとっては雁字搦《がんじがら》めの状態ね。いっそのこと、何もかも投げ出してどこかに逃げればいいのに、『セリカ』との間に友情でも芽生《めば》えたのかしら？

「ええ、一人よ。それで、あなたはどうしたいわけ？　私と本当に勝負するの？」

私は、お供を連れていない。人としてのお供はね。

私が吹っかけたせいなのか、ルマッテは怒りの形相《ぎょうそう》となり、私を威圧する。

「このまま、何もせず逃げるわけにはいかない!!　暗殺者としての矜持《きょうじ》が逃亡を許さないのよ!!　ベアトリス、私と勝負しなさい。実際に戦い、私が認めるほどの強さなら、今回の仕事を潔《いさぎよ》く諦《あきら》めるわ!!」

私に剣を突きつけて、胸を張り堂々と宣言するのはいいけど、内容がおかしい。

前者の敵前逃亡は暗殺者の恥《はじ》、それはわかる。でも、前者にしろ後者にしろ、どちらの考えも『逃げる』という選択肢と同じなんだけど？　暗殺者としてのプライドで、後者を選ぶってことなの？　暗殺者ってのも難儀《なんぎ》よね。『あの流れ』に持っていくには、戦うことが前提だから、こちらとしても都合がいいわ。

〇〇〇

私とルマッテは、互いに愛剣を抜いた状態で構えをとる。セリカは、私のウィンドシールドで閉じ込め、少し離れた位置へ移動させている。移動させないと、いつまでも大声でいのよね。

『決闘なんかやめて!!』とか『三人一緒に王都へ帰還しましょう』とか叫《さけ》んでいてうるさ

「ベアトリス、お前の力を拝見させてもらうよ。隙《すき》あらば、本当に殺すからね」

「は、それはこっちのセリフよ」

互いが同時に踏み込み、本気で斬りかかる。一瞬、鍔迫《つばぜ》り合いとなった後、同じことを考えていたのか、互いに間合いを取り、そこから一気に仕掛けていく。ルマッテの攻撃は重いけど、次の攻撃に移るまでの動作が私よりも遅い。私は、その隙《すき》を突いていく。

「やるわね、ベアトリス。攻撃自体は軽いけど、攻撃速度は私より上のようね」

「お褒《ほ》めにあずかり光栄……よ!!」

私たちは今出せる最高の力で、剣撃をぶつけ、時折体術も混ぜていく。

剣術と体術で五分ほど戦い続けているけど、互いの攻撃を剣や身体で受け流しているため、体力を削るだけに終わっている。

私の攻撃速度が上でも、攻撃力自体はルマッテの方が上。彼女もそこを理解して、冷静に私の攻撃を受け止め、わずかな間に攻撃を入れてくる。やはり、魔法やユニークスキルなしで戦えば、決着が長引きそうね。

「ベアトリス、何か隠しているわね。私たちを帰還させる状況を作り出すと言っていたけど、どうするつもり?」

ルマッテの方から、距離をとってくれるとは思わなかったわ。ここまでの流れで、私の強さを認めてくれた……ということかしら？

「あら、出していいの？　もう少し楽しみたいのだけど？」

これは本音、ここまで力が拮抗《きっこう》する相手は、仲間以外では初めてだもの。もう少し楽しみたいわ。

「魔法やスキルを駆使して、もっと楽しみたいところだけど、この周辺には冒険者がいるからね。勘《かん》づかれると面倒なのよ。あなたの強さは、私の予想通りだった。もう、満足よ」

『予想通り』……ね。その評価を、『予想以上』へと変えさせてあげるわ。

「ねえルマッテ、私さ、あなたに一つだけ嘘をついているの。それが何かわかる？」

「お前……まさか⁉」

あらあら、突然慌《あわ》て出して、周囲をキョロキョロと見渡しているわ。

「安心して。私は、誰も連れていないわ。『人の連れ』は……誰もね」

「人の連れ？　どういう意味？」

さすがのルマッテも、理解できないようね。

ま、立場が逆転していたら、私もわからないでしょうね。

「『人の連れ』はいないけど、仲間から借り受けた『スキルの連れ』ならいるの。ほうら、

「ここに」

私はファルコンソードを鞘《さや》に収め、右手を突き出す。

「スキルの連れ？　ただの右手じゃないか？　私を馬鹿にしているの？」

ふふ、本当にシャーロットから、とあるスキルを借り受けているのよ。

「それじゃあ、あなたとセリカにもわかるようにしてあげるわ」

二人の後方には、街らしきものはない。そのまま歩き続けたらサーベント王国に行ってしまう。バザータウンは、私の後方にある。位置も完璧、これなら問題ないわ。私は、シャーロットから借り受けた『ダーククレイドル』の効果を、右手から自分の後方へ移動させ、魔力量限界ギリギリまで範囲を大きく広げ、一種の見えない壁を形成する。

ユニークスキル『ダーククレイドル』――Aランク以上の魔物だけが持つとされるスキル『支配領域』を、シャーロットが自分用に改良したもの。彼女は従魔たちからその極《ご》意《い》を学んだことで、このスキルの神髄《しんずい》を会得《えとく》した。

本来は自分を中心とする魔法障壁で全方位を囲い、獲物《えもの》を逃さないために使用されるのだけど、彼女はそこから障壁の『形態』『サイズの拡大縮小《しゅくしょう》』『出現位置』、これらを自在に変更できるよう改良を施した。ただし、スキル所持者の魔力量に比例するものだから、当然限界もあるけど。

今までクレイドルの効果で、私の右手に宿っているものを、二人は認識できなかった。

でも、これで右手の状況が二人にも知覚できるようになる。

「べ……ベアトリス様……それ……」

「な……なによ……その……右手……なによ……その信じられない魔力量は……」

Aランクのルマッテですら、怯《おび》えるほどの魔力量が私の右手に宿っている。

私の切り札は、二つある。シャーロットが編集してくれた『積層雷光砲』。そしてもう一つがこの魔法を基に作り上げた『積層雷光剣』だ。この二つの魔法の威力は、『最上級』に分類される。威力こそ強大だけど、最上級の位置付けにされている魔法には、決定的な弱点がある。それは、魔法を詠唱してから放つまでの時間。

私の場合は無詠唱《むえいしょう》スキルがあるけど、それでも雷と光を合体させたこれらの魔法を放つには、最低でも五分の時間を要するわ。私と互角以上の相手と戦うのなら、その時間は勝負において致命的《ちめいてき》なものとなる。

このスキルの本来の持ち主はシャーロットだけど、あの子は私の決定的弱点を一時的に失くすため、『ダーククレイドル』を他者に貸せるようにした。ユアラが誰に絡んでくるのかわからない以上、自分の仲間限定でいくつかのスキルを貸し出せるように工夫していたなんてね。

まったく、あの子は天才よ。

ただ、この方法もまだ発展途上なのよね。シャーロットの手から離れてしまうため、幾《いく》分弱《ぶん》体化するのよ。本来、クレイドルを破壊するには、彼女以上の力を要するけど、他者に貸した場合、貸した相手の魔力量を上回《うわまわ》る攻撃を放てば破壊可能となる。

私やトキワなら絶対的な防御として使用可能だけど、まだ弱いアッシュとリリヤならすぐに破壊されてしまうわ。だから、この弱点だけは、敵に悟られてはいけない。

「私は、これからサーベント王国に喧嘩《けんか》を売るのよ？　切り札の一つや二つ、持っていても不思議じゃないでしょう？　今から、その一端《いったん》を見せてあげるわ」

私は、刀術で言うところの『居合斬《いあいぎ》り』の体勢をとる。

ただ、今から披露《ひろう》する技は、居合斬りと少し違う。

お願いだから、上手く発動してよ。

「ちょ……ねえ、何する気よ？　そんなもの、防げるわけないでしょう？」

「情けないこと言わないでよ。人に使うのは初めてだけど、上手く回避してね」

セリカは私の魔力に威圧され、シールド内で腰が抜けた状態となっている。ルマッテは震えているけど、あくまで立ち向かう気なんだ。いいわね、あなたのそういうところ好きよ。私の狙いは、ただ一つ!!

「いくわよ……『紫電……瞬花!!』」

私は雷属性を纏《まと》い、その力を足へと集約させ、敏捷性を最大限にまで高める。そして、そのまま踏み出し、ルマッテのいるところへ瞬時に移動して、通りすぎる瞬間、小さな積層雷光剣で……

「へ？　今、何をしたの？」

まずまずの出来だけど、まだ荒いわね。トキワは、無音でこなしていたもの。

まあ、ルマッテ自身は私の速度を目で追えなかったようだし、よしとしましょう。

「ご自慢の剣を確認したら？」

私の言葉に、彼女は慌《あわ》てて確認をとろうとする。

「え、あ……私の剣が折れて……いや斬れている？　そんなオリハルコン製の特注品なのに!!　な……ミスリルと同じ硬度の服まで!!」

自分でも驚きだわ。てっきりアダマンタイト製と思っていたのに、まさかオリハルコン製とはね。自分の魔力を超圧縮《ちょうあっしゅく》させることで、世界ナンバー二の金属ですら切断可能なのね。この情報は、ありがたいわ。あと、剣だけを斬ったつもりが、服も斬れていたんだ？　斬れた部分から、彼女の地肌が少し見えている。

……危なかった、冷や汗ものだわ。この技は、まだ未完成ね。もっと、魔力制御能力を高めないといけないわ。私の動揺を悟られないよう、次の段階へ進みましょう。

「さあ、ここからが本番よ。ねえ、私の右手には、まだまだ圧縮魔力が残っているの。全ての力を王都フィレントへ放出させたら、どうなるかしら？」

ああ……いいわ、凄《すご》くいいわ。私は、その絶望《ぜつぼう》した顔を見たかったの。

でも、これはあくまで前哨戦《ぜんしょうせん》、本番では王族たちにそういった顔をさせたいわね。

今の私は、どんな笑顔を二人に向けているのかしら？

「冗談……でしょ？」

「ベアトリス様、やめてください!!　もし、それが王都へ向けて放たれたら、大勢の死者が出ます!!」

実際に、この魔法を王城へ向けて全力で放ったら、確実に王族どもを殺せるでしょうね。でも、私はそんな愚《おろ》かな手段は選ばない。

「セリカ、安心して。あなたたち二人の評価を落とすことなく、フィレントへ帰らせてあげるわ。今から、その状況を作り出すから」

「え、どういう意味ですか？」

「お前……まさか⁉」

ルマッテは、私が何をしようとしているのか理解したようね。スキル『マップマッピング』で入手した、ステータスに表示される世界地図。これで現在地もわかるし、王都フィレントの場所も紙製の地図と照らし合わせれば推測できる。

「まあ、そこで見ていなさい」

積層雷光砲、これを何のイメージもしないまま放つと、ただの雷属性の最上級魔法になってしまう。これから宣戦布告する相手に、そんなのでは味気《あじけ》ないわ。どうせならあの王族たちに、もっと恐怖、混乱、錯綜《さくそう》、畏怖《いふ》といったものを味わわせてやる。

魔物の中でも人から畏怖《いふ》される存在、それはやはり『ドラゴン』ね。特に、サーベント王国では、聖峰アクアトリウムに棲《す》むSランクのアクアドラゴンが、水精霊様と同じく神聖視されている。この積層雷光砲を同じ系統のライトニングドラゴンへと変化させて放てば、やつらは必ず慌《あわ》てふためき動き出す。

私は意識を集中させ、ライトニングドラゴンを強くイメージする。そして、両手を合わせドラゴンの口のように変形させたところで、圧縮魔力を外へと押し出す。雷と光が私の両手から溢《あふ》れ出し、バチバチと激しい音を鳴り響かせる。

これで準備は整った。

「いくわよ。積層……雷光砲〜〜〜〜いけ〜〜〜〜〜!!」

私の両手から、巨大なドラゴンの顔が出現する。それを見たセリカもルマッテも驚愕《きょうがく》したまま、言葉を発しようとしない。驚くのは、まだまだこれからよ。

ドラゴンの顔が出現すると、そこから大きな身体がどんどん這《は》い出してくる。そして、身の丈《たけ》五十メートルにも及ぶ巨躯《きょく》が大空へと羽ばたき大声を上げながら、雷のごとき速度で一直線に王都フィレントへ向けて飛んでいった。このドラゴンは、必ず王都上空千メートル付近を通過するはずよ。道中、標高の高い山はないし、聖峰の位置も把握《はあく》済みだから被害も発生しない。

「ベアトリス、お前、なんてことをしてくれたんだ!!」

「そうですよ!! あれが王都上空を横切ったら、大パニックになります!!」

ルマッテもセリカも、そこまで慌《あわ》てることはないでしょう？

「大丈夫よ。千メートル付近に出現するから、一般市民たちは少し驚くだけよ。ただ、私が強く強く憎しみを込めたドラゴンは、王族たちに憎悪の念を振りまき、威嚇《いかく》してから王都を通りすぎ、どこかで消えるでしょうね」

「あなた、そこまで王族を恨《うら》んでいたの？」

「ベアトリス様……」

恨《うら》む……か。この憎悪は、殺したいという思いから来るものではないわ。王族たちには、私の異変を話していた。それなのに……

『なぜ、私の話をなかったことにした？』

『なぜ、私の話をもっと真剣に聞いてくれなかった？』

『自分では抑えきれない嫉妬心《しっとしん》、あなたたちが協力してくれたら、違った未来があったのに』

私の中に湧《わ》き出てくる様々な疑問、これらが全て憎悪となっている。

『私は、必ず自分の身体の異変を解明する!!』

『必ずシンシアの化けの皮を剥《は》いでやる!!』

ライトニングドラゴンが放たれた以上、もう後戻りできない。私は、サーベント王国に喧嘩《けんか》を売った。ここからは、迅速《じんそく》に動き、次の行動に移さないと、ジストニス王国の国民たちも巻き込んでしまう。

さあ、行動開始よ!!

24話　従魔格闘技大会テイマーズ中級戦開始

大会会場周辺は、昨日以上の盛り上がりを見せているわ。昨日が下級で、今日は中級だからというのもあるわね。私――カオルとカムイは、アッシュやリリヤとともに会場を訪れ、選手用の席についている。さすがに従魔用の席は用意されていないから、みんな地べたに座っているわね。

ウルフ系が三体、オーク系が四体、獣王系が五体、淫魔系が一体、そしてドラゴン系が一体（カムイ）、合計十四体か。

ウルフ系とオーク系の魔獣を従魔にするためには、基本餌《えさ》で釣《つ》る。美味《うま》い餌《えさ》だけで契約も可能だけど、それだけで不十分な場合は戦闘を行い、ある程度弱らせてから契約を結ぶ。

獣王系の場合、プライドも高いので、どんなに美味《うま》い餌《えさ》にも動じず絶対に釣《つ》られない。

戦闘行為で互いの力を認め合うことで、初めて契約が成立する。そのため、主人との結束力が他の従魔より強い。他の参加者たちも理解しているからこそ、みんな獣王系とその主人たちに注目している。

カムイはというと、ドラゴン系ということもあり、初めはみんなに注目されたけど、すぐに視線を外された。それも当然。ドラゴンだけど小さくて可愛《かわい》いからね。みんな、私とカムイが攻撃せずに何をしようとしているのかわからないので、時折視線を感じるくらいね。

ベアトリスもそろそろ準備を完了し、出発している頃合いかな。私は、あなたのことを信じているわ。だから、ここでの戦いを楽しませてもらうわよ。

「ふふふ、やっと『アレ』を試せるわ。手はじめに、ウルフ系か獣王系と戦いたいわね」

「カオル～、僕は人をやるけど、途中で落ちたら混ざってもいいよね？」

「もちろんよ、カムイ。とことん、やってやりましょう。グフフフフ」

あ、また魔獣たちが一斉に身震いしているわ。

まったく、少し口に出しただけで、敏感《びんかん》に自分たちに訪れる危機を感じ取るわね。

受付嬢が私の横を通りすぎ、武舞台の上へと上がっていく。

「みなさま、お待たせいたしました。ただ今より、テイマーズ中級戦を開始いたします。参加者は十四名、トーナメント方式となっております。それでは、名前を呼ばれた参加者は武舞台に上がってきてください」

私たち参加者は、ここへ来たときにくじ引きをしている。一から十四の番号が紙に書かれているのだけど、私は三番のため、第二試合に出場する。

「第一試合、マレイヤ選手と従魔淫魔《いんま》系クーベリア、ドルザック選手と従魔オーク系クベル」

知能の高い淫魔系を従魔にするには、相性が重要なはず。スタイル抜群《ばつぐん》なプロポーションと色気《いろけ》を漂わせる容姿《ようし》、ふしだらな格好《かっこう》をした淫魔クーベリア、ロングヘアーで大きな翼を持っている。

その魔物と似たようなスタイルと服装、容姿をしたダークエルフの女性マレイヤが、私の横を通りすぎていく。この二人は露出度《ろしゅつど》の高い服装で、防御力はないに等しいけど、その分敏捷性を活かしたレイピアと爪による攻撃ができるだろう。

それに対して、人間族ドルザックは五十歳くらいの厳《いか》ついオッサンで、重そうな鎧と剣を装備していた。その従魔オークも似た容姿で、こちらは槍を装備している。二チームが、武舞台に上がった。

「それでは第一試合、はじめ!!」

私も他の参加者も、二チームがどんな戦いを見せるのか固唾《かたず》を呑《の》んで見学する。試合が始まって数分もしないうちに、それは起こる。ドルザックとオークの瞳が急にハートマークへと変化し、向きを変えて互いを見つめ合う。

「ちょっと、今から何が始まるわけ？」

あの瞳の兆候《ちょうこう》って、スキル『チャーム』の前触れだったはず、展開が気になるわ。

彼らは武器を放り出すと同時に、少しずつ距離を詰めていく。

ちょっと、まさかとは思うけど⁉

なんか、胸がドキドキしてきた〜〜‼

おおおお‼　互いをしっかりと抱きしめ合い、おまけにキスをしはじめた〜〜。

これは、子供には見せられない展開だ〜〜。

第一試合から、こんな重い展開を見せられるとは〜〜。

観客の男性陣も女性陣も、顔が真《ま》っ赤《か》ね。アッシュとリリヤは、位置取りに成功して最前列で見学しているから、二人とも同じく顔を真っ赤にさせているのがよくわかるわ。二人はもうすぐ十三歳になると言っていたけど、年齢的にあまり見せたくないシチュエーションね。

「ねえねえカオル、あの人たちはドルザックたちに何をしたの？」

カムイは何が起きたのかわからないみたいだね。

「あの女性たちというより、あの従魔クーベリアが精神感応系スキル『チャーム』を使ったのよ。相手がスキル所持者の魅力《みりょく》に囚《とら》われた場合に限り、思考が一時的に停止するの。

その間、スキル所持者は彼らに好き放題命令することができるのよ。『チャーム』のスキルレベルと『精神耐性』のスキルレベルなどによって、操作される時間もかなり変化してくるのだけど、今回の場合は二分くらいね」

『チャーム』の成功率は、女性陣の持つ魅力度も大きく関わってくる。だからこそ、女性陣は妖艶《ようえん》なメイクを施し、露出度の高い服装を着ている。

「へえ、『チャーム』か～。僕の場合、どうやって対抗すればいいの？」

「ああ、それは簡単よ。今回、私とカムイのやるべきことはただ一つ、この間話した、自分のやるべきことを強く強く思うだけ。そうすれば、たとえ『チャーム』で魅了《みりょう》されたとしても、相手を倒すことができるから」

「そうなの？」

カムイの精神耐性スキルはレベル7、奪える思考時間もかなり短いとはいえ、魅了されてしまったら厄介《やっかい》なのよね。でも、このスキルにも弱点がある。そこを突けば、容易に勝利をもぎ取れるわ。

「どうやら勝負がついたようね」

私が話している間にも、ずっと濃厚なキスを続けていたけど、操作時間の限界が来たのか、キスを唐突にやめ、二人は場外へと歩いていき――落ちた。

「勝者マレイヤと従魔クーベリア!!」

審判でもある受付嬢がホッと胸を撫《な》で下ろし、勝利者を宣言する。いつまでも、あの光景を見たくないものね。さて、次は私たちの番だわ。試合時間は三十分。それを超えた場合は観客による判定が執《と》り行われる。

ついに、私の念願の夢を果たすときが来～～た～～……と思ったら、『チャーム』の切れたドルザックとオークがその場で口から色々と吐《は》き出した。おかげで、清掃で二十分ほど、私たちの試合が遅れることになってしまった。観客たちも嫌なものを見せられたせいもあって、やや顔色が悪い。私たちの試合で、元気を取り戻してやりましょう!!

○○

私とカムイは、武舞台の上にいる。

対戦相手は盗賊っぽい、やや人相の悪い三十代後半の男と魔物フロストウルフ。男の武器は大剣だけど、この大会での殺人行為は禁止されているため、いささか行動しづらいでしょうね。ふふふ、ちょうどいい。アレを試す絶好《ぜっこう》の相手よ!!

「それでは、これより第二試合を始めます。カオル・モチミズと従魔ドラゴン系カムイ、対戦相手は魔鬼族グエン・カルバラ、従魔ウルフ系ガゾット。グエン選手は前回の中級戦優勝者。カオル選手が攻撃せずに、どうやって相手を倒すのかが今回の見所です!!」

うわあ〜、観客全員の視線が私とカムイに向いているわ。どうやら、みんながあの情報を聞きつけて期待しているようね。審判も私を煽《あお》っているのか、盛り上げるだけ盛り上げているわ。

「それでは試合開始!!」

相手の従魔はフロストウルフ。肌全体が白色の剛毛に覆われており、その毛に触れただけで人は凍傷《とうしょう》を起こすと言われている。ここから見ただけで、冷気が毛全体から漏れ出ているのがわかるわ。

「ガハハ、カオルとカムイと言ったな？　お前たちの情報は聞いているぞ。俺たち相手に攻撃せず勝利する手段を見せてもらおうか」

「我も舐《な》められたものよ。いくらドラゴンとはいえ幼生体、少し痛めつけてやろう。主人よ、早々に仕掛けるぞ」

「おうよ!!」

グエンとガゾット、相性はバッチリのようね。

「カムイ、敏捷性には慣れているわね？」

「うん、事前に練習しておいたからバッチリだよ!!」

「よし、それじゃあ行くわよ!!」

「は〜〜い」

カムイの魔力量はSランクだけど、それ以外はDランク程度。普通に戦ったら、フロストウルフのガゾットには勝てない。でも、私のスキル『自己犠牲《ぎせい》』を利用すれば、大幅に強くなれる。

本来の効果は、私の命が危機に瀕《ひん》したときに、ステータスの数値を生命力へと変換していくというもの。でも、従魔ができたことで、新機能が追加されていた。

それが『レンタル機能』だ。十五分間、スキル所持者のステータスを従魔に貸し与えるというもの。レンタルしている間、貸し与えている数値分だけ、私は弱体化する。そして、二度目を発動させる際、必ず十五分間のインターバルが生じてしまう。

つまり、試合時間は三十分だけど、私たちの場合に限り、十五分で決着をつけねばならない。

私は自分の防御力を犠牲《ぎせい》にして、カムイの敏捷性を向上させるべく、400を貸し与えている。今のカムイは、魔力量と敏捷性のみがSランクとなっているわけ。

ガゾットの攻撃対象者は私、グエンの攻撃対象者はカムイ。二人が息を合わせて私たち目がけて突進してくる。

立派な白い毛並み、全身から漏れ出る白い冷気、ああ～あの全身を……この手でモ、モ、モ、モ、モフりまくりたい!! これでもかというほど、触りまくりたい!!

私は大の犬好きだ。この世界に転生して、一度も触っていない。久し振りに見た私好みの……犬じゃなくて狼、今試さずしてどこでやる!!

もう、我慢する必要はないわ。私は自分の欲望を表に出し、ガゾットをモフるため、両手をワキワキと動かす。

肝心の彼は、私のよからぬ邪念《じゃねん》に気づいたようだけど、もう遅い。方向転換されないうちに、私が瞬時にあの子目がけて移動して、互いに交差する。

「あっふ〜〜〜ん」

おお、立派な剛毛でかなりの低温だけど、私に冷気など効かないのだよ!! 私は交差する瞬間、『魔力感知』で相手の体内魔力の流れを観察し、淀《よど》みのある部分から毛並みに沿って、右手でそっと撫《な》でただけ。グエンは私の意味不明な行為を見て、動きを止めている。

「お、お前、今我に何をした？」

慌《あわ》てているガゾットも、可愛《かわい》いわ。

「ふふふ、ただ撫《な》でただけよ？　気持ちよかったでしょう？」

「そ……それは……おい待て!!　その両手をワキワキする行為は何だ？」

「決まっているでしょう？　あなたをモフりまくるのよ!!」

さっきまでピンと立てていたフロストウルフ自慢の尻尾《しっぽ》が、少しずつ地面へと下がって

きている。自分がこれから何をされるのかを理解したようね。

「わ……我の毛は冷たく剛毛、モフれるわけがない!!　そなたが凍傷《とうしょう》となるぞ!!」

「心配してくれてありがとう。でもね、そんなものは『身体強化』と『属性付与』を併用すれば、どうとでもなるのよ。さあ、覚悟はいいかしら？」

私が一歩一歩ゆっくりと近づいていくと、ガゾットは本能的に後方へ下がっていく。

「おい、どうしたガゾット？　お前、怯《おび》えているのか？」

「主人、この女はヤバイ!!　誇《ほこ》り高きフロストウルフの我をモフる対象としか見ていない」

ガゾットが主人のグエンを見て、自分の危機を必死に訴えているようね。

「カムイ～、グエンは隙《すき》だらけよ!!　存分にやってしまいなさい!!」

「は～～い、いただきま～～す」

グエンは私を気にするあまり、完全にカムイから視線を外している。アレをやるなら、今しかないわ。

「カ、カムイと言ったか？　俺に何を……いや～～～～～!!」

ふふふ、カムイが魔鬼族のグエン相手にしている行為、それは犬でいうところのペロペロ攻撃だ。敏捷性を最大限に活かして、自分の舌でグエンの全身を舐《な》め回しているのよ。

それにしても、グエンは気持ち悪いのか気持ちいいのか不明だけど、全身をクネクネと動かし、見ている側も気持ち悪く感じてしまうわね。

「ペロ」

「やめろーーーーーーーいや～～～～～～～～～～～!!」

グエンの悲鳴が、会場中に響き渡る。カムイの速さにまったく対応できていない。

この勝負、私たちの勝ちね。

「カムイ、あなたは時間をかけて、グエンを念入りに舐《な》め回してね～。私は、あのフロストウルフのガゾットをモフりまくる!! モフってモフってモフりまくってやるわ!!」

グエンの様子を見たことで、ガゾットの方も怯《おび》えはじめている。完全に垂れ下がっている尻尾《しっぽ》が、いい証拠ね。

「さあ、ガゾットちゃんも観念して、お姉さんにモフられなさ～～い」

私が前進する度に、少しずつ後退するガゾット。

「や、やめろ、来るな……来るな～～～」

あ、方向転換して武舞台の場外へ逃亡しようっていうの!?

「甘いわ!!」

私は敏捷性を活かし、すかさずやつの前方へ回り込む。

「ひ!?」

これは、戦いなのよ。だから……相手が承諾《しょうだく》しようが拒否《きょひ》しようが関係ないのよね。

「それじゃあいくわよ～～～～」

「ひ……や……やめて……我の誇りが……尊厳《そんげん》が……」

私はガゾットの懇願を無視して、彼の眼前へと迫り……モフ。

「いやあああ～～～～～」

「ガゾットちゃん、やっぱり剛毛ね～。ふふふ、モフり甲斐《がい》があるわ～。この剛毛を艶《つや》のある柔毛《じゅうもう》に変化させてあげるわ～～～」

モフ。

「いや～～我の誇りが～～～～貞操《ていそう》が～～～～主人～～～～助けて～～～～」

「あ～～無理だ～～～おかしくなっちまう～～～～～」

私のモフりとカムイの舐《な》め回しが、二人を襲う。

グエンとガゾットの気持ちよさげな声が、会場に響き渡る。

今の私の気分はというと……私好みの柔毛になっていくガゾットに対し、心がどんどん高揚《こうよう》していくのがわかる。多分、観客側から見れば、爽《さわ》やかな笑みを浮かべながら、ウルフと戯《たわむ》れているように見えるでしょうね。

「審判、助け」

グエンが審判に助けを求めるも、この試合の敗北条件は三つ、『降参宣言』『場外』『気絶』のため、彼女は気の毒な顔をしているものの、こう宣言する。

「降参したい場合は、ハッキリと宣言してください」

ふふふ、そういうこと。

私のストレスが解消されるまで、ガゾットちゃん、存分にモフラらせてね。

……十五分後。

「場外により、勝者カオルと従魔カムイ〜〜」

あちゃあ〜レンタル期間が終わったことで、カムイの敏捷性が元の数値に戻ったか〜。

その隙《すき》を突かれて、グエンがフラフラになりながらも場外に落ちてしまったのね。

「ふ、ガゾットちゃん、モフり行為はここまでのようね」

「た……助かった……」

フロストウルフのガゾットちゃんの場合、あまりの気持ちよさに、もはや歩く気力すら残っていないようね。

「果たしてそうかしら？　ガゾットちゃん、後で自分の毛をご主人のグエンさんに見てもらうといいわ」

「な、どういう意味だ？」

ふふふ、あなたの見た目は、すっかり変化しているのよ。剛毛で全身から冷気を漂わせていたようだけど、今はその威厳がすっかりなくなっているわ。例えるなら、狼が『シベリアンハスキー』や『ラブラドールレトリバー』に変化したと言っても過言《かごん》ではないわね。

自分の見た目の変化に気づいたとき、彼はどういった反応を見せるかしら？

「それは、グエンさんに教えてもらいなさい。あ、どこかで再会したら、またモフらせてね」

「…………」

おやおや、ダンマリですか〜。先ほどまでの威勢《いせい》のよさはどこにいったのかしら〜。あなたもモフられる行為に目覚めたのかな〜。容姿が可愛《かわい》く変化したせいで、これからは多くの人々からモフられると思うわ。そこは、口に出さないでおきましょう。

〇〇〇

観客は、この試合光景を見て絶句した。

フロストウルフのガゾットはカオルにモフられまくり、試合後もグッタリしていて動けそうにない。また、主人のグエンもドラゴンのカムイによって、全身を超高速でペロペロと舐《な》められて唾液《だえき》まみれ状態となり、場外にて全身をピクピクと痙攣《けいれん》させていた。それに対して、カオルとカムイは爽快感《そうかいかん》に満ち溢《あふ》れ、お互いの『モフり具合』を確認し合い握手《あくしゅ》している。

みんなが、カオルの行為に戦慄《せんりつ》を覚えた。彼女は宣言通り、攻撃は一切行《おこな》っていない。『モフる』『舐《な》め回す』という行為が、攻撃に該当《がいとう》するはずがない。

こんな常軌を逸《いっ》する戦い、この大会にこれまであっただろうか？　いや、そもそも戦いと言えるのだろうか？　まさか、彼女はこの行為を優勝するまで続けるのだろうか？

選手側――『自分は、全ての尊厳を打ち砕《くだ》く「舐《な》め回し」を受けたくない』

従魔側――『「モフり」の該当《がいとう》範囲って、魔獣全般？　え、俺たち、アレと戦うの？』

試合に参加する選手と従魔の様々な思いが錯綜《さくそう》し、ある一つの結論に行き着く。第一試合に出場した女性以外の選手が、試合を棄権《きけん》するという前代未聞のハプニングが起こった。

25話　従魔大会テイマーズ中級戦決勝開始

これは、現実に起きた出来事なのか?

僕──アッシュがリリヤとともに、カオルさんの試合を見学していたのだけど、『アレ』は誰が見ても、戦いと言える代物じゃないよ。

一人の男性が全身涎塗《よだれまみ》れで、武舞台の場外で痙攣《けいれん》している。従魔のフロストウルフからは、試合前の厳格《げんかく》な雰囲気《ふんいき》が全て消え失せ、可愛《かわい》らしいつぶらな瞳で近くにいるカオルさんを見て何か抗議《こうぎ》している。どうやら、自分の姿が激変していることに気づいていないようだ。

あの選手と従魔、前回の優勝者らしいけど、今後の活動に影響……出るだろうな。うん、間違いなく出る!!　特にフロストウルフ、多分ウルフ系から仲間扱いされない気がする。通常、触れただけで凍傷《とうしょう》を起こすと言われている剛毛がフワッとした流線的な毛並みへと変化しているし、何よりも試合前に感じた白い霧《きり》のようなものがまったく出ていない。絶対、性質も変化している。

カオルさんと遭遇《そうぐう》したのが不運だったと、諦《あきら》めるしかない。

「まさかとは思うけど、カオルさんとカムイ、ずっとあの行為を続けていくのかな？」

リリヤの言葉に、僕だけでなく、周囲の人たちも絶句する。

あの『モフり』と『舐《な》め回し』を優勝するまでずっと続けていく？

それって、僕たちがその光景をずっと見続けていくのと同義じゃないか⁉

カオルさんには悪いけど、モフり行為はともかく、『舐《な》め回し』だけは見たくない。あんな気持ち悪い……

「アッシュ、大丈夫？　顔色が悪いよ？」

周囲の人たちも思い出したのか、吐《は》きそうな気分になっている。

これ……他の選手と従魔たちは大丈夫なのか？

……一時間後。

僕の不安が的中し、第一試合に出場した女性以外が試合を棄権するというハプニングが起きた。第二試合を見たら、誰だってそう思う。僕だって、カオルさんやカムイと戦いたくない。

この騒ぎで大会自体が一時間ほど中断している間に、ベアトリスさんから通信が入った。

どうやら、ルマッテさんとの決闘に勝利し、昨日話し合った通り、積層雷光砲を王都フィレント上空に向けて放ったようだ。王都は今頃大騒ぎになっているだろう。

サーベント王国側はあの魔法の正体を突き止めようと、躍起《やっき》になって動き出す。そこにセリカさんたちが帰還して、その正体とベアトリスさんの状況を告げれば、彼女もその両親もルマッテさんも、任務失敗の責任を取らされることはないだろう。

ただ、セリカさんたちが帰還したら王国側が、ベアトリスさんの居場所を突き止めることになる。彼女の話によると、ルマッテさんは飛行系魔物デスコンドルを従魔にしていたらしく、二人はその従魔に乗って、現在急ぎ王都へと戻っている。

この試合が終わったら、僕たちはサーベント王国の国境検問所へ急行して、正規の入国手続きを済ませないといけない。一度入国してから、ジストニス王国へ密入国し、明日の闇オークションに控えて休養をとる。その件を解決し、少し時間を置いてからサーベント王国へ再び密入国すれば、敵側も惑わされて、すぐに見つかることはないと思う。

ここから忙しくなってくるけど、今は中級の試合に集中しよう。

最前列で少し早い昼食を食べ終え、武舞台の方を見ると、どうやら話し合いが終了し、次の準備を始めているようだ。

「アッシュ、さっきの試合のカムイ、敏捷性がおかしくなかった？　二日前の時点では、あそこまで速くなかったよね？」

リリヤも、僕と同じ疑問を抱いているのか。カムイはダンジョン『奈落』で僕たちとともに魔物と戦ったけど、あそこまでの速度はなかった。

「多分、カオルさんが何かやったんだよ」

「でも、カオルさんは魔法を使っていないよ？」

「きっと、彼女の持つスキルの中で、従魔の敏捷性を向上させるものがあったのさ」

中級戦、これからどうなるんだろう？　選手たちが軒並み棄権した以上、さっきの女性陣とカオルさんたちが決勝という形で戦うのだろうか？

「え〜みなさま、第三試合以降の選手たちは棄権しました。よって協議の結果、ただ今より中級戦決勝を行います。マレイヤ選手と従魔淫魔系クーベリア、カオル選手と従魔ドラゴン系カムイ、武舞台に上がってください」

あの妙に色っぽい女性には、スキル『チャーム』がある。カオルさんはともかく、カムイが危険だ。どう対処するつもりだろう？

「アッシュも、あんな色っぽくて妖艶《ようえん》な女性が好みなの？」

リリヤは突然何を言い出すんだ？　なぜか僕を睨《にら》んでいるし、少し機嫌も悪い。ここは、正直に答えておこう。

「いや、ああいった自分の身体を武器にする女性は、個人的には嫌いな部類に入る。僕的には、自分の身体を大切に護《まも》る清楚《せいそ》な女性が好きだよ」

あんな露出度の高い服を着て、よく街中《まちなか》を歩けるよな。周囲の男性陣は鼻の下を伸ばし、だらしないというか情けない顔をしており、既に彼女たちの虜《とりこ》になっているようだ。僕には、理解できない。

「そ……そうなんだ」

僕的には、断然リリヤの方が……いいのかな？　鳥啄《ついば》み地獄で見たときの表情が、今でも忘れられない。称号の通り、まるで悪の女王のような風格《ふうかく》があった。リリヤにしてもカオルさんにしてもそうだ。どうやら男と同じく、女にも表と裏があるようだ。

「それでは試合開始‼」

あ、試合が始まるのか。カオルさんが、この戦いをどんな流れにしていくのかが見ものだ。僕たちだって、いつかは従魔を持つことになるんだ。今後の参考に、しっかり拝見させてもらおう。今のところ様子見で、互いを観察しているようだ。マレイヤとクーベリアはかなり用心しているみたいだけど、カオルさんとカムイはいつも通り平然としている。

「カオルとカムイと言ったかしら？　私たちには、『チャーム』があるわ。カムイを魅了して、あなたにさっきの舐《な》め回しを実行してあげる」

先に話しはじめたのは、淫魔系、俗《ぞく》に言うところのサキュバスのクーベリア、早速『チャーム』を使うつもりだ。

「構わないわよ？　私の場合、やろうと思えば……ふふふふ」

カオルさん、笑みが怖いよ。僕とリリヤ以外は、カオルさんの強さを知らない。そう、彼女が本気になれば、三人をほぼ同時にモフることだって可能なんだ。おまけに、『チャーム』は絶対に効かない。

「薄気味悪い女ね。望み通り、使ってあげるわ。『チャーム』!!」

カオルさんは……え、何の防御もしないのか？　カムイが魅了されてしまう!?

「僕は……アレをやるんだ……アレをやるんだ」

まずい、瞳がハートマークになった!!　本当に魅了された!?

「そうよカムイ、あなたの主人にアレを……え？　何で、こっちに来るの？　ちょ、マレイヤ、あなたも……」

「きゃあああああ〜〜〜〜」

え？　あ、カオルさんがいつの間にかマレイヤの背後に回っている。マレイヤが叫《さけ》び声をあげたけど、何をされたんだ？

「ふふふ、私にはあなたたちの弱点が丸わかりなのよ〜。それを今から、教えてあ・げ・る」

マレイヤの動きが、明らかに鈍《にぶ》っている。

弱点が丸わかりと言っているけど、カオルさんは『構造解析』を使ったのか？

「リリヤ、マレイヤさんが何をされたかわかる？」

カムイの動きに気を取られて、カオルさんを見ていなかった。

「え、うん。カオルさんが背後に回った後、右手で彼女の背中をつ～っと上から下へなぞっただけ」

「え、それだけで叫《さけ》び声をあげるものなの？」

そんな動作だけで、人の行動を阻害《そがい》できるものなのか？

「僕は、やるんだ～～～～」

「ちょっと、何をする気よ～～～～」

カムイの様子もおかしい。

どっちの行動も、目が離せないぞ!!

まさか……女性相手に『舐《な》め回し』を実行する気なのか？

カオルさんとカムイが、女性二人ににじりよる。

この後の展開が、凄《すご》く気になる。さすがに、まずいんじゃあ……

「あれ、暗い？　ちょ、リリヤ？」

リリヤの手で、視界を塞《ふさ》がれた!?

「いやあああ～～～～」

「やめて～～～～」

え、叫《さけ》び声!?　武舞台上で、何が起きているんだ？

「リリヤ、僕も見……」

「アッシュは見なくていいの～～～～～～!!」

うおおお、耳元で叫《さけ》ばれた～～～～!!

耳が～～～～!!

なんか周囲が騒がしいことだけはわかるけど、耳がキンキンして声が聞き取りにくいし、目も見えない状態だから、状況がまったく掴めない。

「リリヤ、せめて何をしているのか教えてくれ」

あれ？　彼女の両手の力が、どんどん強くなってきている？

「あの……リリヤ……ちょ……イタタタ……アダダダダダダ、目が痛いよ!!　リリヤ、力を入れすぎ!?」

何で僕が、こんな目に遭《あ》うんだ？

「はああ～～～～ん、そこは～～～～～」

「カムイ、やめ……あああああああ」

何だ、この色気ある声は？　明らかに、対戦相手側の声だぞ!?　何が起きているんだ!?

「イタタタタタ、リリヤ、僕も見」

「アッシュは見なくていいの～～～～～～～」

うおおお、また耳元で大声を～～～～～!!

耳がキーーーンとして、目の周辺が凄《すご》く痛くて、集中できない。

武舞台上で、何が起きているんだよ〜〜〜!!

誰か、教えてくれ〜〜〜〜!!

○○○

どのくらいの時間が過ぎたのか不明だけど、リリヤによる耳と目の妨害から解放されたとき、審判がカオルさんとカムイの勝利を告げていた。

「え、終わったの⁉」

ダークエルフのマレイヤと淫魔のクーベリアは、武舞台上に横たわり、どういうわけか全身汗まみれで、恍惚《こうこつ》とした表情を浮かべている。

どういうことだ？　試合展開が、まったく想像できない。リリヤに聞きたいところだけど、彼女は顔を真っ赤にしているし、多分聞いても教えてくれない気がする。周囲の人々も似た感じだけど、教えてくれるだろうか？　ここは、初老の魔鬼族の男性に聞いてみよう。

「すみません。何があったのか教えてくれませんか？　連れに耳と目を塞《ふさ》がれて、試合展開がわからないんです」

「構わんよ。カオルとカムイはね……対戦相手の二人にマッサージを施したんだよ」

「は？　マッサージ……ですか？」

舐《な》め回しじゃなくて、マッサージ？　だったら、どうしてあんな含みのある声をあげたんだ？

「よほど気持ちよかったのだろう。カオルが両手でマレイヤの全身を、カムイが両手でクーベリアの全身を優しく激しく揉《も》みほぐし、あの色気ある二人が戦いを忘れるほど堪能《たんのう》しておったよ」

それじゃあ、時折聞こえたあの喘《あえ》ぎ声は、マッサージの気持ちよさで叫《さけ》んだだけ？

「ただの～カオルとカムイが技巧派《ぎこうは》すぎて、マレイヤとクーベリアの二人がすぐに絶頂《ぜっちょう》に達してしまい、ああいう声をあげたんじゃよ。まあ、恋人さんの気持ちもわかってあげなさい」

こ……恋人⁉　その言葉を聞いた途端、僕の顔は真っ赤になっていたかもしれない。

「お……教えていただき、ありがとうございます」

リリヤが僕の耳と目を塞《ふさ》ぐものだから、てっきり舐《な》め回しを実行したのかと思ったよ。あんな色気ある喘《あえ》ぎ声を聞かされたからこそ、周囲の人たちの様子もどこかおかしいのか。

「アッシュ、ごめんね。その……ああいったのは、まだ早いかなと思って……」

彼女も顔を赤くし、両手をもじもじと動かしながら、僕に謝罪してくれている。

「あはは……ちょっと痛かったけど、君の気持ちもわかるよ」

「う……うん」

周囲から温かみのある視線を感じる。なんか、急に恥《は》ずかしくなってきた。表彰式が終わったら、すぐにでもカオルさんと合流しよう。

NEW　スキル『モフり』Lv7

人・魔物に関係なく、相手をモフり、快感を呼び覚ますことで、相手の戦意を削《そ》ぐことができる。

NEW　称号　モフり魔

人・魔物に関係なく、相手をモフり、快感を呼び覚ますことで、相手の戦意を削《そ》ぐことができる。この際、完全に堕《お》とした場合、相手は尋問《じんもん》で素直に質問内容に答えてくれるようになる。

26話　カオル、テイマーズ中級戦、出場禁止となる

テイマーズ中級戦、私は自分の欲望を全て晒《さら》け出し、フロストウルフをモフり、女たち

のツボを刺激しまくった。

宣言通り、一切攻撃することなく相手を脱力化し優勝したことで、今執《と》り行われている表彰式において、私とカムイは周囲から視線を浴びまくっている。

『モフり』と『マッサージ』。この二つはスキルでも何でもなく、誰にでもできる行為。相手の急所やツボを正確に覚え、これら二つを組み合わせれば、相手の身体や精神を弛緩《しかん》させる。臨戦《りんせん》態勢をとっていた人や魔物であっても、その戦意を大きく削《そ》ぐことができる。

こういった方法で、強者に勝てる場合もあると、周囲の人たちも理解したでしょう。私の場合、敏捷性を大いに活かした結果だから、あまり参考にならないけど。

準優勝者のダークエルフのマレイヤと従魔サキュバスのクーベリアは、まだマッサージの余韻《よいん》に浸《ひた》っているのか、妙に色気のある顔をしている。それに対して第三位の魔鬼族のグエンと従魔ウルフ系ガゾットは……暗いどころか、快活的な表情となっている。

実はあの戦いの後、モフりすぎの余波《よは》で、ちょっと予想外の出来事が起きた。二人は、『舐《な》め回し』と『モフり』のダブルショックで絶望したまま会場を去ろうとしたけど、他の従魔たちが姿を激変させたフロストウルフに興味を持ち、従魔同士の話し合いが行われた。

その際、主人の誰かが興味本位で従魔ガゾットのステータスを魔法『真贋』で確認したらしい。慌《あわ》てて自分のステータスを見るように言われて、ガゾットは驚愕《きょうがく》したのよ。

私も気になって『構造解析』で確認すると、種族名『フロストウルフ』がなんと『フロストモフラレウルフ』へと変化しており、しかもステータスの基本数値がBランクへと上昇していた。

この変化には、私も驚いたわ。種族を進化させるつもりなんてさらさらなかったし、そもそも進化条件なんて知らない。

現在の二人は勝負に負けてしまったけど、新たな強さを得たこともあり、自信に満ち溢《あふ》れているわ。

実況者の女性とテイマーズ主催者側らしき魔鬼族の四十歳くらいの男性が武舞台上へ上がり、この二チームに賞金を授与《じゅよ》していく。三位が金貨十枚、二位が金貨三十枚、一位が金貨五十枚よね。そして、いよいよ優勝者でもある私が表彰される順番となる。優勝者には、謎の副賞もあると聞いているけど何かしら？

「テイマーズ中級戦優勝者は、カオル・モチミズと従魔カムイ!!　受付時の宣言通り、彼女は一切戦うことなく、相手の戦意を喪失《そうしつ》させることに成功し、優勝をもぎ取りました。優勝賞金は、金貨五十枚となります」

実況者の女性の言葉にあわせて、主催者側の男性が私に金貨の入った袋を進呈《しんてい》する。

「今回の優勝者の副賞、それは……『次回以降、カオル選手とカムイ選手の大会中級上級戦への出場を禁止する』というものです。みなさん、おめでとうございま～～す」

おお、それが副賞〜〜〜って、待てや〜〜〜〜!!

「ちょっと実況、どうして私たちが出禁になるのよ!! 宣言通り、攻撃することなく相手に勝ったじゃないの!! というか、何で選手も観客たちも納得して拍手《はくしゅ》してんのよ!!」

全員が、『アレは仕方ない』『わかる』『やりすぎ』『ある意味、もっと見たい』とか呟《つぶや》いている。私にとって一番ショックなのは、アッシュとリリヤも他の観客と交じって頷《うなず》いていること!!

「ねえ〜カオル、僕たちはもう大会に出場できないの? 残念だな〜、もっと『舐《な》め回し』や『マッサージ』をしたかったのにな〜」

あまりに想定外だったせいか、カムイは怒るどころか残念がっている。

「これが、満場一致《まんじょういっち》の答えなんです。今回、グエン選手は全身にカムイの涎《よだれ》を浴びたことで、魔獣と人の尊厳を根底から打ち砕くものです。『モフり』も『舐《な》め回し』も、魔獣としての威厳を完膚《かんぷ》なきまでに破壊されました。ただ、たまたまフロストウルフが新種の魔獣へと進化したことから、冒険者稼業引退という最悪な結果を回避できたにすぎません。準優勝者の女性二人も、『マッサージ』により公衆の面前で喘《あえ》ぎ声を出すという辱《はずかし》めを受けました。総合的に判断した結果、『出禁』となった次第です」

もうこの街に来ないと思うから、私的には構わないけど、その判断が気に入らないわ。

「私は、ヒントを与えていたのよ。それを理解しようとしなかった相手も悪いでしょう?」

「確かに、その通りです……が、あなたとカムイの敏捷性能が異様に高すぎるんです。我々の予想したレベルを完全に超えています。明日の上級戦には参加可能ですが、それ以降の大会は出禁となります」

う、それを言われると、元々反則じみた力を持っているから、主催者側から見れば、大会自体を破壊しかねない『クラッシャー』と思われても仕方ないか。

「ちなみに、明日の上級戦では、『モフり』『舐《な》め回し』は禁止です」

嘘でしょう～～～。何のために、この大会に出場したと思ってんのよ～～～。

ただの戦闘となると、武器は扱えないから、体術専門になってしまうわ。

「私は、不器用で武器を扱えません。徒手《としゅ》格闘でもいいですか？」

実況の女性が一瞬ポカンとしたものの、すぐに表情を戻した。

「構いませんが、かなり危険ですよ？」

「承知の上です。私とカムイの敏捷性を活かした戦闘方法をお見せしましょう」

どうせ徒手格闘で体術メインとなるのなら、『アレ』を試してみよう。アニメやテレビで見ただけで、自分で試したことはないけど。

「わかりました。それでは、本日のテイマーズ中級戦はこれにて終了とします」

私たち出場メンバーは武舞台上で握手を交わし、その場を離れていく。去り際《ぎわ》、グエンとガゾットが……

「屈辱《くつじょく》を受けたが、新たな戦法を知ったぜ。人はともかく、魔物ならば『舐《な》め回し』という行為もありうる。教えてくれてありがとよ」

「カオルのおかげで、私は新たな魔物として生まれ変われた。自分の扱う水属性の制御能力が一段階上がり、攻撃や防御面も進化した。モフり行為はもうごめんだが、感謝する」

私がガゾットを触ろうとしたら、見事に拒否られたわ。その後、マレイヤたちも『マッサージ店でも開こうかしら？』と言って離れていった。う〜ん、私とカムイが、この二組に新たな世界への扉を開放してしまったかな？

「カオル、僕たちもアッシュとリリヤのところへ行こうよ。そろそろ、リズの方も決着がついている頃合いだよ。どうなったのか気になるよ」

おっと、そうだったわ。リズの方は、必殺技となる積層雷光砲や積層雷光剣を一度でも外に解放させてしまうと、早々に右手に蓄積させた全ての魔力を吐《は》き出さないといけない。彼女自身の制御能力がまだ甘いから、力の出し入れに相当な負荷がかかってしまう。

「そうね、行きましょう」

リズの現在位置は、ちょうどサーベント王国方面のバザータウン出入口付近か。

どうやら、勝負には勝ったようね。積層雷光砲による巨大魔力を一切感じなかったから、若干の不安はあったけど、私の貸した『ダーククレイドル』を上手く使いこなしたか。

観客席にいるアッシュとリリヤ、地下にいるクスハとトキワとも合流して、次の段階へ進みましょう。

○○○

私はカオルからシャーロットへ戻り、みんなと合流してから人のいない場所へと移動し、魔法『ウィンドシールド』で急ぎジストニス王国とサーベント王国の国境検問所を目指した。

検問所付近には十分ほどで到着し、私とトキワさんが警備のダークエルフの騎士たちに『鬼綬褒章』を見せると、警戒していた警備の対応が百八十度変わり、難《なん》なく通過することができた。

そこから二キロくらい徒歩《とほ》で移動したところで、私たちは足を止める。周囲は、人っ子ひとりいないだだっ広い草原だ。

「よし、街道から外れたことで、周辺には誰もいないな。この辺りでいいだろう。ベアトリスが積層雷光砲を放った。魔法の移動速度を考慮すれば、今は王都が大騒ぎになっている頃合いだ。セリカとルマッテが王都へ到着するまでは、まだ時間がかかる。それまでに、俺たちはバザータウンでの一件を解決し、またここへ戻ってこよう」

みんながトキワさんの言葉に頷《うなず》き、覚悟を決める。リズさんは、セリカとルマッテを上手く誘導し、納得させた形で王都へ帰還させることに成功した。

でも、ここからが復讐のスタートであって、騒がしい日々が始まる。

リズさんは、『国王はこの騒動を早期に解決するべく、私たちにエリート中のエリート「空戦特殊部隊」を送り込んでくるわ』と言い、この部隊について詳しく話してくれた。

聖峰アクアトリウムには、アクアドラゴンが生物のトップに君臨《くんりん》している。昔、私も精霊様から少しだけ聞いたことがある。当初、このドラゴンはAランクだったけど、多くの人や魔物と接していくことで善の心を持ち、ガーランド様の作った『水属性ドラゴンの最高位はAランク』という規定を自らの力で打ち破り、Sランク以上の存在へと進化した。

ガーランド様自身も、このドラゴンの存在を非常に気に入っており、神の加護《かご》を与えた。その力はドラゴン族の最高位エンシェントドラゴンに匹敵《ひってき》すると言われているせいか、このアクアドラゴンを慕《した》う多くのドラゴンが、聖峰に棲《す》みついている。

サーベント王国建国以降、アクアドラゴンは王族たちに加護を与えており、これまで国を護《まも》ってきた。現在もその関係を維持しており、大きな災厄はドラゴンによって祓《はら》われている。

下位のドラゴンもアクアドラゴンの支配下に置かれているが、時折地上で人に悪さを働く若輩者《じゃくはいもの》がいる。そういった者たちを退治する役割がエリート騎士団『空戦特殊部隊』だ。隊員個人の能力も非常に高く、全員がドラゴン族の従魔を持っている。移動手段、戦闘手段、全てがエリートなのだ。

その中で最も尊敬されているのが、騎士団隊長の『イオル・グランデ』。トキワさんによると、その強さは『鬼神変化』する前のコウヤ先生と同等らしい。従魔は水属性のAランク、ラグラスドラゴン。この二人がタッグを組んでコウヤさんに挑んだ場合、コウヤさんは『鬼神変化』しないと勝てないらしい。

その話を聞いた瞬間、私はそのドラゴンと話したいと思ってしまった。ユアラの従魔フロストドラゴンのドレイクは、Aランクの力を有している。ラグラスドラゴンやアクアドラゴンに事情を話せば、彼について有力な情報を教えてくれるかもしれない。もしかしたら、ユアラに関わる情報だって入手できるかもしれない。

「さてと、これからジストニス王国へ密入国するわけだが、シャーロットには今のうちに言っておく重要事項がある」

トキワさんが、いつになく真剣だ。

ベアトリスさんではなく、私に言っておく重要事項ってなんだろう？

「私にですか？」

「そうだ。明日か明後日《あさって》には、俺たちは空高くからサーベント王国へ密入国する。それ以降、シャーロットはカオルに変身するな。たとえ、緊急事態であってもだ!!」

え、なんで!?

「緊急事態でもダメなんですか？」

「ああ、ダメだ。これは、ここにいる全員の総意と思ってくれていい」

そこまで!!

『モフり』行為って、それだけいけないことなの？

「あのね、シャーロット、私の中にいる白狐童子も同じ意見だって言ってるわ。あのまま変身を続けて、今世のシャーロット・エルバランの人格が前世の性格に取り込まれてしまうのを危惧《きぐ》しているの」

あ、そういうこと!! 元々、シャーロットの性格自体がカオルのまんまなんだけど、きちんと前世の件を話していないから、みんなが心配してくれているんだ。中級戦で、羽目を外したせいだね。明日の上級戦では、気をつけよう。

「わかりました。元々、バザータウンで私という存在を目立たないよう覆い隠すために変身したわけですから、役目は既に果たしています。再入国以降、変身しないことを誓いましょう」

シャーロット・エルバランのままあのモフり行動を実行していたら、かなり目立ってしまい、仲間のベアトリスさんの存在だって露見した可能性がある。今回、まったく関係のないカオル・モチミズが目立ったことで、彼女は上手くあの中に溶け込めたのだ。

「明日の上級戦も気をつけてね」

「リリヤさん、明日以降『モフり』やカムイの『舐《な》め回し』もしないので安心してください。魔法禁止のため、体術だけで戦います」

ふふふ、手はある。この姿では手足の長さの関係上絶対にできないけど、カオルの姿ならできる。

上級戦での目的は、『地下で実行される騎士団と主催者側の争いから、観客の目を遠ざけること』。

それには、目立つ必要がある。今後、カオルの姿で遊べない以上、明日の戦いで精一杯遊ばせてもらおう。

27話　騎士団とトキワの失態　前編

あ〜不安だな〜。私――リリヤはアッシュと一緒に、昨日と同じ武舞台の見える観客席に座っている。

昨日の『モフり』に関しては魔獣限定だからいいけど、『マッサージ』はダメだよ。対戦相手の女性陣も……は……恥ずかしい声を発するし、見ているこっちが酷く赤面《せきめん》したもん。あんなの、アッシュには絶対見せられない。だから、必死に目隠しして大声で怒鳴《どな》って耳の機能を麻痺《まひ》させたのに、アッシュが自分も見たいとか言い出すものだから、つい力が入っちゃった。

でも、試合が終わってから、観客の男性が私たちのことを恋人と言ってくれたよね。えへへ、いつかそんな関係になりたいな。

『今のままでは、無理だな。せいぜい、友達以上恋人未満が妥当《だとう》なところだろう』

う、白狐童子も私なのに、どうしてそんな辛辣《しんらつ》な言い方をするの？

『もっと強くなる‼ そうしたら、アッシュは私を一人の女として見てくれるもん‼』

『ここからは、二人の心の問題だな（鳥啄《ついば》み地獄を開発したのは、失敗だったか。アッシュの心が、リリヤから少し離れた気がする）』

心の問題？ どうやって、解決できるの？

「リリヤ、どうかしたのか？」

「あ、カオルさんが何を見せてくれるのかなと思って……」

今は上級戦の試合に集中しよう。出場者は八名。こちらもトーナメント方式で、試合が実施される。第一試合の開始時刻は朝十時、カオルさんがいきなり出場するんだよね。

「対戦相手は、二十歳くらいの人間族の男性だったよね。さっき僕も少しだけ相手を見たけど、同じ年頃の女性に囲まれていて、正直面白くなかった」

ああ、金髪のイケメンさんだったものね。

あんな軽薄《けいはく》そうに見える男は、私のタイプじゃないけど。

「僕の周囲にいる女性たちも、団扇《うちわ》とか持っていて、全員が男性のファンという感じなんだ。カオルさんとカムイが、そんな男を相手に何を見せてくれるのか……不安だよ」

あ、それわかる。二人とも、何を披露《ひろう》するのか、私たちに教えてくれなかったもの。

「相手の従魔は、身の丈二メートル五十センチくらいの青白い皮膚《ひふ》をしたマージオーガだよね。戦闘も魔法も使いこなすし、普通のオーガと違って、妙にスタイルもいいから、従魔としての人気《にんき》も高いって、周囲の人が言ってたよ」

あ、実況の女性が武舞台に上がった。上級戦の勝利と敗北条件を話してくれたけど、中級戦と同じなんだ。『気絶』か『降参』か『場外負け』のどれかなんだね。

ルール説明が終わり、カオルさんとカムイ、対戦相手のカシムさんとマージオーガが出てきた。巨大な従魔だから、武舞台自体が少し狭く感じるわ。

カオルさんの服装は昨日と同じで、白衣と女性用の比較的地味なブラウスとズボンを着ている。カシムさんはかなり上質なフォーマルスーツを着ているけど、あんな格好《かっこう》で戦って大丈夫なのかな？　武器は、一目見て氷の魔剣とわかるけど、どんな効果があるのかな？　マージオーガの方も特注のフォーマルスーツを着ているせいか、どこか不気味さを感じるし、氷の魔斧を装備している。あれで乱暴に動かれたら、こっちにまで被害が来るかもしれないよね？

「上級戦第一試合、はじめ!!」

いよいよ、試合開始だ。

「まずはレディーファースト、カオルさんからどうぞ」

う、気持ち悪い。カシムさんの言葉に、観客の女性陣が色めき立っている。あんな男のどこがいいのだろうか？　みんな、外見だけで男を選ぶの？

「いいの？　それじゃあ、遠慮なくいかせてもらうわよ？　カムイ、あの攻撃でみんなを驚かせてあげましょう」

「は〜〜い」

カオルさん、できれば遠慮して攻撃してほしいな。

見ているこっちが、ハラハラするもの。

「よ!!」

え、速い!!　かなり手加減して速度を抑えているけど、私やアッシュの目で見ても、一瞬で相手の懐《ふところ》に潜りこんだわ!!

「い!!」

カシムさんも反応できず、軽く足払いをされて床に倒れてしまったけど、そこからどうするの？

「君、何をするつもりなんだ？」

私も気になる。

「あ〜ら、力の弱い女性が、力の強い男性に勝てる体術をかけるだけですわ」

あなたは、誰ですか？　カオルさんは彼の左腕をまっすぐ持ち、軽く捻転《ねんてん》させ、肩肘《かたひじ》を動けないよう足でロックした!!

「あだ!!　アダダダダダッダダダッダ、なんでイダダダダダダ」

「おほほほほ、これは『アームロック』というプロレ……関節技なの。さあ、地獄の苦しみを味わわせてあげる。カムイ!!　あなたも魔力具現化でマージオーガに同じ技をかけてあげな〜〜〜」

魔力具現化!?　カムイに、そんなスキルあったっけ？

あ、カオルさんが貸したんだ!!

「は〜〜〜い」

マージオーガと同じ身長の、首のない身体が形成されていく!!

「がったーーーーーい」

カ……カムイが真上からその身体にぶつかって、人（？）らしきものができ上がったわ。でも、カムイのイメージ不足のせいか、身体自体が凄《すご》く歪《いびつ》だし、顔がカムイそのものなんだけど？

小さな子供のようにフラフラしながら歩いていき、驚くマージオーガを軽く足払いで転倒させ、カオルさんと同じくアームロックとかいう関節技をかける。

武舞台上では、カシムさんとマージオーガが同じ態勢で痛がり、同じように右腕でバンバンと床を叩《たた》いている。

「おほほほほ」

「あははは、楽っしい～～～～～」

「「あああ～～～～～～～!!」」

なんなの、この光景は？

「アッシュ……」

『無理だ、話せないだろうよ。今のやつの顔を見てみろ』

白狐童子の言葉通り、アッシュはカオルさんとカムイの想定外の行動に頭がパンクしたのか、固まっているわ。他の人たちも実況の女性も、同じだわ。

これから、この戦いはどうなるのだろう？

○○

地下で実施されている朝のオークションは、平常通りか。競売が始まり、みんなが興奮《こうふん》しているときに、目立つ容姿をした人物たちのステータスを魔法『真贋』で調べたが、格式の高い貴族ばかりで、俺――トキワの情報網《もう》と照らし合わせても、闇に深く関わる人物はいない。

また、騎士団の調査結果通り、今日の昼以降に実施される闇オークションの主催者たちは、今開かれているオークションとはまったく無関係の人物たちのようだ。目星こそついているが、物的証拠が上手く隠されているせいもあって、逮捕《たいほ》にまで踏み込めない。やはり予定通り、現場に踏み込むしかないな。

バザータウンにいる騎士団は二十名程度。この人数ではどう考えても全員確保するのは難しい。ただ、事前に周辺の街々から応援要請をしていたようで、合計二百三十六名の騎士が昨日集まった。おかげで、一斉摘発を実行できそうだ。

『闇オークション突入』『奴隷救出』『地下出入口の封鎖《ふうさ》』『二ヶ所あるバザータウン出入口の見張り』。

騎士たちにはそれぞれ担当する任務に就《つ》いてもらい、俺は『闇オークション突入』、リズとクスハは『奴隷救出』を担当する。

俺は上質なスーツに着替え、地下オークションの警備をしながら、怪しい参加者を探しているが、今のところそういった輩《やから》はいないか。

「トキワさん、今カオルさんの試合で大変なことが起きています」

簡易型通信機から通信？　これは、リリヤだな。極力、小声で話すか。

「どうした、何があった？」

今頃、カオルの第一試合が行われているはずだが、彼女とカムイがまた何かしたのか？

「あの……カオルさんが流派不明の体術で、相手を攻撃しています」

カオルの攻撃力はゼロだが、体術なら攻撃方法によっては間接的な攻撃となり、相手へダメージを通すことも可能だろう。

「どういった体術だ？」

「それが関節技というものらしく、技名が『アームロック』『ロメロスペシャル』『四の字固め』の三つなんです。全て地べたに寝転がったまま、腕や足の関節の動きを封じています。カムイもカオルさんの真似《まね》をして、マージオーガに同じ技をかけており、現在相手選手たちが痛みで叫《さけ》び声をあげながら、必死に技を振りほどこうともがいているところです。でも、カオルさんもカムイもまったくビクともしないので、大変おかしな状況に陥《おちい》っています」

なんなんだ、その技名は？　まったくイメージつかないんだが？

「今回のカオルの任務は、目立つことだ。目的通り、目立っているのなら問題ない。主催者側も、その試合で中止にはしないだろう。引き続き、周囲の様子を見ていてくれ」

この件が終わったら、シャーロットに聞いてみるか。それにしても関節技か、考えたな。おそらく、身体全身を使って、相手の関節可動部を封じると同時に激痛《げきつう》をもたらす技だろう。身長の低い子供のシャーロットでは、絶対にできない。

「まさか、俺やアトカさんが人体の急所を教えたことで、前世の記憶を蘇《よみがえ》らせたのか？　この世界に、そんな技名は存在しない。おそらく、前世の地球に存在する技だな」

やはり、今後シャーロットをカオルへ変身させるべきではない。俺たちですら大人の姿に驚き、またその姿にすぐ適応していることに違和感を覚えた。

シャーロットの両親がこの事実を知ったら、最悪気味悪がって捨てられる危険性もある。ハーモニック大陸内でも、前世持ちは珍しい存在で国に利用される場合もある。アストレカ大陸で知られた場合、どこかの国がシャーロットを利用しようと企んだところで、逆に見抜かれ崩壊する危険性もある。今後、仲間の俺たちが、彼女をしっかりと教育していこう。


……三時間後。

俺は気配を隠蔽《いんぺい》して、地上の建物内で周囲の人員の動きを観察している。これまでのオークションに関わった人員が後片づけを行い、全員が建物の外へ出ていくのを見届ける。それに呼応してか、新たな人員がこの建物内へと入ってくる。その中には、変装した騎士も紛《まぎ》れ込んでいる。

捕縛《ほばく》する人物は、全員リストアップしている。小物は無視して、大物だけを確実に仕留める。

やつらはこれまで使用されていたオークション会場ではなく、そこからさらに深い場所にある秘密裏に製作した会場で、誘拐してきた人々を違法販売する。

そういった抜け目のない悪党どもは、必ず緊急脱出用の通路を用意しているものだ。事前の調査で、三ヶ所発見しているとはいえ気を抜けない。

「トキワ、私たちの周辺にも、闇オークション関係者が入ってきて騒がしくなってきたわ。奴隷たちには事前に通達しているから、これから騒ぎになっても慌《あわ》てることなく脱出可能よ」

リズからの通信か。誘拐の被害者にはダークエルフも多数いるが、誰もリズの正体に気づいていない。これなら、上手く事を運べそうだな。

「リズ、それでいい。闇オークションが開始されたら、騒ぎが落ち着くまでその部屋で待機していてくれ。もし、関係者が入ってくるようなら、根こそぎ臭気魔法で気絶させ、その場で拘束するんだ。部屋の出入口は一ヶ所のみ。俺たちの突入で被害者たちをかまっている余裕はないはずだ。侵入してくるやつらもそう多くないだろうが、気をつけろよ」

アッシュの開発した臭気魔法、これは使える。ただし、この建物内で現状人を気絶させるほどの使い手は、俺たち三人しかいない。俺たちの目的は、『奴隷救出』と『関係者の捕縛《ほばく》』。騒いでいるドサクサに紛《まぎ》れて、被害者全員を連れていかれたら救出任務は失敗だ。

当然、リズとクスハにも危険は付き纏《まと》うが、臭気魔法があれば一撃で強者を昏倒《こんとう》できる。

「了解」

さて、俺も気配を遮断しつつ、秘密裏のオークション会場へ移動するか。この闇オークションで絶対に捕縛《ほばく》しないといけない人物が一人いる。それは、『ルネオサ・トクラコス』というダークエルフだ。やつはハーモニック大陸の闇世界の重鎮《じゅうちん》で、あらゆる犯罪に手を染めている。大陸の全国家から指名手配されているが、まさかジストニス王国内にずっと潜伏していたとはな。

ネーベリック事件の影響で、エルギス様もクロイス様も大犯罪者を捜索する暇などなかったから、やつとしても楽に潜伏できただろう。これまで国内に閉じ込められていたわけだが、この闇オークションを機に、サーベント王国へ逃げる気なのは明白だ。

バザータウンの騎士団は事前にスパイとしてやつらの中枢《ちゅうすう》に潜り込み、参加者リストの中に俺を含めた十名の騎士の偽名を追加しておいた。その際、無記名の参加証も一枚抜いている。これを基に偽造《ぎぞう》することで、俺たちは地下施設の入口となる階段付近に駐在《ちゅうざい》する警備に、堂々と偽造参加証を見せて難なく侵入した。ただ、厄介《やっかい》なのは、入場する際の条件だ。

俺が地下のオークション会場へ侵入すると、既に参加者たちも何人かは乗り込んでいた。全員が同じ柄《がら》のマスクと黒白のフォーマルスーツを着用し、顔を完全に隠している。さすがに体型だけは誤魔化《ごまか》せないが、この方法なら他の参加者たちにも顔バレしないだろう。

かくいう俺や騎士たちも、参加者と同じマスクと服装を着用しているせいで、どこに誰がいるのかはわからない。

全員を真贋で調査すると、俺のMPが尽きてしまう。当初の予定通り、あの方法で黒幕どもを追い詰めるか。

28話　騎士団とトキワの失態　後編

闇オークションが開催され、現時点で三人目が競売にかけられている。

全員が同じマスクとスーツのせいで、薄気味悪いな。

「そろそろ頃合いか……『威圧』!!」

俺は、オークション会場にいる参加者たちと司会者を威圧する。このスキルは、俺の魔力で相手の心に恐怖を与え、一種の恐慌状態にする。騎士団には威圧するタイミングを事前に通達しているから、この場にいない。

本来、俺は師匠と同じく、単独で任務を遂行するタイプなんだが、今回バザータウンの騎士たちが数年かけて巨悪の情報を収集している。俺一人だけでやったほうが、任務達成率も高くなると思っているものの、彼らにもプライドがあるからな。

　今回の俺の表立った役割はここまで、あとは裏方に徹しよう。俺の『威圧』に呼応して、どこからか轟音《ごうおん》が鳴り響く。騎士団が地下施設内に雪崩《なだ》れ込んだか。その数は、三十名ほどのはずだ。この会場内に関しては、俺が張りついているから、恐怖で誰も逃げられん。一番の大物は、彼らに任せよう。

「リズ、一斉捜査が開始された。黒幕たちと同じマスクとスーツを着用しているが、当初の調査通り、装備している長剣と鞘《さや》が同じだ。判別しやすいだろうが、一応気をつけておけ」

　俺は、簡易型通信機でリズに通達する。

「了解。被害者たちも少し動揺しているけど、今のところ問題ないわ。おっと、早速お客様のお出ましね……ホント、アッシュに感謝ね。あれから訓練して、人を気絶させる臭気を開発できたから、昏倒《こんとう》させるのが楽よ。そういえば、あの子たちから連絡は？」

「いや、まだないな。そろそろ、決勝戦が行われている頃合いか。俺から通信を入れてみる」

「わかったわ」

　カオルとカムイが、何を仕出かしているのか、知りたいような知りたくないような……

「アッシュ、リリヤ、そっちはどうなっている？」

妙だな、応答がない。何かあったのか？

「あ……すみません。ちょっと、おかしな体術に気を取られ、応答に遅れました」

「アッシュ、カオルがまた何かやったのか？」

さっきは関節技で相手を圧倒したようだが、決勝ともなると相手もかなり強い。何をやったんだ？

「それが……『魔力具現化』で武舞台の四方を数本の紐《ひも》で囲み、その後カオルさんは相手の足を掴み、『ジャイアントスイーーング』と叫《さけ》びました。そして、その紐目がけてぶん投げたのですが、その紐自体がグイーーーンと伸びて、対戦相手が反動でカオルさんのところへ戻ってきたんです。そうしたら、カオルさんが……『ラリアーーーット』と叫《さけ》んで、彼女の右腕が対戦相手の首にぶつかって……。カムイは従魔の体型に合わせて『魔力具現化』で巨大化して、魔物だろうと魔獣だろうとカオルさんと同じ技をかけています。その後、河津落《かわづ》とし、コブラツイスト、タワーブリッジなどなど、聞いたことのない体術で相手を圧倒して、最後にドロップキックという技で、相手を紐の間から場外に落としました」

聞けば聞くほど、対戦相手とその従魔が気の毒に思えてくる。普通、場外を狙えるのに、魔力具現化で武舞台を紐で囲むか？　相手に降参宣言を言わさぬよう、関節攻めの連続攻撃を仕掛け、相手に何もさせぬうちに勝利を収めるか？

「優勝なんだよな？」

「はい、同時に国中に存在する全ての従魔大会への参加が禁止となりました。たとえ、カムイ単体であってもです」

そりゃあ、カムイもカオルと同じ行動を取ったのだから、出場禁止になるわな。あいつら、目立ちすぎだ。完全に、大会のブラックリストに載ったな。シャーロットのまま出場させなくてよかったと、心底思う。俺が二人の関節技の威力に戦慄《せんりつ》を覚えたとき、マスクを被った一人の男が近づいてきた。

「トキワ、バザータウン騎士団の隊長オルクトアだ。まずいことになったぞ、黒幕の最重要人物、『ルネオサ・トクラコス』が行方《ゆくえ》不明だ。真っ先にやつの部屋を目指したんだが、どこにもいない。すまんが、一緒に捜索してくれ」

思った以上に、やつらの行動が素早い。俺自身、やつと出会ったことがないから魔力の質を知らん。地下施設内には、ルネオサ以外の主要メンバーもいる。騎士団が撹乱《かくらん》されたら、全員の逃走を許す危険性もある。

「わかった。地下施設にある隠し通路の出口付近を押さえている以上、逃げられないはずだ。俺の渡した簡易型通信機で、外にいる連中に連絡して、連携を図《はか》るんだ。念のため、俺は見落とした隠し通路がないかを調査する。ここにいる連中の捕縛《ほばく》を任せたぞ‼」

「了解した」

やつめ、どこに隠れている？　必ず見つけ出して、捕縛《ほばく》する!!

◯◯◯

あちゃあ、ちょ〜っとやりすぎたかな〜。

決勝戦ということもあって、私とカムイがプロレス技を、対戦相手――三十歳くらいの男性とその従魔オーグガーゴイルにかけるため、接近しようとした。すると、相手もそれを察知したらしく、所持している槍で私とカムイに連続攻撃を仕掛けてきた。

接近戦に持ち込まれたら不利と思うのはわかるけど、動きが単調なのよね。カムイは私の力をレンタルしているから難なく回避しているし、当初私自身も回避行動をとっていたけど、攻撃に転じることにした。

男の槍を潜《くぐ》り抜け、すかさず足払いで転倒させてから、ジャイアントスイングをしつつ、スキル『魔力具現化』とスキル『マジックハンド』で武舞台の四点に棒を差し込み、ゴム用ロープを結んでいく。

大会ルールに何一つ違反していないから、実況も何も言わなかったわ。というか、ポカーーンとしたまま自分の役割を忘れているような気もするけど。

その後、ラリアットや河津《かわづ》落とし、コブラツイスト、締《し》めのドロップキックを実行して勝利を収めたら……見事国中の従魔大会に出禁になった。

この世界には、プロレス技が存在していないようだから、かなり楽しませてもらったのだけど、さすがにやりすぎた。中級では『モフり』、上級では『関節技（プロレス技）』。本来の戦い方と比較すると、凄《すご》い地味だもんね。これが浸透《しんとう》したら、大会自体が潰《つぶ》れるかもしれない。

でも表彰式終了後、回復魔法で完治させた対戦相手たちにはお礼を言われたのよ。『二度と味わいたくないけど、この新型体術は対人戦用に使える』と。みんながプロレス技に興味を持ってくれたから、私は技名と方法をどんどん教えていったのだけど、途中でトキワさんから緊急通信が入ったため、そこでお開きとなった。そして、私は急ぎアッシュやリリヤと合流する。

「トキワさん、何があったんです？」

「主催者側の多くを捕縛《ほばく》できたんだが、肝心のルネオサ・トクラコスと幹部《かんぶ》三名がどこにも見当たらない。カオルも捜索に加わってくれ」

その名前、絶対に捕縛《ほばく》すべき人物じゃないの!!

「隠し通路は？」

「あの三ヶ所以外、まったく見つからん」

おかしいわ。それで行方《ゆくえ》不明なのだから、必ず何かを見落としているはずよ。隠し通路……そういえば、上空からバザータウンを眺めたとき、本来何もあるはずのない場所から、突然人が現れたわよね。あれって、サーベント王国側の方向だけど、通常の出入口からは死角になっていたような？　その件をトキワさんに話してみると……

「それだ‼　やつらはここからトンネルを掘り、バザータウンに新たな出入口を作っていたんだ。俺も『魔力感知』を最大限に広げ、急いで隠し通路を探し、そこへ向かう。カオルは先に上空から行って、出入口付近にいるやつらを捕縛《ほばく》しておいてくれ‼」

最低でも五年間潜伏しているのだから、そういった緊急避難用の脱出経路を作る時間は、いくらでもある。

「わかりました」

「カオルさん、僕たちがカムイに事情を説明しておくから、現場へ急行してください‼」

アッシュ、助かるわ。カムイは簡易型通信機を装着できないから、事情を把握《はあく》できないもの。

「ごめん、あとはお願い」

私は、アッシュとリリヤにカムイの子守を任せ、スキル『光学迷彩』で姿を隠し、風魔法『フライ』で目的の場所へと急行する。

近いこともあって、五分ほどで到着したけど、予想通り柄《がら》の悪い連中が七人ほど屯《たむろ》している。岩山の方を魔力波で調査すると、横幅三メートル、高さ三メートルくらいの隠し通路があり、その中からさらに八人の人物がこちらへ向かっている。このままサーベント王国へ逃亡するつもりね。

まずは、臭気魔法『スティンク』で、こいつらを気絶させよう。ただ、私はあのときの自分の臭いを知らないから再現できない。トキワさんたちは、これまでに経験したものを再現して、臭気を開発したようだけど、私の場合は臭豆腐《しゅうどうふ》ゴーレムの臭気を再現すればいいかな。

姿を消した私が、柄《がら》の悪い連中に一人また一人と鼻を塞《ふさ》ぎ、超至近距離で『臭豆腐《しゅうどうふ》』や『くさや』といった臭気を圧縮させて嗅《か》がせていくと、みんなが瞬時に昏倒《こんとう》していく。一人一人実行しているため、さすがにおかしいと踏んだ人が剣を抜き警戒しているようだけど、そばにいる私を感知できない以上、私は楽々と作業をこなしていく。

あとは、魔力具現化で作った紐で両手足を縛《しば》って終了っと!!

「あとは、隠し通路の連中ね。トキワさんやリズさん、騎士団も気づいたようだけど、このままでは間に合わないわ。仕方ない、力を貸しますか」

アッシュ、あなたの開発した臭気魔法、凄《すご》く役立っているわよ。

さあ、最後の仕上げといきましょう!!　騎士団の人たちは、トキワさんから私の名前を聞いているから、状況をすぐ把握《はあく》してくれるでしょう。

「トキワさん、騎士団のみなさん、出入口付近にいる連中は、私――カオル・モチミズが捕縛《ほばく》しておきました。今から臭気魔法を風魔法と連動させて、隠し通路の出入口付近から放ちます。トキワさんとリズさんは、風魔法でその臭気を押し返してください」

「なるほど、俺たちとカオルの間にいるやつらにだけ、臭気を浴びさせる魂胆《こんたん》か」

「面白いわね。トキワ、やりましょう‼」

「それじゃあ、いきますよ。『スティンク』‼」

私の開発した臭気が風に乗って、急速に奥へと流れ込んでいく。

そして……数多くの叫《さけ》び声が通路内に木霊《こだま》した。


黒幕となるルネオサと幹部たちは、やはりあの隠し通路の中にいた。全員が臭気塗《まみ》れとなっていたため、トキワさんが『魔力具現化』で作った紐で捕縛《ほばく》した後、一人一人をウィンドシールドで囲い、元いた会場へと連行していく。

捕まった人たちは無事に解放され、地上へ脱出することに成功する。

今回、騎士団とトキワさんの方で若干の失態はあったものの、私がカバーしたことで、闇オークション事件は、無事に解決を迎えた。

しかし、私たちにとって、ここからが本当の始まりなのよ。全ての後処理を騎士団に任せ、私たちは今日中にサーベント王国へ密入国しないといけないのだから。

エピローグ　シャーロット一行、バザータウンを去る

事件を解決した日、私は一日中カオルの姿のまま、アッシュ、リリヤ、カムイとともに、騎士団やトキワさん、リズさん、クスハさんと事後調査する羽目になった。

調査といっても、お手伝いするのは、幹部たちを自白させること。私とカムイは『プロレス技』、リリヤは『鳥啄《ついば》み地獄』を執行し、アッシュさんはそんな気の毒な連中に優しげな言葉をかける。

さすがの幹部たちも、私たちの連携に心が折れてしまい、自分の持つ全ての情報をどんどん暴露していく。それをメモする書記係がかなり大変だった。

ジストニス王国内に蔓延《はびこ》る犯罪組織を一網打尽にできる情報をわんさか入手したことで、クロイス女王は大喜びしたけど、仕事量が増えたと嘆《なげ》きもしていた。

そうして翌朝、私はカオルのまま、騎士団に別れを告げ、みんなとともにバザータウンを去った。多くの人からお礼を言われたので、私としてもこそばゆかったわ。サーベント王国方面へと街道を歩いていき、周囲に誰もいなくなったところで、私はシャーロットへと戻った。

「ふう〜、やっと元の姿に戻れました。あのままあそこに居続けていたら、ずっとカオルのままなんじゃないかと思い、ヒヤヒヤしましたよ」

「シャーロット、前から言っているが、もうカオルの姿に変身するなよ。特に、アストレカ大陸に帰還してからは、絶対変身するな。両親に知られでもしたら、最悪貴族位を剥奪《はくだつ》される」

う、トキワさんからの厳しい警告が、私の心に突き刺さる。彼の言いたいこともわかる。前世の記憶を話し、その姿を見せてしまったら、絶対敬遠《けいえん》されると思う。

「はい、それについては重々承知しています。もう二度と、カオルには変身しません」

最初は問題ないと思っていたものの、あの姿になると、昔を思い出し、自分の考え方がどんどん地球にいた頃に戻っていくような感覚があった。持水薫は死亡しているのだから、今はシャーロット・エルバランとして生きていかないとね。

「僕は、犯罪者たちに仕掛けたカオルの『プロレス技』やリリヤの『鳥啄《ついば》み地獄』とか、新鮮《しんせん》で凄《すご》く面白かったよ。なぜか周囲が、ドン引きしていたけど」

カムイの言葉で傷ついている人物が、一人いる。

「ねえカムイ、あなたの視点からは、私がどう見えた？　何を言ってもいいよ」

リリヤさん、カムイに聞かない方がいいと思う。

「え？　う〜ん、犯罪者の親玉が部下を叱《しか》りつけるような感じだった。リリヤは女の子だ

から、『女王様』という言葉が相応《ふさわ》しいかな？」

「こ、子供のカムイでも、そう見えたんだ」

あ〜あ、はっきり言われたものだから、かなり傷ついているよ。

「ま……まあ、リリヤはもう少し鳥に手加減を教えておくべきだろう」

トキワさん、鳥に手加減ってできるものなの？

私がカオルの件で反省し、リリヤさんが鳥の件で反省していると、リズ（ベアトリス）さんとクスハ（ルクス）さんが優しげな顔で、私たちを見つめてくる。

「あなたたちと旅していると、本当に退屈しないわね。これからはサーベント王国での冒険になるけど、よろしく頼むわね」

おっと、旅の目的を忘れてはいけない。ベアトリスさんを無事王都へ送り、彼女の身に何が起きたのかを調査しないといけない。

そして、私は『ユアラ』と『クックイス遺跡』についての情報を収集しないとね。

ユアラとその背後にいる何者かを突き止め、問題を解決すれば、ガーランド様もご褒美《ほうび》として、転移魔法をくれるかもしれないし、場合によってはアストレカ大陸へ帰還させてくれるかもしれない。

ユアラ自身も、そろそろ何か仕掛けてくると思う。

サーベント王国内で、全ての決着をつけてやる!!

あとがき

この度は文庫版『元構造解析研究者の異世界冒険譚7』を手にとっていただき、誠にありがとうございます。作者の犬社護です。

この七巻にて、シャーロットはトキワと再会し、新たな仲間ベアトリスと従魔カムイとも出会い、次なる冒険が始まりました。冒険の序盤《じょばん》で目覚ましい活躍をしたのが、アッシュとリリヤです。二人は、シャーロットとの差を少しでも埋めるため、普通の人々とはかけ離れた方法で、新スキルと魔法を開発しました。アッシュに関しては、六巻での冒険を、リリヤの《鳥啄み地獄》に関しては、某アニメ・バラエティー番組・映画をヒントにして書きました。

特に、以前観て衝撃を受けた、子供が自分の家や親戚《しんせき》の家に罠を仕掛け、泥棒《どろぼう》二人組を追い詰める映画を参考にしました。もう少し詳しく言いますと、最も印象深かった映画終盤、女性が主人公を助ける時に使用した或《あ》るモノから着想を得て、鳥啄み地獄のシーンを書いています。この一件でアッシュとリリヤも強くなりましたが、盗賊たちへの仕打ちが過激《かげき》だったこともあり、作中で特殊な称号を与えました。

冒険中盤《ちゅうばん》以降、シャーロットの前世・持水薫が再登場し、従魔カムイと大会に出場しましたが、普通に戦ったら確実に優勝しますので、どうやって盛り上げるか悩みましたね。

そこでキーポイントにしたのが、《攻撃制限》《モフモフ》《プロレス》です。動物を登場人物にモフモフさせることは私にとって癒しなので、中級戦ではこれを攻撃の代わりに導入しました。薫による高速モフモフは、現実世界で実際にやったら動物にうざがられ嫌われるかもしれません。上級戦ではプロレスを基に構築させ、展開を工夫しました。

命を懸けた戦闘で、プロレス技などの体術は、人型でない限り使用できませんし、中々書く機会もないので、今回挑戦してみたのですが、読者の方々はご満足いただけたでしょうか？　途中の幕間では、ユアラの状況に少しだけ触れ、新たに彼女の上司となる存在を名前だけ登場させました。こちらは今後、いよいよ動き出します。

次巻では舞台をサーベント王国に移し、ベアトリスの復讐が始まります。彼女が王族たちにどんな復讐を企《たくら》むのか。そして、それは成し遂げられるのか。ユアラがどんな形で彼女に介入したのか。様々な思惑が絡み合う中、シャーロット一行にはさらなる苦難《くなん》の道が待ち受けています。

果たしてシャーロットは、ユアラと決着をつけることができるのか？

それでは、次の八巻でお会いしましょう。

二〇二三年一月　犬社護

「銀座編」大好評発売中！
累計660万部（電子含む）突破！
ゲートSEASON1〜2
大好評発売中！
コミックス
最新22巻
大好評発売中！
SEASON1　陸自編
単行本
●本編1〜5／外伝1〜4／外伝+
●各定価：本体1,870円（10%税込）
文庫
●本編1〜5〈各上・下〉／
外伝1〜4〈各上・下〉／外伝+〈上・下〉
●各定価：本体660円（10%税込）
漫画
漫画：竿尾悟
●1〜22（以下、続刊）
●各定価：本体770円（10%税込）
SEASON2　海自編
単行本
●本編1〜5
●各定価：本体1,870円（10%税込）
文庫
最新5巻
〈上・下〉
大好評発売中！
●本編1〜5〈各上・下〉
●各定価：本体660円（10%税込）

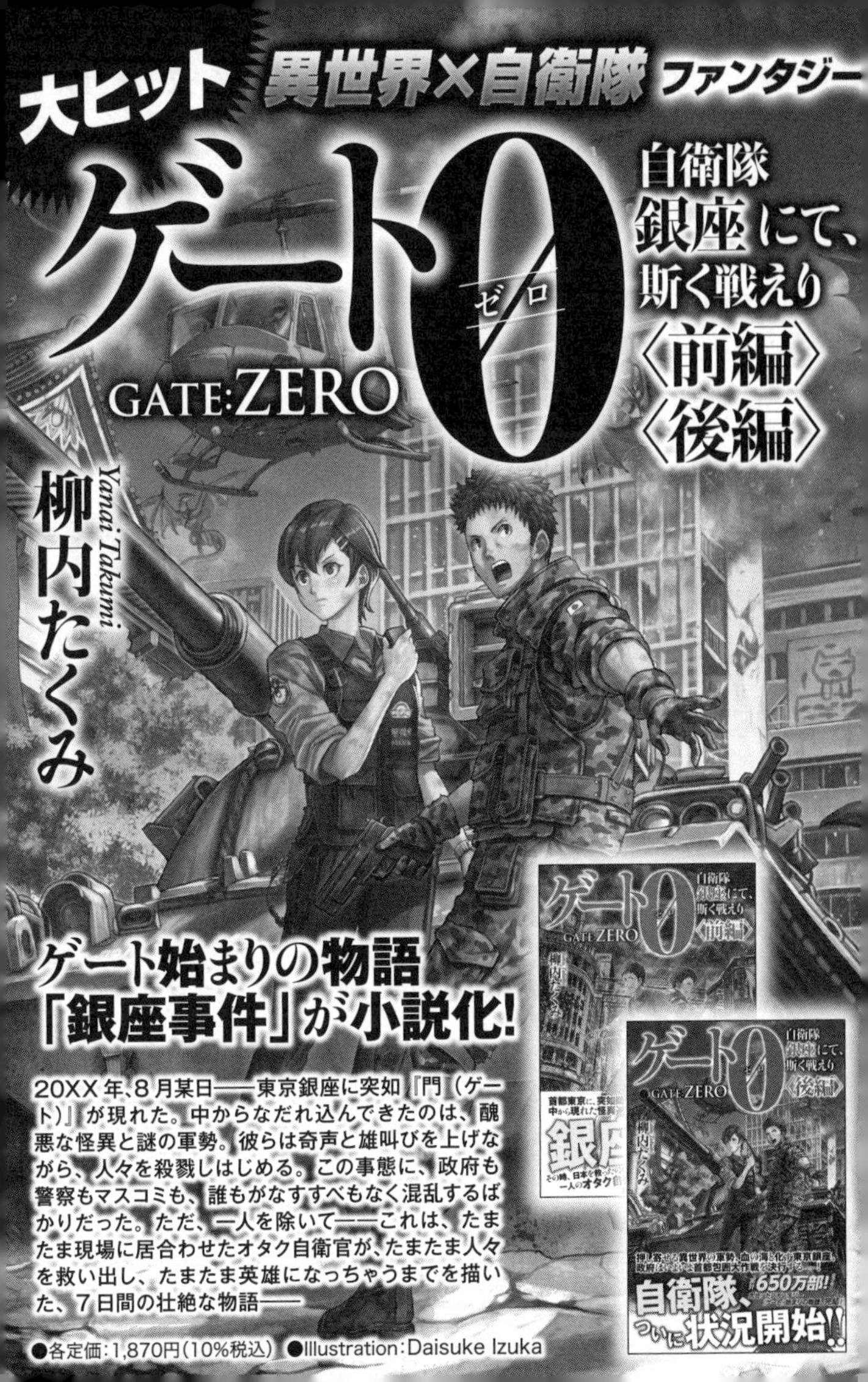
大ヒット
異世界×自衛隊ファンタジー
ゲート0《ゼロ》
GATE:ZERO
自衛隊
銀座にて、
斯く戦えり
〈前編〉
〈後編〉
Yanai Takumi
柳内たくみ
ゲート始まりの物語
「銀座事件」が小説化!
20XX年、8月某日——東京銀座に突如『門（ゲート）』が現れた。中からなだれ込んできたのは、醜悪な怪異と謎の軍勢。彼らは奇声と雄叫びを上げながら、人々を殺戮しはじめる。この事態に、政府も警察もマスコミも、誰もがなすすべもなく混乱するばかりだった。ただ、一人を除いて——これは、たまたま現場に居合わせたオタク自衛官が、たまたま人々を救い出し、たまたま英雄になっちゃうまでを描いた、7日間の壮絶な物語——
●各定価：1,870円（10%税込）
●Illustration：Daisuke Izuka
650万部!
自衛隊、
ついに状況開始!!

ネットで人気爆発作品が続々文庫化！

アルファライト文庫 大好評発売中!!

俺を召喚した理由は侵略戦争のため……？

そんなのお断りだ！

女神様にもらった成長チートでスローライフさせてもらいます！

異世界召喚されました……断る！ 1

K1-M illustration ふらすこ

可愛い＆チョロい女神様に貰ったチートスキルで自由なスローライフを異世界で大満喫！

42歳・無職のおっさんトーイチは、勇者として異世界に召喚された。その際、女神様から、『鑑定』をはじめ多くのチートスキルをもらったことで、召喚主である王国こそ悪の元凶だと見抜いてしまう。王国への協力を断り、国外に脱出したトーイチは数々のスキルを駆使し、自由な冒険者としてスローライフを満喫する！「第13回ファンタジー小説大賞」奨励賞受賞作、待望の文庫化！

文庫判　定価：671円（10%税込）　ISBN：978-4-434-31321-9

ネットで人気爆発作品が続々文庫化!

アルファライト文庫 大好評発売中!!

余りもの「最弱スキル」のおまけに
最強レアスキルがついてきた!?

ギフト争奪戦に乗り遅れたら、ラストワン賞で最強スキルを手に入れた 1

みももも *Mimomomo*　illustration 寝巻ネルゾ

勇者大量召喚でスキル争奪戦勃発――。
ラストワン賞は超レアな「聖剣／魔剣召喚」!?

高校生の明《あけ》野《の》樹《いつき》は、ある日突然、たくさんの人々とともに見知らぬ空間にいた。イツキたちはこれから勇者として異世界に召喚されるらしい。この空間では、そのためにギフトと呼ばれるスキルが配られるという。当然勃発するギフト争奪戦。元来積極的な性格ではないイツキは、その戦いから距離を置いていたのだが……。異世界集団勇者ファンタジー、待望の文庫化!

文庫判　定価：671円（10％税込）　ISBN：978-4-434-31320-2

アルファライト文庫

この作品に対する皆様のご意見・ご感想をお待ちしております。

おハガキ・お手紙は以下の宛先にお送りください。

【宛先】

〒150-6008 東京都渋谷区恵比寿 4-20-3 恵比寿ｶﾞｰﾃﾞﾝﾌﾟﾚｲｽﾀﾜｰ 8F
（株）アルファポリス　書籍感想係

メールフォームでのご意見・ご感想は右のＱＲコードから、
あるいは以下のワードで検索をかけてください。

アルファポリス　書籍の感想　検索

ご感想はこちらから

本書は、2020 年 9 月当社より単行本として
刊行されたものを文庫化したものです。

元《もと》構造《こうぞう》解析《かいせき》研究者《けんきゅうしゃ》の異《い》世《せ》界《かい》冒険譚《ぼうけんたん》 7

犬社護（いぬや　まもる）

2023年 1月 31日初版発行

文庫編集－中野大樹
編集長－太田鉄平
発行者－梶本雄介
発行所－株式会社アルファポリス
〒150-6008東京都渋谷区恵比寿4-20-3恵比寿ガーデンプレイスタワー8F
TEL 03-6277-1601（営業） 03-6277-1602（編集）
URL https://www.alphapolis.co.jp/
発売元－株式会社星雲社（共同出版社・流通責任出版社）
〒112-0005東京都文京区水道1-3-30
TEL 03-3868-3275
装丁・本文イラスト－ヨシモト
文庫デザイン―AFTERGLOW
（レーベルフォーマットデザイン－ansyyqdesign）
印刷－中央精版印刷株式会社

価格はカバーに表示されてあります。

落丁乱丁の場合はアルファポリスまでご連絡ください。

送料は小社負担でお取り替えします。


ISBN978-4-434-31483-4 C0193